Das eine oder andere Leben

Mit diesem Buch danke ich meinem Sohn für diese Inspiration. Ich wünsche ihm, in seinem Leben den richtigen Weg zu finden und ihn mit vollem Stolz zu gehen.

Luise Isover

Das eine oder andere Leben

Bibliografische Information der Deutschen Nationalbibliothek:
Die Deutsche Nationalbibliothek verzeichnet diese
Publikation in der Deutschen Nationalbibliografie;
detaillierte bibliografische Daten sind im Internet über
http://dnb.dnb.de abrufbar.

Illustration: Jaqueline Kropmanns
http://www.jaqueline-kropmanns.de/
Lektorat: Christin Vater
http://www.facebook.com/schreibmanufaktur
Probeleser: Daina Petsch

Herstellung und Verlag: BoD – Books on Demand,
Norderstedt

ISBN: 978-3-7448-1260-3

1. Eine Begegnung mit Sehnsucht nach Liebe

Sebastian war ein echter Hingucker. Mit seinem Waschbrettbauch, den starken, muskulösen Armen, dem dunklen, leicht lockigen Haar und den eisblauen Augen, in denen man sich verlieren konnte, ohne jemals einen Ausweg zu finden. Aber davon wusste er nichts. Ja, er konnte die Frauenherzen zum Schmelzen bringen, sie höherschlagen lassen. Doch lieber kümmerte er sich um sein Studium, indem er sich hinter seinen Büchern in seinem Zimmer versteckte.

Da er seiner Großmutter keinen Wunsch abschlagen konnte, hatte er ihr auf dem Sterbebett versprochen, dass er einen guten Abschluss in seinem Studium als Biologe machte. Das war seiner Großmutter wichtig, die wusste, wie schwer es war, ohne guten Abschluss durchs Leben zu kommen.

Wie immer klingelte sein Wecker um 6:45 Uhr. Er stand sofort auf, um nicht, wie andere, eine halbe Stunde oder länger, den erbarmungslosen Wecker zu erschlagen, bis sie sich bemühen, den Weg ins Bad zu finden.

Nein, das lag ihm nicht. Nicht, dass er nicht gern noch länger schlafen würde, aber er wusste, dass eine Dusche seine Lebensgeister schon wecken würde.

Sein Weg ins Badezimmer verlief noch schlürfend und den Blick in den Flurspiegel wagte er gar nicht erst. Er duschte, zog sich anschließend an und stylte sein Haar, ehe er die Küche für das Frühstück aufsuchte. Dieses bestand lediglich aus einer Tasse Kaffee, da der Kühlschrank wie so oft leer war. Aber das war normal in der WG von Tobi, Isabell, Hannah und Sebastian. Der Kaffee musste genügen, bis er sich beim Bäcker einen Croissant mitnahm.

Er stellte sein Rad wie immer unangeschlossen an die Scheibe des Ladens, mit dem Gedanken, dass dieses alte Ding eh niemand stehlen würde. Es rostete langsam vor sich hin und die Farbe blätterte an nicht nur einer Stelle ab. Ihm aber leistete es gute Dienste und brachte ihn, in der sonst so verstopften Stadt, schnell von einem zum anderen Punkt. Seine Mitbewohner lachten zwar des Öfteren, da er so an dem Rad hing, er jedoch sah keinen Sinn darin, unnötiges Geld auszugeben, wenn sein Drahtesel seinen Dienst noch tat.

Die Glocke über der Tür schellte, als Sebastian den kleinen Laden betrat und zum Tresen ging. Er musste nicht schauen, da er jeden Morgen das Croissant wählte, dennoch flogen seine Augen kurz über die Auslagen, um nicht zur Bäcker-stochter schauen zu müssen. Sie machte ihn... verlegen.

„Guten Morgen, Sebastian!", begrüßte ihn die junge Frau hinter dem Tresen mit einem vorsichtigen Lächeln.

„Guten Morgen, Adele. Wie immer, bitte", erwiderte Sebastian, ebenfalls mit einem Lächeln, welches jedoch eher einer angespannten Miene glich. „Hier, bitte." Die junge Frau hatte schon längst das Croissant in eine kleine Tüte gesteckt und reichte diese nun an Sebastian weiter.

Wie immer fand der Austausch von Ware und Geld schweigend statt und gerade, als Sebastian sich abwenden wollte, ergriff Adele, nach einem kleinen inneren Kampf, doch noch das Wort.

"Wie geht es dir im Studium? Kommst du voran?".

Seine Antwort war knapp, aber nicht un-freundlich. "Gut, danke." Sebastian hielt sich nie lange in dem kleinen Laden auf. Und auch heute änderte Adeles Vorstoß nichts daran.

Adele schaute ihm mit großer Sehnsucht nach. Das konnte ihrem Vater - einem sonst sehr be-schäftigten Mann - nicht verborgen bleiben.

„Schlag ihn dir aus dem Kopf.", riet er seiner Tochter, während er eine seiner großen Hände auf ihre zierliche Schulter legt. "Der ist nur mit sich und seinem Studium beschäftigt."

"Ja, ich weiß", seufzt sie. "Wenn das nur so einfach wäre." Denn das war es nicht. Es war alles, aber nicht einfach. Seit Sebastian jeden Morgen in den Laden kam, ging er ihr nicht mehr aus dem Kopf.

„Eines Tages werden wir zusammen sein." Es war ein leises Versprechen, welches sie sich gab und das weder für die Ohren ihres Vaters, noch für Sebastians bestimmt war. Noch nicht.

An der Uni angekommen, führte ihn sein erster Weg zur Bibliothek. Er hatte noch ein Buch abzugeben, sonst würde er kein neues mehr bekommen, wie Gerda - die gute Seele der Bibliothek - ihm kürzlich mitgeteilt hatte. Auch jetzt schien es ihm, als hätte die rüstige Dame, mit ihren grauen, zum Dutt gebundenen Haaren und der Brille auf der Nasenspitze, direkt auf ihn gewartet.

„Na endlich", rief sie ihm schon entgegen, kaum dass er die schweren Türen zur Bibliothek aufgeschoben hatte. „Es haben schon andere Studenten nach dem Buch gefragt. Du hast das es länger gehabt, als du wolltest."

„Ja, ich weiß", antwortete Sebastian mit gesenktem Kopf und leicht beschämt. „Dafür werde ich Überstunden in der Restauration machen, wenn Sie wollen."

„Nein, so wichtig ist das nun auch nicht. Das Buch ist jetzt da, also vergessen wir den Vorfall." Sie hatte was übrig für den Jungen, denn manch anderen, dem hätte sie sicherlich eine Strafe aufgebrummt.

„Vielen Dank." Er klopft mit den Knöcheln seiner Faust auf den Tresen, lächelt die alte Dame an und verließ eilig die Bibliothek, um rechtzeitig zur Vorlesung zu kommen.

Die Stunden an der Uni vergingen wie im Flug. Es war bereits Mittag und sie saßen in der Mensa, als Professor Dr. Wolf eine Mitteilung über die Sprechanlage verbreitete.

„Morgen ist Tag der offenen Tür und die Zweitsemester werden die Schüler und Schülerinnen der 13. Oberstufe des Marie-Luisen-Gymnasiums empfangen und betreuen."

Im Hörsaal war ein Raunen und Stöhnen zu hören. Nur bei einem nicht. Denn Tobi war sofort Feuer und Flamme. „Super, ich hoffe da sind ein paar süße Mädels dabei. Unsere an der Uni, kenne ich schon alle."

Sebastian hingegen, der mit seinen Mitbewohnern am Tisch saß, war jetzt schon in Gedanken versunken. Er hörte nicht wie die Mädels Tobi mit seinem Frauenverschleiß aufzogen, denn seine Gedanken waren schon beim morgigen Tag.

Besser hätte der Tag in der Schule für Adele nicht beginnen können. Morgen würde sie Sebastian endlich an der Uni sehen. Ein Lächeln stahl sich auf ihr Gesicht, ohne dass sie sich dessen bewusst war. Ihre beste Freundin Sahra, wusste was das Lächeln von Adele neben ihr, zu bedeuten hatte. Schon seit Adele Sebastian das erste Mal gesehen hatte, war sie in ihn verliebt gewesen. Bis heute, hatte sie sich allerdings nicht durchringen können, ihm das zu gestehen. Sie beugte sich zur ihrer Freundin. „Du weißt nicht, ob du ihn überhaupt zu Gesicht bekommst, das ist dir klar, oder?", flüsterte sie

„Uhm..." Adele fühlte sich ertappt und sie hasste es, wenn sie wie ein offenes Buch war. Bei Sahra war das noch in Ordnung, aber sie wollte auf keinen Fall, dass andere ihre Verliebtheit mitbekamen.

„Ja, schon", setzte sie noch abschließend hinterher. Und auch wenn Sahra ihre Freundin mit einem skeptischen Blick bedachte, gab sie Ruhe. Es würde noch die Zeit kommen, darüber zu sprechen.

Den ganzen restlichen Tag ging ihr die Information mit der Uni nicht aus dem Kopf. Sie würden morgen an der Universität sein und diese besichtigen. Hoffentlich konnte sie Sebastian dort sehen. Vielleicht würde er sie dort bemerken? Möglicherweise würde sie mehr Worte miteinander wechseln können, als nur Begrüßungen? Sie verlor sich beinahe den ganzen Tag in ihren Träumereien und Vorstellungen über den morgigen Tag, dass sie in ihrer Nachmittagsschicht nicht bemerkte, dass ihr Vater die Teiglinge für den nächsten Tag schon fertig und ihr die ganze Arbeit abgenommen hatte.

Ein lauter Knall aus der Backstube, war es, der sie wieder in der Realität ankommen ließ. Erschrocken eilte sie die drei Stufen der Treppe hinauf, schob die Tür zur Backstube auf und fragte mit entsetztem Gesichtsausdruck: „Paps, was ist los? Ist dir etwas passiert?"

„Nein, mir ist nur das Blech heruntergefallen. Alles gut."

Sie ging ihrem Vater zur Hand, das fallengelassene Blech aufzuheben und den Bienenstich vom Boden der Backstube abzukratzen.

Jetzt, wo sie wusste, dass es ihrem Vater gut ging, gingen ihre Gedanken wieder zum morgigen Tag. Morgen also, dachte sie morgen gehe ich an die Uni. Und ein vorfreudiges Kribbeln machte sich in ihrem Bauch breit.

In der Zwischenzeit, ging Sebastian Gerda mit der Restauration eines sehr alten Schätzchens zur Hand. Er hatte ein Händchen dafür entwickelt und er liebte Bücher. Wenn er mal eine Pause vom Leben brauchte, half er Gerda dabei, ihren Bestand in Ordnung zu halten. Um 17:30 Uhr schloss Gerda die Bibliothek, nachdem auch Sebastian sich auf dem Weg nach Hause gemacht hatte.

In seiner WG angekommen wurde er gleich von Tobi empfangen, der gerade aus der Tür kam und Pizza holen wollte. „Möchtest du auch Pizza?", fragte er Sebastian.

Sebastian, der nach einem Gespräch mit Gerda, sehr viel besser gelaunt war, verspürte jetzt auch wieder einen enormen Hunger, weshalb er begeistert nickte. „Unbedingt! Wie immer, bitte."

„Okay. Also Tomate mit Mozzarella." Tobi nickte und wusste, dass er Sebastian gar nicht erst überreden brauchte, etwas Anderes zu wählen, als das Übliche. Er hatte es oft genug versucht und scheiterte jedes einzelne Mal kläglich. Irgendwann hatte er es aufgegeben. Manche Leute waren vermutlich einfach nicht für Experimente. Ganz anders, als Tobi es war. Er liebte Experimente.

„Sebastian? Tobi ist mit der Pizza da!", schallte es kurze Zeit später über den Flur.

„Bin gleich da", rief Sebastian aus seinem Zimmer zurück, wo er schon seinen Laptop gestartet hatte und darauf herumtippte.

Abends aßen sie meist zusammen in der großen Küche, die zwar spartanisch, aber mit viel Liebe, von den beiden Mädels eingerichtet worden war. Sie hatten einen großen Tisch und eine mit Leder bezogene, alte Wartebank aus dem Bahnhof, drei zusammengewürfelte Stühle vom Sperrmüll und ein paar alte Schränke. Das Einzige, was modern war in dem Raum, waren der Kühlschrank und die neue Kaffeemaschine. Und dennoch liebten alle diesen Raum. Er war das Herzstück ihrer Wohnung.

Während des Essens, sprachen sie über den Tag und was es so an der Uni neues an Projekten im Bereich der Zellbiologie gab. Isabell wollte unbedingt bei dem neuen Dozenten, Dr. Rahul Sharma, in den Vorlesungen sitzen. Sie liebte die Vorträge über organische und anorganische Zellen. Sebastian beteiligte sich zwar hier und dort am Gespräch, aber mit seinen Gedanken war er schon wieder bei seinen Büchern. Er musste noch ein Referat vorbereiten und er wollte keine Zeit verlieren. Sachen auf dem letzten Drücker zu erledigen, war nicht seine Art. „Was du heute kannst besorgen", hatte seine Großmutter immer

gesagt und der Spruch war in seinem Kopf ein-
gemeißelt, wie alte Schriften in Stein.

Nach dem Essen half er den Mädels noch dabei, den Tisch abzuräumen, ehe er sich in sein
Zimmer zurückzog. So verging der Abend recht
schnell und die Nacht kam über Bern herein. Es
war schon weit nach Mitternacht, als Sebastian
die Datei abspeicherte und den Laptop zufrieden
zuklappte und schlafen ging.

Die dunkle Nacht, hatte einem verregneten
grauen Morgen Platz gemacht. Und dennoch
verlief auch heute für Sebastian alles wie üblich.
Er ging ins Badezimmer und machte sich zurecht, während die WG nur langsam erwachte.

Später sprang er auf sein Fahrrad, um zur Bäckerei zu fahren, doch schon beim Eintreten bemerkte Sebastian, dass etwas fehlte. Adele war
nicht im Laden, um ihn zu bedienen. Er verließ
den Laden wieder, ohne ein Wort gewechselt zu
haben und auch ohne Croissant. Auf dem Weg
zur Uni, machte er sich das erste Mal darüber
Gedanken, was mit der Tochter des Bäckers war.
Er war so sehr in seinem morgendlichen Trott
integriert, dass er gar nicht darüber nachgedacht
hatte, dass sie irgendwann nicht da sein könnte.
Sie war, wie selbstverständlich, einfach immer
dort. Nur heute nicht und das brachte ihn vollkommen aus seinem Konzept.

Nach seiner Vorlesung steckte er sein Buch in die Tasche und schlenderte langsam Richtung Ausgang und zum Treffpunkt auf dem Campus, wo sie auf die Schüler treffen sollten. Etwa fünfzig Schüler der 13. Klasse hatten sich hier bereits eingefunden, als Sebastian ankam und nach einer kurzen Begrüßung durch den Professor, wurden jedem Studenten vier Schüler zugeteilt.

Sebastian bekam zwei Jungen und zwei Mädchen. Überrascht stellte er fest, dass er eines dieser Mädchen kannte. Es war Adele, die Tochter des Bäckers, die er heute Morgen im Laden vermisst hatte.

Sebastian führte die kleine Gruppe, die aus Adele, Sahra und zwei Jungen bestand, über den Campus und erklärte ihnen die Häuser an denen sie vorbeikamen. Manchmal blieben sie länger stehen, da die Schüler Fragen hatten, auch wenn sie sich in Grenzen hielten. Er beantwortete alle nach bestem Wissen und er merkte, dass es ihm leichter fiel, zu reden, wenn sein Blick auf Adele lag. Sie schien wie ein Anker zu sein, der dafür sorgte, dass er frei sprechen konnte.

Mit einigen gewollten Unterbrechungen gelangten sie zur Bibliothek, wo sie die Treppen hinaufstiegen und Sebastian die schweren Türen aufschob. Bevor er die kleine Gruppe einließ, legte er den Zeigefinger auf seine Lippen. Eine kleine Geste und dennoch nickten die Vier, als Zeichen, dass sie verstanden hatten. Dann trat er beiseite.

Sie standen in einer großen lichtdurchfluteten Halle mit Regalen, die bis zur Decke reichten und über zwei Etagen gingen.

„Wow!", staunte Adele. „Das sieht ja so... so..."

Sahra fiel ihr ins Wort: "Faszinierend aus?", half sie ihrer Freundin aus und Adele nickte.

„Mh ja.. faszinierend aus", wiederholte Adele. Sie konnte sich an dem Anblick nicht sattsehen. Und sie vergaß darüber hinaus, dass es noch etwas Anderes bzw. jemand anderen gab, an den sie sich nicht sattsehen konnte.

„Und wo werden die Bücher restauriert?", fragte einer der Schüler. Gerda schaute zu Sebastian und den Jugendlichen „Etwas leiser, bitte!", erklang ihre forsche Stimme sogleich. Sebastian nickte und ging schnell auf dem blauen Teppich zwischen den Regalen, zu einer alten Treppe mit einem verschnörkelten Geländer.

„Nach unten, bitte", sagte er kurz und knapp. Adele und ihre Klassenkameraden folgten ihm. Unten angekommen schaltete Sebastian das Licht ein und sie standen vor einer Tür, die nur aus Glas bestand.

„Die Handschuhe bitte überziehen!" Immerhin waren das sehr alte Bücher, die einen gewissen Wert hatten. Er wollte nicht riskieren, dass sie sie beschmutzten. Am liebsten hätte er sie in Anzüge gesteckt, aber sowas gab es hier leider nicht. Adele fragte, ob sie die Bücher auch mal anfassen durften, jetzt wo sie ja Handschuhe trugen, doch Sebastian schüttelte entschieden den Kopf.

„Auf gar keinen Fall, hört ihr?!"

Die Führung war die Hölle für Sebastian, denn er hatte die Befürchtung, dass die Jugendlichen sich nicht an seine Anweisungen halten und damit die Arbeit von ihm und Gerda gefährden könnten. Aber zu seinem Erstaunen ging alles gut. Die Bücher blieben unversehrt und er konnte ihnen zeigen, wie er die einzelnen Seiten der Bücher an die Stelle einsetzte, wo sie hingehörten. Er beantworte ihre Fragen auch hierzu geduldig, auch wenn die Meisten von Adele kamen und es ihm daher gefiel, sie zu beantworten.

Die Zeit verging schnell, viel zu schnell für Adele. Sie wollte noch nicht weg, denn es war zu schön in der Nähe von Sebastian. Sie fühlte sich wohl, zum ersten Mal hatte er wirklich mit ihr geredet. Mehr, als in der ganzen Zeit, die sie ihn kannte. Er hatte ihre Fragen alle beantwortet und sie stellte extra viele, um mit ihm reden zu können und einen Blick von ihm zu erhaschen. Manchmal kam sie sich selbst dumm vor, aber das nahm sie heute einfach in Kauf, denn die Stunden mit Sebastian machten einfach zu viel Spaß. Und nachdem alle wieder vor der großen Eingangstür der Bibliothek standen, sagte sie zu Sebastian: "Entschuldigung, ich habe mein Tuch unten vergessen."

„Ich wusste nicht, dass du ein Tuch dabeihattest", flüsterte Sahra und Adele schaute sie geheimnisvoll grinsend an.

„Okay, dann gehen wir nochmal nach unten", sagte Sebastian zu Adele. „Ihr anderen könnt ja schon zu euren Mitschülern gehen."

Als die beiden wenig später erfolglos die Treppe aus dem Keller nach oben kamen, merkte Sebastian, dass das Licht aus war und nur der Mond noch die Bücher und den blauen Teppich beleuchtete. Er hatte unten komplett die Zeit vergessen und anscheinend das Rufen von Gerda überhört. Sie waren eingeschlossen. Zum Leidwesen von Sebastian, der sich doch um sein Referat kümmern wollte, aber zum Glück für Adele, für die es nichts Aufregenderes gab, als die Nacht hier mit Sebastian verbringen zu müssen... oder eher zu dürfen.

„Oh mein Gott, jetzt müssen wir hier übernachten!", sprach Adele das Offensichtliche aus.

Sebastian schaute sie an und fragte sie: „Hast du Angst?"

Adele wollte erwidern, dass sie keine Angst hatte, aber Sebastian kam ihr zuvor.

„Brauchst du nicht, ich kenne mich hier aus und dir wird nichts passieren." Aber Angst war das Letzte, was Adele hatte. Sie freute sich darüber, endlich länger mit Sebastian allein sein zu können, als nur ein paar Minuten. Minuten, in denen er nichts sagte, als „das Übliche". Jetzt konnte er nicht so schnell entwischen.

Nachdem er ihr versichert hatte, dass er gleich zurück sein würde, ging er nach unten in den Keller und kam kurz darauf mit einer Decke, etwas zu trinken und einer Dose mit Keksen wieder. Sie setzten sich auf das blaue Sofa, was in der Leseecke stand.

„Leider war unten nichts Anderes", erklärte er Adele. Gerdas Geheimvorrat bestand aus einer Flasche Wein und ein paar Keksen, die ihr so manche lange Stunde mit den Büchern versüßt hatte. Mittlerweile wusste Adele nicht mehr, ob das alles hier so eine gute Idee war. Aber nun war es zu spät, dachte sie. Obwohl sie in Sebastians Nähe keine Angst hatte, war es etwas unheimlich. Zum ersten Mal mit dem Mann ihrer Träume allein zu sein, erfüllte sie mit einer Aufregung, die sie nur schlecht im Zaum halten konnte. Sie fühlte sich bei ihm wohl, geborgen und ihr war nicht kalt, dennoch überzog eine leichte Gänsehaut ihre Arme. Und Sebastian fiel auf, dass sie zitterte.

"Ist dir kalt?", fragte er mit besorgter Stimme.

„Nein", kam es aus ihrem Mund geschossen, „es ist nur...ach, es ist nichts." Sie war sich bewusst, dass es ihre Nervosität war, aber das musste Sebastian noch nicht wissen.

Und da er sich darüber auch keine weiteren Gedanken zu machen schien, fing er an, ihr von den Büchern zu erzählen. Voller Leidenschaft und Hingabe. Adele konnte ihre Augen nicht von seinen Lippen lassen.

"Warum studierst du Biologie und nicht Restauration?", wollte sie von ihm wissen.

Sebastian wusste auf diese Frage nicht gleich eine Antwort, außer dass es das war, was er seiner Großmutter versprochen hatte. Sie war diejenige gewesen, die immer gesagt hatte: "Junge, für dich ist es wichtig, dass du etwas machst, wo dein Leben eine Zukunft hat."

Seine Leidenschaft für Bücher, war nur ein Hobby. Oder etwa doch nicht? Er hatte sich nie Gedanken darüber gemacht, musste er sich eingestehen. Und jetzt war wohl auch nicht mehr die richtige Zeit, dies zu tun. Er steckte mitten im

Studium der Biologie. Und Ablenkungen, waren das Letzte, was er jetzt brauchen konnte.

Sie öffneten die Flasche Wein und unterhielten sich. Adele erzählte über ihre Arbeit in der Bäckerei und Sebastian erklärte Adele, was ihn an der Biologie so faszinierte. Es war toll, wie einfach es war, mit ihm zu reden. Und darüber hinaus, war er auch ein guter Zuhörer, stellte Fragen und schwieg an den richtigen Stellen. Und er kam selbst etwas aus sich raus, da es für ihn nicht minder schön war, wie leicht es ihm fiel, mit Adele zu reden. Als er ihr gerade vom heutigen Seminar erzählte und seinen Blick zu ihr lenkte, merkte er, dass sie eingeschlafen war. Er zog beinahe liebevoll die Decke bis über ihre Schultern, dann setzte er sich gemütlich neben sie und schlief kurz darauf auch ein.

Erst als die Sonne ihre Strahlen in der Bibliothek ausstreckte und Gerda den Schlüssel resolut im Türschloss drehte, welche sich kurz darauf quietschend durch einen kräftigen Stoß öffnete, wachten sie auf. Vollkommen aufgeschreckt sahen sie sich an. Und Gerda traute ihren Augen nicht, als sie die jungen Leute erblickte.

"Was macht ihr denn hier?!", fragte sie. „Ich dachte gestern, es wäre niemand mehr hier. Ich hatte doch extra noch gerufen!" Ganz so, wie sie es immer tat. Das wusste sogar Sebastian. Aber gestern Abend, hatte er eben nichts davon mitbekommen.

„Das haben wir wohl nicht gehört.", stammelte Adele verlegen. "Wir haben mein Tuch gesucht, was ich wohl doch nicht dabeihatte."

„Ein Tuch?", hakte Gerda stirnrunzelnd nach.

„Ja", sagte Sebastian, „ein Tuch."

Gerda lächelte: „Nun, dann aber jetzt schnell raus mit euch!" Mit einer verscheuchenden Geste, trieb sie die beiden jungen Leute an und Adele und Sebastian liefen aus der Bibliothek. Er holte sein Rad vom Fahrradständer, wo es das Einzige war, was noch dort stand. Sie gingen auf direktem Weg nach Hause, ohne ein Wort miteinander zu sprechen. Jeder versunken in seinen eigenen Gedanken. An der Haustür von Adele verabschiedeten sie sich und Adele, die wirklich all ihren Mut zusammenkratzte, gab Sebastian ein flüchtigen Kus auf die Wange und flüsterte: "Danke für den schönen Abend!".

Sebastian ging ohne etwas zu sagen und er war froh darüber, dass Adele sich so schnell ins Haus zurückgezogen hatte. Denn auch über seine Wangen war eine leichte Röte gezogen und um nichts in der Welt, hätte Adele mitbekommen sollen, dass ihm der vorsichtige Kuss peinlich war. Peinlich, nicht weil es ihm nicht gefallen hatte, sondern da dieser ganze Kram für ihn Neuland war.

Erst als er um die Ecke herum war, stieg er auf das Fahrrad und legte den restlichen Weg bis zur WG nun wieder zügiger zurück.

Am späten Nachmittag, hatte Adele Sahra zu Besuch und diese ließ sich alles bis in jede kleine Einzelheit erzählen. Am Ende seufzte sie resigniert.

„Er hat nichts zu dir gesagt?", fragte Sahra.

„Nein, nichts." Trotz ihrer Verwunderung, musste sie dennoch lächeln.

„Das ist schon merkwürdig. Ihr verbringt eine ganze Nacht zusammen und von ihm kommt keine Reaktion? Du küsst ihn auf die Wange und von ihm kommt nichts? NICHTS?"

Adele konnte die Empörung ihrer Freundin gut nachvollziehen. Aber für sie selbst, war das gestern schon mal ein Vorstoß. Einen, den man ausbauen konnte, weshalb sie nun wieder lächelnd zu Sahra schaute.

„Ja, aber weißt du, ich bekomme schon noch raus, warum er so komisch zu mir war."

2. Kaffee und Scones

Es vergingen drei lange Wochen, bis Adele sich traute, Sebastian anzusprechen. Drei Wochen, in denen sie sich jeden Morgen sahen und dennoch war es, als wäre überhaupt nichts zwischen ihnen passiert. Keine gemeinsame Nacht in der Bibliothek. Kein Kuss auf die Wange, der so viel Überwindung gekostet hatte. Nichts. Dennoch hatte sie heute all ihren Mut zusammengenommen und ihn auf eine Tasse Kaffee und ein Croissant eingeladen. Er sagte ihr zwar, dass er im Augenblick keine Zeit habe und sich beeilen müsse, aber wenn sie wolle, dann könnte sie heute Nachmittag zu ihm in die WG kommen, um dort mit ihm einen Kaffee zu trinken.

„Ja, wann?", fragte sie und musste sich bemühen, ihm nicht ihre Aufregung zu zeigen. Nicht, dass sie ihn damit noch verschreckte.

„So gegen 16:00 Uhr", kam es noch leise bei ihr an, dann ging die Tür zu und Sebastian war weg.

„Ich werde da sein", lächelte sie, auch wenn Sebastian schon längst draußen und die Tür hinter ihm geschlossen war.

Den ganzen Schultag über, konnte Adele sich nicht konzentrieren und Sahra hatte alle Mühe, sie immer wieder leicht mit dem Ellenbogen anzustupsen, dass sie etwas vom Unterricht mitbekam. Sie gab sich ihren Tagträumen hin und malte sich aus, wie es in der WG von Sebastian werde würde. In Gedanken legte sie sich schon ihre Sachen zurecht, die sie anziehen würde und sie wurde immer aufgeregter. Der Schultag heute, war nicht existent und sie war nur rein körperlich anwesend, weshalb sie sehr froh war, nach der siebten Stunde endlich nach Hause zu können.

Was Adele nicht ahnte, während sie vor ihrem Schrank stand und ein Oberteil nach dem anderen herauszog, es kurz betrachtete und dann achtlos aufs Bett warf, war, dass eine Stunde später, nachdem sie keuchend die Treppen bis in den vierten Stock hinaufkam – Sebastian hatte sie unten schon eingelassen - schon an der Tür eine Überraschung auf sie wartete. Völlig aus der Puste stützte sie sich am Türrahmen ab und holte erst einmal richtig tief Luft. Die Tür stand offen und eine zarte Stimme rief ihr entgegen: "Komm rein, wir warten schon!"

Adele wunderte sich, zog ihre Augenbrauen zusammen und ging betrat die Wohnung. Schon im Flur musste sie lächeln. Wenn sie sich vorgestellt hätte, wie eine Studenten-WG aussah, dann hätte sie es wohl genau so vermutet. Vom langen, schmalen Flur gingen etliche Zimmer ab. Manche der Türen waren mit typischen Schildern versehen. Auf einem Schild stand in großen Buchstaben ‚Zickentempel' und Adele musste schmunzeln. Sie hatte jedoch nicht mehr die Zeit, sich ausführlicher mit dem Türschmuck zu beschäftigen. Stattdessen folgt sie den Stimmen, bis in die Küche, wo sie zunächst im Türrahmen stehen blieb. „Huch, wer bist du denn?", fragte die Frau mit den kurzen blonden Haaren, die der Tür am nächsten saß.

„Ich? Ich bin Adele."

„Ja, das ist die Bäckerstochter", winkte Tobi ab.

„Oh, Sie bringen die Torte."

„Die Torte?" Adele trat unsicher von einem Fuß auf den anderen. „Nein, tut mir leid. Ich bin mit Sebastian verabredet."

„Ach, noch ein Gast", nickte die Frau verstehend. „Na das hätte er mir ja mal sagen können. Ich bin Inka, die Mutter."

„Das ist die Mutter von Sebastian", klärte Isabell Adele auf und sorgte dafür, dass sie sich am liebsten mit der Hand an den Kopf gefasst hatte. Sie schob es auf ihre Nervosität, aber das konnte sie den Anwesenden natürlich nicht erklären.

„Guten Tag", sagte Adele stattdessen höflich, auch wenn es ihr nun etwas peinlich war.

„Sebastian scheint noch etwas länger zu brauchen, wie immer. Sogar heute, wenn es um ihn geht, sind ihm die Bücher wichtiger, als die Menschen. Das war schon immer so", redete Inka drauf los, so als kannte sie alle Anwesenden schon länger, als ein paar Minuten und schaute in die Runde mit erstaunten Gesichtern.

„Oh, ihr wisst es gar nicht?"

„Was wissen wir nicht?", fragte Isabell.

„Na..", wollte Inka schon ansetzen, als eine Stimme hinter ihr erklang und sie abrupt den Satz stoppte.

„Hallo, ich bin da, wo seid ihr denn alle? Mom?" Sebastians Stimme tönte durch den Flur und die Köpfe wandten sich in Richtung Tür.

„Ja, wir sind in der Küche", sagte Inka

„Hallo alle zusammen. Wartet ihr schon lange?"

„Nein", meinte Tobi und fügte noch hinzu, „in der Zeit habe ich bestimmt ein süßes Mädel verpasst und graue Haare bekommen!"

„So ein Quatsch!", sagt Isabell.

„Spinner!", kam es zeitgleich aus Hannahs Mund.

Sie tranken alle zusammen Kaffee und aßen Kuchen. Es war eine lustige Runde, besonders, weil Tobi alle mit seinen Frauengeschichten erheiterte. Selbst Isabell und Hannah, prusteten mehr als einmal beinahe in ihren Kaffee und Tobi, der war vollkommen in seinem Element, als der Clown und Stimmungsmacher in der WG.

Nach dem Kaffee verzogen sie sich alle in ihre Zimmer, nur Adele und Inka saßen noch am Tisch und tranken ihren Kaffee in aller Ruhe aus. Sobald die Runde etwas kleiner geworden war, begann Adele, sich Gedanken darüber zu machen, was Sebastians Mutter ihnen vorhin erzählen wollte. Und sie musste einfach nachhaken. Etwas schienen sie alle nicht über Sebastian zu wissen.

„Was meinten Sie vorhin damit?" Nur zögerlich kam die Frage von Adele, so dass Inka nachfragen musste.

„Womit denn, mein Kind?"

Inka hatte gerade damit begonnen, die leeren Teller und Tassen einzusammeln und sie in die Spüle zu tragen, wo bereits das Wasser einlief.

„Na..." Adele holte tief Luft, aber Inka winkte schon ab. Sie schien mittlerweile zu verstehen.

„Ach das! Nun, das sollte dir lieber Sebastian erklären." Ihr Blick lag dabei einen Moment lang forschend auf Adele, ehe sie sich wieder dem Abwasch widmete."

Sie wuschen gemeinsam das restliche Geschirr ab. Adele machte sich dabei die ganze Zeit Gedanken über die Aussage von Sebastians Mutter. Und sie war neugierig, aber sie fragte nicht noch mal nach. Sebastian sollte es ihr Erzählen, also würde sie ihm diese Chance einräumen. Als der Abwasch erledigt war, machte sich Inka fertig für ihren Weg nach Hause.

„Tschüss, mein Lieber!", rief sie in Sebastians Zimmer, von wo nur ein kurzes „Ja, tschüss, Mom!" kam. Inka winkte Adele noch, dann verließ sie die Wohnung und ließ die verwunderte Adele allein in der großen Küche zurück. Es war ein seltsames Gefühl, ohne ein Mitglied der Wohnung hier in der Küche zu sein. Und sie wusste nicht, ob sie nun gehen oder bleiben sollte. Was sie wollte, war klar. Zumindest ihr. Also ließ sie es auf einen Versuch ankommen, ob Sebastian sie auch hier haben wollte. Sie klopfte leise und vorsichtig an Sebastians Tür und lauschte.

„Komm rein", kam es von drinnen, leise wie immer. Adele öffnete die Tür einen Spalt breit und steckte erst mal nur den Kopf hinein. „Hey, was machst du?", fragte sie, um herauszufinden, ob er überhaupt Zeit für Besuch hatte.

„Ich schreibe an meiner Semesterarbeit über Bakterien, die das Papier zerstören." Aus jedem anderen Mund mochte das klingen, wie das langweiligste Thema weit und breit. Aber wenn Sebastian davon erzählte, klang es für Adele, als gäbe es nichts Spannenderes.

„Oh, das hört sich interessant an. Darf ich lesen, was du bisher geschrieben hast?"

„Ja, klar", erwiderte Sebastian und schob Adele das Manuskript rüber. „Magst du was trinken?"

„Wasser wäre gut, ja."

„Okay."

Adele schnappte sich die Arbeit von Sebastian oder eher den Laptop, denn dort schrieb er die Arbeit und las sie. Zumindest das, was bisher dort geschrieben stand. Als er zurück war, stellte sie ihm hierzu Fragen, denn natürlich verstand sie nicht alles, worum es in seiner Arbeit ging. Aber Sebastian war jemand, der gut Sachen, die ihn faszinierten, erklären konnte. Sie machten es sich auf seinem Bett gemütlich, unterhielten sich die ganze Nacht und im Morgengrauen sagte Sebastian zu Adele: „Du bist die Erste, der ich nicht komisch vorkomme und die mir zuhört."

Etwas verlegen schaute Adele zu ihm auf

„Ich höre dir gern zu. Es ist interessant, wenn du etwas erzählst, denn du bist mit einer Begeisterung dabei, die… ansteckend ist. Wenn ich dir zuhöre, ist es, als würde ich selbst dabei sein."

Sebastian wusste nicht recht, wie er mit diesem Kompliment umgehen sollte, weshalb er es bei einem Lächeln beließ.

Sie schlief später in seinen Armen ein und er schaute eine ganze Weile auf sie hinunter. Er konnte sich an ihrem Anblick nicht sattsehen, auch, wenn es noch gar nicht so lange her war, dass er sie nicht groß beachtet hatte oder nicht groß beachten konnte. Dafür tat er es jetzt umso mehr. *Wie schön, dass du bei mir bist*, dachte er, dann schlief auch er ein.

Es war bereits später Nachmittag, als Adele durch das Klappern von Geschirr und dem Geruch von frischem Kaffee aufwachte. Sebastian hatte alles liebevoll ans Bett gestellt.

„Guten Morgen", flüsterte er leise.

"Guten Morgen", erwiderte Adele schlaftrunken, die noch einen kurzen Moment die Augen geschlossen hatte. Als sie die Augen aufschlug, sah sie Sebastian, schüchtern lächelnd und ihr Herz setzte einen Schlag lang aus. Das war die Bestätigung für Adele, dass er der richtige für sie war. Ihn wollte sie, sonst keinen.

Die Wochen vergingen. Sebastian und Adele waren beinahe unzertrennlich und trafen sich immer dann, wenn es ihre Schule und sein Studium zuließ. Und selbst wenn sie es nicht zuließen, schafften sie es, sich zwischendurch zu sehen. Sie unterhielten sich und lernten sich kennen. Wobei Adele das Gefühl hatte, dass er sie besser kannte, als sie ihn.

Aber davon ab, passierte nicht viel zwischen den beiden. Es blieb lediglich bei flüchtigen Küssen und die gingen alle von Adele aus. Sie fragte sich allmählich, warum nicht mehr passierte und diese Frage wurde immer lauter in ihr. Also beschloss sie, sich mit Inka zu treffen um mit ihr über Sebastian zu reden. Vielleicht hatte sie eine Idee, warum die Beiden in ihrer Beziehung nicht weiterkamen. Als hätte Inka gewusst, was Adele vorhatte – obwohl die Vorstellung verrückt war -, stand sie an einem Dienstagmorgen in der Bäckerei. „Guten Morgen", begrüßte Adele Sebastians Mutter überrascht, aber freundlich. Sebastian musste seiner Mutter erzählt haben, wo sie arbeitete, da Adele sich nicht vorstellen konnte, dass das eine zufällige Begegnung war, so wie Inka sie musterte.

„Guten Morgen", erwiderte Inka, nicht weniger freundlich und setzte Augenzwinkernd hinterher: „Sie sind also die junge Frau, die das Leben meines Sohnes durcheinandergebracht hat."

„Ich? Ich habe doch nichts getan!", sagte Adele verwundert, gleichzeitig wurde ihr bewusst, dass Sebastian seiner Mutter von ihnen erzählt haben musste. Mehr als nur, wo sie arbeitete. Sofort fuhren ihre Gedanken Achterbahn. War das nun ein gutes Zeichen? War es ein gutes durcheinanderbringen oder war es ihm zu viel? Adele stellte sich diese Fragen oft. Diese und noch sehr viele andere Fragen. Und besonders dann, wenn sie gerne hätte, dass Sebastian mal einen Schritt vorwärts wagte.

„Ja, ich bin Adele. Aber wir sind uns schon mal begegnet. Ich wollte Sie ohnehin auch um ein Treffen bitten, da ich gern mit Ihnen reden würde."

„Reden, worüber?", fragte Inka interessiert.

„Naja, das ist mir etwas peinlich, aber…", stammelte die junge Frau und Inka verstand noch gar nichts. „Ich weiß einfach nicht, was ich… wie ich…" Sie verstummte. „Okay, mein Kind. Wir treffen uns morgen um 15:00 Uhr, im Café Marta, in der Kramgasse 8."

Adele nickte, da sie wusste, wo das Café war.

"Ja, ich werde da sein." Mit einer gehobenen Hand zum Gruß und einem: „So, ich muss jetzt los, wir sehen uns dann morgen.", rauschte Inka schon wieder aus dem kleinen Laden.

Am nächsten Tag ging Adele mit einem mulmigen Gefühl in den Laden. Sie hatte nun doch etwas Angst vor dem Treffen mit Sebastians Mutter und vor allem davor, dass Sebastian sauer werden würde, wenn er erfuhr, dass sie sich hinter seinem Rücken mit seiner Mutter traf. Sie versuchte sich noch zu wappnen, denn er müsste gleich ... zu spät. Die Glocke über der Tür klingelte und da stand er schon

„Guten Morgen", sagte er mit einem süßen Lächeln zu Adele. Ach, wie sehr sie dieses Lächeln liebte. Sie konnte nicht anders, als es zu erwidern und automatisch schlug ihr Herz einen schnelleren Takt an.

„Guten Morgen. Na, du hast aber gute Laune."

„Ja, wenn ich dich sehe, ist das doch ein guter Grund oder nicht?"

„Ja doch, definitiv", grinste Adele. „Hast du die Semesterarbeit schon abgeben können?" Vielleicht lag seine gute Laune ja auch mit daran. Immerhin war ein großer Druck damit weg.

„Ja, habe ich. Und du wirst es nicht glauben...", setzte er aufgeregt hinterher, „der Professor wird sie mitnehmen zu einem Kongress und ich soll auch mit, aber..." Er verstummte und warf einen Blick auf seine Uhr. „Ich habe jetzt keine Zeit mehr, wir sehen uns heute Nachmittag, dann kann ich dir alles erzählen"

„Heute geht nicht, ich bin verabredet!" rief Adele noch hinter her.

„Ja ich weiß und ich freu mich!", hörte sie beim Schließen der Tür, er winkte ihr zu und fuhr los.

Es war bereits kurz nach halb drei als Adele aus ihrem Zimmer stürmte, an ihrem Dad vorbei und die Haustür hinter sich zu schlug.

„Wo willst du denn hin?", rief er aus der Haustür hinter ihr her.

„Keine Zeit, Paps. Ich muss die Bahn erwischen. Wenn ich wieder da bin, erzähl ich es dir!"

„Okay, aber komm nicht wieder so spät!"

„Nein, werde ich nicht!" Und weg war sie. Es fiel nur noch die Gartenpforte laut ins Schloss, dann war von der jungen Frau nichts mehr zu sehen.

Die Bahn 7 stand schon an der Haltestelle und sie schaffte es gerade noch hineinzuspringen.

„Eine einfache Fahrt, bitte", keuchte sie.

„Zwei Franke Achtzig", sagte der Bahnbeamte. „Und wenn's geht passend, bitte!"

Adele gab ihm das Geld passend, verstaute ihre Geldbörse wieder in ihrer Tasche und setzt sich auf einen freien Platz. Die Bahn brauchte ca. 25 lange Minuten, in denen Adeles Gedanken sich um das Treffen drehten. Was wollte die Mutter von Sebastian ihr erzählen? Hatte sie etwas falsch gemacht? Ist er deshalb immer so entfernt von ihr? In diese Gedanken vertieft, klingelte ihr Handy und sie sah, dass es Sahra war. Mit einem Lächeln drückte sie die Annahme-Taste.

„Hallo Sahra", Adele freute sich von ihrer Freundin zu hören. Wenigstens ein paar Augenblicke, konnte sie für Ablenkung sorgen.

„Was machst du? Wo bist du? Hast du Zeit?"

Ein Lachen war am anderen Ende des Telefons zu hören. Sahra amüsierte sich köstliche darüber, Adele mit diesen Fragen zu bombardieren und ihr keine Pause zum Antworten zu geben.

„Nein, ich bin unterwegs. Ich treffe mich mit Inka."

„Inka? Wer ist das?" Es war kurz still am Telefon. „Aaach, ja, Sebastians Mutter!"

„Ja, genau", seufzte Adele. Nun, wo das Thema wieder auf Sebastians Mutter lag, wurde sie wieder nervöser.

„Na, dann will ich nicht stören. Viel Spaß und melde dich, wenn du wieder zuhause bist, okay? Ich will alles wissen." Sie versprach Sahra, dass sie sich melden würde und beendete anschließend das Telefonat.

„Nächster Halt: Zytglogge", ertönte es über die Lautsprecher. *An der Haltestelle muss ich raus und dann noch zehn Minuten zu Fuß*, dachte sie. Die Bahn hielt und sie stieg aus. Es waren tatsächlich nur noch acht Minuten, die schnell vergingen und dann stand sie vor dem Café Marta. Sie sah Inka schon von weitem durch die Menge auf sie zukommen. Sie trug ein freundliches, aber doch angespanntes Lächeln im Gesicht und Adele dachte sich für einen Moment, dass sie sich genauso fühlte, wie die Frau vor ihr.

„Hallo, Adele. Wollen wir hineingehen?", fragte sie mit erwartungsvoll erhobenen Augenbrauen.

„Ja bitte, nach Ihnen", sagte Adele.

Sie gingen hinein und suchten sich einen Tisch in einer ruhigen Ecke aus.

"Hier?", fragte Adele.

„Ja, der ist gut."

Die Jacken legten sie über die Armlehnen und kaum, dass sie sich gesetzt hatten, stand auch schon eine Kellnerin neben ihnen.

„Hallo, was wollt ihr haben?", fragte sie in ihrer lockeren Art, wie es in dem Café üblich war.".

Inka bestellte für sich und Adele je einen Kaffee und einen Cranberry Scone aus dem Tagesangebot.

Oh ja, dachte Adele, *die schmecken hier besonders locker und leicht.*

Es dauerte nicht lang und die nette Bedienung kam mit der Bestellung um die Ecke, stellte alles vorsichtig auf den Tisch und ließ sie wieder allein zurück. Adele griff nach dem Zucker, einfach um irgendwas mit ihren Händen zu tun zu haben, denn sie war sehr nervös. „Was wollten sie denn mit mir bereden?", fragte Adele, wie nebenbei das Gespräch startend. Inka trank von ihrem Kaffee und begann dann, ihr Treffen hier zu erklären.

„Ich möchte mit dir über Sebastian reden. Er ist vollkommen durcheinander, kann keinen geregelten Ablauf mehr vornehmen."

Adele war über diese Verkündung so erstaunt, dass sie einen Moment schwieg. Sie hatte immerhin nichts getan, was dafür gesorgt hätte, dass Sebastian an seinem Tagesablauf etwas ändern musste. Und selbst wenn. Warum sollte das ein Problem sein? „Ich wüsste nicht, was ich getan haben sollte, um das herbeizuführen."

Ihr sowas zu unterstellen, fand Adele nicht nett. Aber Inka sprach weiter, als hätte sie Adele gar nicht gehört. „Sebastian ist nicht in der Lage, mit Veränderungen umzugehen. Weißt du, Adele, er ist anders als andere Männer in seinem Alter. Er braucht seine Regelmäßigkeit. Alles muss gleich sein, an jedem einzelnen Tag."

Adele war erstaunt. Sie überlegte, warum er nicht in der Lage war so etwas selbst zu regeln. „Was heißt das genau?", fragt sie. „Was ist mit Sebastian los?"

In diesem Moment stand Sebastian vor den Beiden. „Mom... Adele, was macht ihr denn hier?", wollte er auch sofort von ihnen wissen. Inka drehte sich um schaute ihren Sohn einen Moment lang erschrocken an, ehe sie sich wieder gefangen hatte und ihm antwortete „Wir haben uns auf einen Kaffee getroffen, um etwas zu reden und uns besser kennen zu lernen." Daran war nichts Falsches, dachte sich auch Adele. Aber Sebastian schien das anders zu sehen. Er sah nicht zufrieden mit seiner Mutter aus. „Und was machst du hier?", wollte Inka von ihm wissen. Sebastian hob die Schultern

„Ich bin hier mit Tobi verabredet", erklärte er seiner Mutter und schaute sie aus seinen eisblauen Augen scharf an. „Mutter, hast du etwa...?" Er brach ab und Adele glaubte, dass sein Blick für einen Moment lang Wut ausdrückte.

„Nein!", versicherte Inka ihrem Sohn sofort.

„Gut... du weißt, dass ich das selbst tun möchte. Und zwar dann, wenn ich es für richtig halte." Das war ihm wichtig und das musste sie doch einsehen. Wenn jemand Adele etwas über ihn erzählte, dann sollte er das sein. Wie sollte sie sonst Vertrauen haben können?

„Gut", nickte Inka, „dann überlasse ich es dir."

Adele hatte die Auseinandersetzung zwischen Mutter und Sohn schweigend mit angesehen. Und sie war um keinen Deut schlauer. Aber offensichtlich gab es etwas, was Sebastian ihr sagen wollte. Irgendwann.

„Möchtest du auch einen Kaffee und Scones?", fragte Adele Sebastian und dieser nickte. „Ja, gerne. Ich habe noch etwas Zeit, bis Tobi hier auftaucht." Sebastian setzte sich neben Adele. Inka verabschiedete sich, da sie merkte, dass es jetzt unpassend wäre, zu bleiben und ging.

„Sebastian, was ist eigentlich los? Warum bist du so zu deiner Mutter? Ich denke, sie meint es nur gut"

Sebastian nickte. Er wusste, dass seine Mutter es gut meinte. Aber sie meinte es manchmal einfach zu gut. Gewisse Sachen, wollte und musste er allein klären. „Weißt du, Adele, sie ist mir manchmal einfach etwas zu schnell mit ihren Geschichten und wenn sie dann nicht einmal vor ihrem eigenen Sohn, also mir, haltmacht, dann ist es schon unangenehm für mich."

„Das verstehe ich nicht. Du stellst dich an, als ob sie dein dunkelstes Geheimnis verraten wollte." Sie schüttelte verständnislos den Kopf. Wenn es ein dunkles Geheimnis gäbe, dann wollte sie doch bitte nicht erst irgendwann davon erfahren! „Wie auch immer, ich muss jetzt gehen. Meine

Bahn kommt gleich", verkündete Adele leicht genervt. Sie stand auf, zog sich an und ging, dieses Mal ohne flüchtigen Abschiedskuss. Sie war absolut keinen Schritt weiter, stellte sie frustriert fest.

„Adele!", rief Sebastian ihr hinterher. „Warte bitte!" Sebastian wollte hinter ihr her, aber er musste erst bezahlen und als er rauskam, war Adele weg. Er blickte die Straße rauf und runter, aber es gab keine Spur von ihr.

Mist! Verdammter Mist! Warum ist das so schwer? Ich wollte dir das doch nur erklären, dachte er bei sich. Aber dass es so schwer werden würde, hatte er nicht erwartet. Und es überforderte ihn. Sein Leben war einfacher, bevor es jemanden gab, den er mehr mochte, als andere. Warum hatte niemand gesagt, wie kompliziert das werden würde?

Als Tobi nicht im Café erschien machte er sich verärgert auf den Weg nach Hause. Verärgert über Tobi, der nicht aufgetaucht war, aber noch verärgerter war er über sich selbst und über die Situation, in der er jetzt mit Adele steckte.

3. Der erste Besuch zuhause

Die Tage gingen schnell vorbei und wenn Sebastian zum Bäcker kam, war Adele nicht hinter der Theke, als ob sie es vermied, ihm zu begegnen.

Und so war es auch, denn sie bat ihren Vater darum, dass sie erst einmal nicht morgens da sein musste, sondern lieber nach der Schule in den Laden kommen würde. Ihr Vater konnte es nicht verstehen, da er wusste, dass sie Sebastian liebte. Aber er machte seiner Tochter keinen Vorwurf oder versuchte sie umzustimmen. Sie zu drängen würde nichts bringen. Zumindest die Gelegenheit zum Reden wollte er ihr geben, wenn sie wollte.

„Adele warum gehst du ihm aus dem Weg?", hakte er behutsam nach. „Irgendwann musst du mit ihm reden."

„Ach, Paps", seufzte sie und schaute nach unten auf den Fußboden. „Ich weiß ja, du hast recht, aber das ist kompliziert und… ach du verstehst das nicht."

Sie verstand es ja nicht einmal selbst. Sie konnte Sebastians Verhalten nicht nachvollziehen. Wie sollte sie es da ihrem Vater erklären?

Es vergingen noch zwei Wochen, dann machte Sebastian sich auf den Weg zum Haus von Adele. Er wollte wissen, warum sie ihm aus dem Weg ging, denn er hatte doch in seinen Augen nichts falsch gemacht. Am Haus angekommen, war er sich nicht mehr sicher, ob es eine gute Idee war, zu klingeln. Aber er hatte nicht lang Zeit, unsicher zu sein, denn in diesem Moment ging das Tor auf und eine Frau mit grauem kurzen Haar kam heraus.

„Kann ich Ihnen helfen?", fragte sie in gebrochenem Deutsch. „Äh ja, ich wollte zu Adele", sagte Sebastian und schaute auf den Boden vor ihm.

„Ja, dann kommen Sie, bitte."

Er nahm seinen ganzen Mut zusammen und ging den kleinen Steinweg entlang, der eingezäunt war von Buchsbäumen in wohlgeformter Vollendung. Da stand er nun vor der offenen Tür und eine Stimme sagte laut: „Komm rein!" Es war Adeles Stimme, er erkannte sie sofort. „Möchtest du etwas trinken?", fragte sie und schaute ihm dabei in die Augen.

„Ja, gerne. Ein Kaffee wäre gut, aber bitte ohne..."

„Ich weiß, ohne Zucker und Milch wie immer", nickte sie und erinnerte sich an die Worte seiner Mutter, dass er sehr viel Regelmäßigkeit in seinem Leben brauchte. Gut, der Kaffee konnte auch wirklich einfach nur Geschmackssache sein, aber in ihrer Vorstellung passte es gut ins Thema.

„Estell, kannst du uns bitte zwei Tassen Kaffee machen, ohne Zucker und ohne Milch? Danke!"

Adele wandte sich wieder Sebastian zu sah seinen fragenden Blick und sie meinte erklärend: „Estell ist unsere Haushaltshilfe aus Spanien. Meine Mutter hat sie damals noch eingestellt, bevor sie gestorben ist." Sie nickte mit ihrem Kopf in Richtung Treppe. „Lass uns in mein Zimmer gehen", fügte sie hinzu, denn sie mussten nun nicht hier unten herumstehen. Sebastian sah ohnehin so aus, als wollte er etwas loswerden.

„In Ordnung", stimmte Sebastian zu und folgte ihr. Adele führte ihn die Treppe hinauf, nach oben in den ersten Stock und dann nach links den Flur entlang. Es war die vierte Tür auf der rechten Seite, die sie öffnete und Sebastian hereinbat.

Der Fußboden war mit einem grauen flauschigen Teppich ausgelegt, sehr sauber und gepflegt. Er zeugte lediglich von Spuren, dass darauf gelaufen wurde, sonst schien er keine Mängel zu haben, das war Sebastian sofort aufgefallen. Die Wände waren weiß und überall hingen

Bilder von Adele und einer Frau, die – wie Sebastian vermutete – ihre Mutter sein musste. Die Bilder zeigten die Beiden in verschiedenen Posen. In jeder davon, schienen sie sehr glücklich und zufrieden zu sein. Ob bei einer kleinen Umarmung oder beim Füttern mit Brei Die Bilder waren das Zeugnis einer sehr großen Liebe.

„Wow, das bist du mit deiner Mom? Sie war eine wunderschöne Frau!"

„Ja, ich weiß und alle sagen, ich sehe aus wie sie. Was für ein Klischee!" Sie lachte und Sebastian konnte nichts Anderes antworten als: „Das stimmt aber!"

Sebastian sah sich weiter um. Adeles Zimmer war riesig, im Gegensatz zu Sebastians WG-Zimmer, mindestens doppelt so groß. Das nahm er erst so richtig wahr, als er sich jetzt von den Bildern weg- und ins Zimmer hineindrehte.

„Wow, ist das groß!", kam aus seinem Mund. Was ihn noch mehr erstaunte, als die Größe des Zimmers, war die Tatsache, dass dieses Zimmer voller Bücher war. Überall an den drei Wänden waren Regale angebracht. Manche waren so groß, dass sie vom Boden bis zur Decke mit Büchern gefüllt waren. Andere bestanden nur aus einem einzelnen Regalbrett oder mal aus zweien übereinander. Aber alle waren zum Bersten voll mit Büchern. Sebastian war fasziniert von dem Anblick.

„Warum gehst du in eine Bibliothek?", fragte er Adele schmunzelnd. Du hast doch selbst eine im Haus."

„Ja, schon. Aber ich habe eben nicht alle Bücher und die hier in den Regalen, kenne ich schon. Manche davon habe ich sogar zweimal gelesen." Sie lachte darüber, auch wenn es der Wahrheit entsprach. Sie war einfach eine begeisterte Leserin und tauchte gern in fremde Welten ein. Es klopfte und Estell erschien im Türrahmen. „Der Kaffee ist fertig", sagte sie und wartete auf weitere Anweisungen, die auch sofort von Adele kamen.

„Stell bitte den Kaffee auf den Tisch, danke Estell!"

„Ja, danke!", sagte Sebastian etwas verunsichert.

Adele sah vom Tablett auf und musterte Sebastian. Sie konnte sich keinen Reim darauf machen, warum er plötzlich verunsichert war. Es war doch nur Estell. Oder lag das an… ihr?

„Sag, warum bist du hier?", fragte Adele.

„Ich...". Sebastian machte eine Pause. „Ich vermisse unsere Gespräche und ich mag es nicht, wenn man sauer auf mich ist und ich vermisse dein…" Er drehte sich weg und sagte leise: „dein Lächeln."

„Was hast du gesagt?", fragte Adele nochmal und grinste ihn frech an, da sie ganz genau verstanden hatte. Aber ein wenig zappeln lassen konnte sie ihn schon noch.

Sebastian seufzte. „Ich vermisse dein Lächeln", wiederholte er und Adele strahlte.

„Weißt du, ich habe dich auch vermisst, aber mich auch geärgert, dass du so komisch warst, als ich mit deiner Mutter einen Kaffee trinken war. Was war denn los? Warum warst du so sauer und erbost über deine Mom?"

Sebastian saß da und wusste nicht, was er ihr jetzt antworten sollte. Er sah aus dem Fenster und beobachtete den Vogel im Baum, der wahrscheinlich einen Käfer von der Rinde pickte. Zumindest vermutete Sebastian das, denn zu sehen war der Käfer von hier natürlich nicht.

„Sebastian? Hallo? Hast du mir nichts zu sagen? In welcher Welt bist du gerade unterwegs?"

Er erschrak, als Adele ihn am Arm fasste und drehte sich zu ihr um.

„Na, wieder da?", fragte sie ihn forsch.

„Sorry, ja. Weißt du, das mit mir und meiner Mom, das ist eine lange Geschichte."

„Ich habe Zeit. Viel Zeit."

Nun war es soweit. Das erste Mal, dass er sich einem Mädchen öffnete, um ihr von sich und seinem anderen Ich zu erzählen, ohne dass seine Mom da ist und die Initiative ergreift oder ihn befreit aus einer für ihn ausweglosen Situation. Allein mit Adele. Er atmete tief ein und fing an mit den Worten: „Ich war als Kind etwas anders..." In diesem Augenblick klingelte Adeles Handy, sie schaute drauf und sagt zu Sebastian:

"Warte, ich muss da ran, es ist Sahra oder soll ich ...?"

„Nein, geh schon ran. Vielleicht ist es wichtig."

Erleichterung machte sich in ihm breit. Das gab ihm noch etwas Aufschub seine Geschichte erzählen zu müssen und Zeit, vielleicht bessere Worte zu finden, um Adele nicht gleich zu verschrecken.

„Ich komme gleich wieder und dann reden wir weiter, ja?"

„Ist gut", sagte Sebastian und beschloss sich die Zeit mit einem Buch aus Adeles Regalen zu vertreiben. Er war gerade aufgestanden, als Adele ins Zimmer zurückkam, jetzt ein bisschen aufgewühlter.:

„Ich muss zu Sahra, tut mir leid. Ich verspreche dir, es geht schnell, bis gleich!" Und schon war sie aus dem Zimmer raus und im Flur.

„Geh nicht weg, ich bin gleich wieder da", rief sie auf dem Weg nach unten. Und einen Moment später war sie aus der Tür raus. Sebastian hörte noch wie die Tür ins Schloss fiel, dann gab es nichts außer Stille hier oben.

Jetzt hatte er mehr Zeit, sich ein Buch auszusuchen. Er ging in dem Zimmer von einem Regal zum anderen. Und war erstaunt über die Unordnung, die in diesen Regalen herrschte. Etwas, das es bei ihm nicht gab. Nichts passte hier zusammen, alles war durcheinander und überhaupt nicht alphabetisch geordnet, keine klaren Linien. Wie konnte Adele hier nur einen Überblick bekommen, wenn sie etwas suchte?

Aber er fand ein Buch, welches dann doch sein Interesse weckte: ‚Papyrus, die Herstellung der ersten Bücher'. *Das ist gut*, dachte er und mit seiner Errungenschaft legte er sich in den Sessel, der unter dem Fenster stand und fing an zu lesen. Es wurde immer später und er fragte sich, ob er nicht doch lieber gehen sollte. Scheinbar dauerte das Treffen mit Sahra doch länger, als Adele es geplant hatte. *Nein, sie hat gesagt, sie ist gleich wieder da und dass ich ja nicht weglaufen sollte.* Und so blieb Sebastian.

Adele war mit ihren Gedanken die ganze Zeit bei Sebastian, während Sahra ihr Leid klagte, sich über jeden einzelnen Mann beschwerte (ihr

Freund hatte sie gerade verlassen) und massen-
weise Eis in sich hineinstopfte. Als gute Freundin
hörte Sahra aufmerksam zu, pflichtete ihr ihr bei,
während ihrer Männerhetze und schaute sogar
noch einen Film mit ihr. Als Sahra währenddessen eingeschlafen war, deckte Adele sie vorsichtig und erleichtert zu. Morgen würde es schon
wieder ganz anders aussehen. Sie verabschiedete
sich von Sahras Mom und sagte ihr, dass sie
schliefe, dann machte sie sich schnell auf den
Weg nach Hause.

   Dort angekommen, ging sie gleich in ihr
Zimmer, wo Sebastian auf ihrem Bett lag und
selig schlief. Ein Buch über die Biologie der
Pflanzen lag auf seinem Brustkorb und war noch
aufgeklappt. Vorsichtig schlich sie sich näher
und blieb vor dem Bett stehen, um ihm beim
Schlafen zu beobachten. Nachdem sie das Buch
vorsichtig von seinem Brustkorb genommen und
zugeklappt hatte, legte sie sich, mit genau der
gleichen Vorsicht neben ihn. Sie wartete, bis er
sich etwas bewegte, um in seine Arme zu sinken.
Sebastian wachte kurz auf.:

   „Das hat aber doch lange gedauert", murmelte er verschlafen, legte seinen Arm um sie und
schlief wieder ein. Auch Adele sank wenig später
in den Schlaf.

Am Morgen, als die Sonne Adele an der Nase erwärmte, drehte sie sich rum und blickte in die eisblauen Augen ihres Sebastians. Er lächelte sie an und gab ihr einen Schups.

„Los, aufstehen, es ist schon spät!"

„Wie spät denn?", fragte Adele.

„Zehn Uhr", sagte Sebastian. „Und Estell hat schon Frühstück gemacht."

„Was, so früh? Na gut. Dann lass uns erst einmal runter frühstücken", sagte Adele.

„Ja, ist gut!" Er nickte und beide gingen nach unten. Als sie gegessen hatten, fragte Adele: „Musst du heute noch an die Uni?"

„Nein, heute ist doch Samstag", kam es aus Sebastian rausgeschossen.

„Ach ja!", rief Adele aus und fasste sich an die Stirn. „Wollen wir dann vielleicht in den Pool und in die Sauna?"

„Wo?" fragte Sebastian.

„Na unten im Keller, da haben wir alles."

„Aber, ich habe nichts zum Baden dabei."

Wie hätte er auch ahnen sollen, dass es einen Pool und eine Sauna bei Adele im Haus gab. Sicher, das Haus war groß und es passte mit Sicherheit eine Menge hier rein, aber gleich Pool und Sauna, nein im Leben hätte er das nicht erwartet.

„Brauchst du nicht, geht auch ohne." Adele lächelte ihm verschmitzt entgegen. Aber Sebastian sah noch immer sehr unbehaglich aus.

„Nee, lieber nicht..."

„Ach, komm! Du kannst auch mit deiner Unterhose ins Wasser und für die Sauna gebe ich dir ein Handtuch." Er ließ sich zwar nur langsam überzeugen, aber schließlich nickte er.

„Na gut."

„Und dann reden wir weiter", sagte Adele. „Denn wir haben einen schönen Ruheraum, mit Liegen und kalten Getränken."

Die beiden gingen über die Wendeltreppe in den Keller hinunter. Hinter einer großen verspiegelten Glastür, die keinen Blick nach innen zuließ, war der Pool. Sebastian war von dem fasziniert, was er da sah. Ein großer Pool, mit Beleuchtung und ein Whirlpool. Die Sauna war zum Teil aus Glas und hatte Platz für mindestens vier Leute. Es war einfach schön anzusehen. Im Hintergrund spielte Musik, was noch sein Weiteres tat um zu entspannen.

Sie hatten viel Spaß beim Baden. Es war herrlich für Sebastian und er vergaß einfach all seine Sorgen und Ängste gegenüber Adele und die Wut auf seine Mom, weil sie sich wieder mal einmischen wollte. Er wusste ja, dass sie es nur gut meinte. Naja, jetzt war das alles weit weg.

Als sie im Ruheraum auf den Liegen lagen und etwas tranken, sagte Sebastian:

„Adele, ich muss mit dir reden. Ich möchte dir erzählen, was das alles zu bedeuten hat mit meiner Mom und mir und allem anderen."

Adele hörte ihm aufmerksam zu. Er fing noch einmal an bei seiner Kindheit.

„Ich war anders, als andere Kinder. Die meisten Kinder schreien, wenn sie Babys sind und Hunger haben oder eine volle Windel Ich nicht. Meine Mom musste mich immer wecken, sonst hätte ich meine Nahrung verschlafen. Andere Babys sind mit acht Monaten durch die Wohnung gekrabbelt. Ich nicht. Ich rutschte auf dem Bauch rückwärts, bis es nicht weiterging. Meine Mom sagte immer, dass ich anders sei als andere. Mein erstes Wort war Opa, gelaufen bin ich genau zu Weihnachten mit 15 Monaten bei meinen Großeltern, vorher war ich nur auf einem Knie gerutscht und habe mit dem anderen gesteuert. Andere kletterten überall hoch und ich überlegte was und wie ich es mache und ob mir was passieren könnte.

„Dann warst du halt sehr vorsichtig", sagte Adele.

„Ja, das sagt meine Mom auch. Beim Einkaufen war ich das liebste Kind der Welt. Meine Mom und auch meine Oma sagten mir, dass wir erst bezahlen müssten und ich dann etwas bekomme und das hat mir genügt. Ich saß stundenlang in meinem Zimmer und konnte mit meinen Sachen spielen, ohne dass ich gestört habe. Im Kindergarten ging das so weiter. Die anderen Kinder spielten zusammen, bastelten und malten alle gemeinsam, Aber ich war immer alleine und für mich. Ich suchte nicht einmal den Kontakt zu den anderen und wenn, dann immer nur zu einem und der war mein Freund, ob er es wollte oder nicht war mir egal, das war dann mein Freund."

Sebastian legte eine Pause ein, um einen Schluck zu trinken. Adele hatte sich vorgelehnt, wie man es macht, wenn man etwas Spannendem lauscht. Wohin das wohl führen mochte? Sie konnte es sich nicht mal ansatzweise vorstellen, aber sie würde warten, bis Sebastian mit seiner Geschichte fertig war.

„Ich war immer der Außenseiter", fuhr Sebastian fort. „In der Grundschule war es das Gleiche. Auf der einen Schule, einer alternativen Schule, brauchte ich nicht lernen, nur wenn ich wollte, so konnte ich mich in meine Tagträume zurückziehen. Und als meine Eltern mich auf eine andere Schule schickten, damit ich was lernte, war ich der Loser, da ich in der zweiten Klasse noch nicht schreiben und lesen, geschweige denn rechnen konnte." Sebastian schluckte schwer. Die Erinnerung an diese Zeit, schien ihm nicht leicht zu fallen. Dennoch zwang er sich, seine Lebensgeschichte weiterzuerzählen. Adele musste einfach verstehen, was mit ihm los war!

„Wieder abgestempelt als Nichtskönner, dabei konnte ich, wenn ich wollte. Aber das wollte ich eben nicht. Nicht so, wie die anderen es gerne gehabt hätten. Meine Welt war für mich wichtiger. Sehr viel wichtiger als die reale Welt."

Gerade wollte er weitererzählen, da ging die Tür auf und Estell rief: "Sahra steht oben in der Tür. Soll sie später wiederkommen?"

Adele schaute Sebastian an und er ruckte mit dem Kopf in Richtung Tür.

„Geh schon!"

Adele zog sich den Bademantel über, der neben der Tür hing und ging. Sebastian war wieder alleine, also ging er in die Sauna und legte sich auf eine der Liegen, wo er die Tür gut im Auge hatte, denn er war ja nur mit einem Handtuch bekleidet und das war eindeutig für ihn zu wenig. Nach ein paar Minuten war Adele wieder zurück. Sie sah ihn in der Sauna und kam zu ihm, legte sich auf die untere Liege vor ihm und machte das gleiche wie er, sie schloss die Augen. Als Sebastian die Augen öffnete, sah er Adele nackt und in voller Schönheit vor sich liegen, er beugte sich nach unten zu ihr, um ihr ein Handtuch über ihren Körper zu streifen. Da legte sie beide Arme um seinen Hals und flüsterte in sein Ohr:

„Küss mich endlich! Ich möchte deine Lippen auf meinen spüren" Und sie zog ihn an sich heran.

Sie küssten sich das erste Mal richtig, innig und voller Leidenschaft und Sebastian merkte, wie ihm komisch im Hals und in den Lenden wurde. Er nahm sie fester in die Arme und drückte sie an sich, um sie nie wieder loslassen zu müssen. Adele ging es nicht anders. Doch von jetzt auf gleich, schob Sebastian sie weg und sagte: „Bitte nicht, wir..."

Adele legte ihren Zeigefinger auf seinen Mund.

„Leise, sag nichts, ich finde dich gut so wie du bist und mir ist es egal, was die anderen über dich denken. Sebastian ich… ich lie…

„Ich liebe dich auch!", sagte er ganz schnell und war verlegen bis über beide Ohren, stand auf und ging mit dem Handtuch um die Hüften schnell nach draußen unter die kalte Dusche.

Er beruhigte sich schnell wieder und es ging ihm besser, als er ein paar Meter zwischen Adele und sich gebracht hatte. Nicht, dass sie ihm unangenehm war, aber das alles war Neuland und er brauchte wohl noch etwas Zeit, um sich an die neuen Eindrücke zu gewöhnen.

Auch Adele kam aus der Sauna und sie lagen schweigend nebeneinander im Ruheraum auf den Liegen. Fünf Minuten, vielleicht auch zehn oder zwanzig, es kam ihm wie eine Ewigkeit vor.

„Adele, ich glaube, es ist besser, wenn ich jetzt gehe."

„Okay, aber du musst nicht, das weißt du? Sehen wir uns morgen?", fragte sie mit leiser Stimme. Sie wollte nicht, dass er ging, aber sie konnte und wollte ihn auch nicht überreden zu bleiben.

„Ja, wenn du magst. Ich bin morgen den ganzen Tag in der WG alleine."

Sebastian zog sich an und ging, nachdem er sich von Adele verabschiedet hatte. Auf seinem Weg durchs Haus, liefen ihm sowohl Adeles Vater – Herr Winzer - als auch die Haushälterin Estell über den Weg, die gerade das Abendbrot bereitete. Von allen verabschiedete sich Sebastian höflich. Dass Estell ein Gedeck wieder abdeckte, bekam er schon nicht mehr mit.

In seiner WG angekommen, hatten Hannah und Isabell nichts Besseres zu tun, als Sebastian ausfragen zu wollen.

„Lasst mich in Ruhe, ich gehe in mein Zimmer und gut!"

Er lag lange in seinem Bett wach, starte zur Decke und dachte darüber nach, was heute alles passiert war und lächelte. Wie schön es doch mit Adele ist. Über diesen Gedanken schlief Sebastian ein.

Adele, einige Kilometer weit entfernt, ging es nicht anders. Sie konnte einfach nicht aufhören an ihn zu denken und wie sie sich geküsst haben und wie schön das war. Jetzt, noch Stunden später, schlug ihr Herz wie verrückt, als sie an diesen Kuss dachte. Das machte das Einschlafen schwerer, aber nach gut einer halben Stunde schlief auch sie seelenruhig.

4. Der Krankenhausaufenthalt und die Wahrheit

Am nächsten Morgen war die Welt für Sebastian einigermaßen in Ordnung. Er machte sich wie immer morgens seinen Kaffee, wie immer auch ohne Frühstück, da nichts da war. Doch anders als sonst, klingelte es heute Morgen an der Tür. Da seine Mitbewohner nicht zuhause waren, ging er selbst und öffnete, nur bekleidet in seiner Pyjamahose, die Tür, während er bereute, gestern Abend so abweisend zu den Mädels gewesen zu sein.

„Adele?" Die Überraschung stand ihm deutlich ins Gesicht geschrieben. Ja, er wusste, dass er sie eingeladen hatte. Aber, er musste sich eingestehen, dass er nicht so früh mit ihr gerechnet hatte.

„Guten Morgen, ich habe dir deine Croissants mitgebracht." Er kam jeden Morgen in den Laden. Und jeden Morgen nahm er ein Croissant mit. Wenn sie nicht wusste, was er zum Frühstück mochte, wäre sie wirklich die unaufmerksamste Freundin des ganzen Planeten.

„Aber klar doch! Guten Morgen, komm rein. Kaffee?", fragte Sebastian.

„Ja, bitte!"

Adele merkte, dass er etwas distanziert war und fragte ihn: „Was ist los? Habe ich etwas falsch gemacht?"

„Nein, wirklich nicht. Es ist alles in Ordnung. Ich brauche nur etwas Zeit, um wach zu werden und für meinen Kaffee am Morgen." Er grinste. Und das zeigte Adele, dass er es ernst meinte. Dem war nichts hinzuzufügen.

Sie saßen nebeneinander auf der Bank in der Küche und frühstückten ohne ein Wort zu wechseln. Anschließend stand Sebastian auf und fasste Adele an der Hand: „Komm mit!", forderte er sie auf.

„Aber, ich bin doch noch nicht fertig!"

„Egal, komm mit."

Er zog sie in sein Zimmer und sagte forsch zu ihr: „Schau dich um, das ist mein Zimmer, kein chaotisches oder dreckiges Zimmer oder so groß wie deins, mit vielen Büchern?"

Adele war etwas irritiert: „Nein, warum sagst du das? Ich verstehe nicht…"

„Gut, dann sag mir, was du an mir findest. Ich bin ein Student und habe kaum Geld. du dagegen bist die Tochter eines Bäckers. Du wohnst in einem riesigen Haus, mit allem, was man sich wünschen kann. Ich muss mir sicher sein, da ich dir viel von mir erzählt habe und noch vieles erzählen werde, was für dich nicht immer schön sein wird. Und du wirst mich danach vielleicht in einem anderen Licht sehen."

Adele merkte, dass er sehr ängstlich war und sehr verletzlich, auch wenn er nach außen hart und stark wirken wollte.

„Sebastian, es ist mir ernst mit dir! Hast du einmal darüber nachgedacht, dass du für mich auch der erste Mensch bist, den ich so nah an mich heranlasse? Ich zeige mich dir, so, wie ich bin. Nicht allen überlegen, superschlau und selbstbewusst. In deiner Gegenwart, bin ich auch verletzlich. Und ich kann dir nur sagen, wie ich mich bei dir fühle."

Adele war bewusst, dass sie sich hier sehr öffnete, aber vielleicht war es das, was er brauchte? Noch immer kannte sie nicht alles von seiner Geschichte und immer nur Puzzleteile zu bekommen, das frustrierte sie.

„Gestern", fuhr sie fort, „gestern… das war so schön und ich möchte mehr solcher Tage mit dir. Und zwar nur mit dir!"

„Ja, siehst du und genau das ist der Punkt. Solche Tage wird es nicht…"

„Rede nicht weiter, bitte!", sagte Adele. Sie fing an zu weinen. „Warum tust du das? Warum machst du gerade alles Schöne kaputt?"

„Adele…", setzte Sebastian stockend an. „Bitte, Adele… hör auf zu weinen. Es tut mir leid, das wollte ich nicht, bitte hör auf."

Sebastian nahm Adele in den Arm und liebkoste ihre Stirn und ihren Augen, ihren Mund und da war es wieder dieses Gefühl von tausenden Schmetterlingen in seinem Bauch, unangenehm aber zugleich so wundervoll. Er strich über ihren Rücken und zog an ihrer Bluse, um sie ganz langsam über ihren Kopf zu ziehen. Die Aufregung… wich einem kurzen Moment lang der Vorfreude, bis das Klingeln von Adeles Handy sie wieder unterbrach… Sebastian ließ seine Arme mit der Bluse nach unten sinken.

„Na prima, dieses Teil klingelt immer im schlechtesten Moment!", sagte er zu Adele, die mit einem entschuldigenden Blick ans Telefon ging.

„Hallo, Paps. Was ist denn los?"

„Ich brauche dich dringend in der Backstube. Es tut mir leid, wenn ich dir deinen Tag ruiniere, aber Anton, ist krank."

Anton war ihre Aushilfe. Eine der zuverlässigsten Personen, die Adele kannte und ihrem Vater war er eine echte Hilfe. Adele maulte nicht herum, da Anton oft genug auch für sie in die Bresche gesprungen ist. Ohne zu zögern sagte sie zu, selbst wenn das bedeutete, dass sie sich jetzt von Sebastian trennen musste.

Sie hätte ihn gern mitgenommen, doch Sebastian musste noch etwas für die Arbeit tun, weshalb sie sich nach ein paar Küssen von ihm verabschiedete und sich für später mit ihm verabredete.

Kaum war Adele aus der Tür raus, zog Sebastian sich seine Fahrradsachen an. Er musste sich erst einmal abreagieren, denn dieses Mädel machte ihn verrückt und das passte überhaupt nicht in seine Lebensplanung. Für ihn gab es doch immer nur Schule, Musik, Mom, Studium, Mom. Voller wirrer Gedanken über sich und seine Adele schwang er sich auf sein Rad und fuhr los, um sich im Park, auszupowern. Vielleicht ist danach alles klarer.

Auf direktem Weg zum Park kam er natürlich an der Bäckerei Winzer vorbei. Es brannte Licht und er konnte in die Backstube schielen, sah Adele und ihren Vater wie sie da werkelten. Schnell fuhr er weiter, damit sie ihn nur nicht entdeckte. Auf seiner gewohnten Strecke durch den Park, gab es nur einen Gedanken: Adele Und ob sie das alles verstand und auch mit ihm teilte. Ob ihre Liebe stark genug war für all das, was ihn beschäftigte und was ihn ausmachte. Seine

Mutter sagte früher oft, dass bei dem richtigen Menschen, solche Bedenken unwichtig waren. Aber dem konnte er nicht zustimmen. Je wichtiger Adele ihm wurde, umso mehr machte er sich darüber Gedanken, ob sie ihn so akzeptieren konnte, wie er war. Und das auf Dauer.

Nach kurzer Zeit, fand er sich an seinem Haus wieder. Er ging mit freiem Kopf zurück in seiner Wohnung, setzte sich an den Schreibtisch, der unter dem Fenster stand und fing an seine Arbeit zu beenden, die er schon seit zwei Wochen fertig haben wollte, da er nicht gern etwas aufschob. Nun war Montag der Abgabetermin, weshalb er sich sputen musste.

Ein paar Stunden später, war er gerade, beim Schlusssatz angekommen, als es an der Tür klingelte. Sebastian schaute von seinen Aufzeichnungen auf und bemerkte zum ersten Mal, dass es bereits dunkel war. „Da hat das Aushelfen ja doch länger gedauert, als…- "

Er hatte durch die ungeöffnete Tür gesprochen, während er sie aufschloss, doch als er sie letztendlich aufzog, war es nicht Adele, die davorstand, sondern… ihr Vater

„Ja, hat es", sagte er kurz und knapp. Er sah sehr besorgt aus und Sebastian erschrak.

„Was ist los? Wo ist Adele? Kommt sie nach?", bestürmte er Adeles Vater. Nun war auch Sebastian in Alarmbereitschaft und trat ungeduldig von einem Fuß auf den anderen.

„Darf ich reinkommen?".

„Ja, bitte. Kommen Sie rein."

Sebastian zeigte in die Küche: „Möchten Sie was trinken?", fragte er höflich, auch wenn es ihm schwerfiel diese Höflichkeitsformen zu wahren, während er nicht wusste, was mit Adele los war.

„Nein, danke", lehnte Adeles Vater ab.

„Setzen Sie sich doch!"

„Nein, ich muss gleich wieder zurück in die Bäckerei. Ich wollte Ihnen nur sagen, dass Adele einen kleinen Unfall in der Backstube hatte und im Insel-Spital liegt. Es ist das Einzelzimmer G4/33 auf der Neurologie. Könnten Sie die Sachen für Adele eventuell von Estell holen und zu meiner Tochter bringen?"

Sebastian erschrak und schüttelte ablehnend den Kopf

"Nein, kann ich nicht, ich… ich? Nein! Bitte, das müssen Sie schon selbst machen!"

Adeles Vater war schockiert, da Sebastian ihn der Wohnung verwies und ihm sagte, er solle bitte gehen. Was war nur mit diesem Burschen los? Und er dachte, er würde seine Tochter mögen. Aber sein Verhalten sprach nicht diese Sprache.

Als Sebastian wieder allein war, fragte er sich, warum ihr Vater das von ihm verlangt hatte? Hatte Adele es noch nicht verstanden, was mit ihm los war? Vor lauter Angst und weil er nicht wusste was er machen sollte, rief er seine Mom an und die machte sich auf den Weg zu ihm. Er wusste, dass er ihr oft auch mit seiner Art von den Kopf stieß, auch wenn sie es oft nur gut meinte, aber trotzdem war sie immer sehr schnell bei ihm, wenn er ein Problem hatte. Und jetzt war er in vollkommener Panik.

Dreißig Minuten später war sie da, schloss die Tür zur Wohnung von Sebastian auf und rief ihn.

„Ich bin in meinem Zimmer!"

Sie machte die Zimmertür auf und da saß er, wie ein Häufchen Elend in seinem Bett. Verängstigt schaute er sie an. „Erzähl mir, was ist los", bat sie ihn, um ihn etwas aus der Reserve zu locken. „Wo ist Adele und was ist mit ihrem Vater?"

So viele Fragen auf einmal. Er stand aus dem Bett auf und lief im Zimmer hin und her, wo sollte er anfangen? Er erzählte ihr die ganze Geschichte vom Kuss über die Sache mit der Kindheit und dem Besuch von Adeles Vater, dem Unfall und dass er die Sachen zu Adele bringen sollte.

„Ich kann nicht!", sagte er. „Mom, ich kann nicht!" Er setzte sich und schaukelte auf dem Stuhl hin und her, so wie früher, als er nicht wusste, was er machen sollte.

„Beruhige dich erst einmal, ich kläre das und du bleibst hier, okay?"

„Ja, Mom. Das mache ich."

Inka machte sich auf den Weg zur Bäckerei, aber da war keiner mehr. Sie ging zum Haus und gerade als sie ankam, ging das Tor von der Garage auf und ein Auto fuhr heraus. Hinter dem Steuer, saß Adeles Vater. Inka rief: „Herr. Winzer, halten Sie bitte an. Haben Sie einen Moment Zeit?"

„Nein, ich muss zu meiner Tochter!" Die Sorge hatte für dunkle Ringe unter seinen Augenlidern gesorgt.

„Darf ich mitkommen?" Inka machte, wie immer, sofort Nägel mit Köpfen. Es wurde nicht lange gefackelt bei ihr. Hätte sie es in die Hand nehmen dürfen, hätten Adele und ihr Vater schon längst gewusst, was Sebastian verheimlichte oder nur sehr zögernd von sich preisgab.

„Wer sind Sie denn?"

„Ich bin die Mutter von Sebastian und ich glaube wir müssen uns mal unterhalten."

„Meinetwegen." Er winkte sie zu sich ins Auto. „Wenn Sie meinen, dass das was bringt."

„Ja, das meine ich!", antwortete Inka ihm resolut.

„Dann steigen Sie ein!"

Inka erzählte die Kurzfassung von Sebastians Leben auf dem Weg zum Spital und der Weg war weit. Als sie ankamen, sagte Herr Winzer, als er ausstieg:

„Jetzt verstehe ich, warum der Junge mir so vor den Kopf gestoßen hat."

„Und Sie sind nicht sauer?"

„Nein, warum sollte ich? Jeder ist so wie er ist. Wenn meine Tochter ihren Sohn liebt, wie er ist, was könnte ich denn dann dagegen haben? Schließlich habe ich sie zu einer toleranten jungen Frau erzogen." Sein Stolz bei diesen Worten war deutlich hörbar. Und Inka musste ihm insgeheim Tribut zollen, denn ein Mädchen aufzuziehen, stellte sie sich bei weitem schwieriger vor, als bei einem Jungen, selbst wenn es ein Junge war, wie ihr Sebastian.

Beide gingen ins Spital. Inka beschloss, um den Weg ein bisschen angenehmer zu gestalten, sich vorzustellen.

„Ach ja, ich bin Inka."

„Ich bin Hubert." Sie lachten und gaben sich die Hand. „Sehr erfreut, auch wenn der Anlass etwas schöner sein könnte!"

„Ja, das stimmt", seufzte Inka und hoffte, dass es Adele den Umständen entsprechend gut ging

Im Fahrstuhl fragte Hubert Inka:

„Wie bringe ich Adele bei, dass Sebastian nicht ins Spital kommen wird?"

„Ach, das lass mal meine Sorge sein. Ich mache das schon, von Frau zu Frau, sozusagen und den Rest müssen die Beiden allein klären, das habe ich Sebastian versprochen."

Bei Adele angekommen, wunderte diese sich, das Sebastian nicht dabei war, sondern nur seine Mutter. Sicher, sie mochte Inka, aber sie hätte viel lieber Sebastian hier gesehen.

„Wo ist Sebastian?", fragte sie aufgeregt.

„Er hat leider noch etwas in der Bibliothek zu tun, da hat es wohl einen Wasserschaden gegeben."

„Oh, na dann ist es ja gut. Ich dachte schon, er möchte nicht zu mir, weil er keine Lust hat."

„Ach, wo denkst du hin, er hat mich ja mitgeschickt, damit du dir keine Sorgen machst, sondern schnell wieder gesund wirst."

„Ich brauch nur heute Nacht hierbleiben. Morgen kann ich schon wieder heim."

„Was hast du eigentlich gemacht?", fragte Inka.

„Nichts Besonderes. Mir wurde schwindelig und ich bin umgefallen. Dabei bin ich wohl an die Tischkante gestoßen. Ich habe nur eine kleine Platzwunde und eine Gehirnerschütterung, nicht weiter schlimm."

„Naja, nach dem ganzen Blut in meiner Backstube zu urteilen, war das schon schlimm!", sagte Hubert schnaubend zu Inka.

Sie blieben noch ein wenig bei Adele und dann mussten sie gehen, da die Besuchszeit begrenzt und nun zu Ende.

„Na gut, dann bringe ich Sebastians Mutter mal nach Hause und du ruhst dich noch etwas aus. Ich hole dich dann morgen wieder ab, wenn du gehen darfst!"

„Ja, ist gut."

Hubert gab seiner Tochter einen Kuss auf die verbundene Stirn und Inka winkte ihr zum Abschied zu. Seufzend kuschelte Adele sich in ihr Bett und nahm ihr Handy zur Hand. Sie war schon traurig darüber, dass Sebastian nicht hier war oder zumindest eine Nachricht geschickt hatte. Aber vielleicht war das noch ein Punkt, der zu seiner Persönlichkeit gehörte und woran sie sich gewöhnen musste.

Der nächste Morgen begann mit genauso vielen Sorgen um Adele, wie der Abend für Sebastian aufgehört hatte. Trotz des Anrufs seiner Mom.

Er lenkte sich mit seiner Studienarbeit ab, doch selbst bis zum Abend hatte er nichts von Adele gehörte. Er ging an sein Telefon und rief Adele einfach an. Das hatte er bisher vermieden, er wollte sie nicht stressen. Wie von ihm erwartet, klingelte es und nach drei Mal klingeln, schaltete sich die Mailbox ein.

„Hallo hier ist Adele, leider kann ich nicht ans Telefon. Hinterlasst eine Nachricht. Danke!"

Sebastian legte auf und wartete wieder. Es kam ihm vor wie eine Ewigkeit. Dann endlich klingelte es. Aber nicht sein Telefon, sondern an der Tür. Er zuckte zusammen und hoffte, dass es nicht wieder Adeles Vater ist, ging aber trotzdem zur Tür, öffnete.

„Hi, darf ich reinkommen?"

„Ja, klar, ich habe gerade versucht, dich anzurufen und die Mailbox ging ran.

„Ja ich weiß, da stand ich schon vor dem Spital und mein Dad hat mich zu dir gebracht. Hoffe, das ist dir recht oder soll ich...?"

„Nein, bitte bleib! Komm rein, ich freu mich. Wie geht es dir?"

Ihm wurde bewusst, dass er sie mit den Fragen regelrecht bombardierte, weshalb er jetzt Luft holte und langsamer fortfuhr.

„Ich konnte nicht kommen, wirklich. Montag ist der Abgabetermin für meine Hausarbeit und wenn ich das versäume, muss ich ein halbes Jahr dranhängen und das geht nicht."

„Naja, ist doch nicht so schlimm." Was dachte er denn bitte von ihr? Dass sie ihm eine Szene machen würde, weil er sich um sein Studium kümmerte?

„Okay, möchtest du einen Tee trinken?", fragte er Adele „Habe mir gerade eben einen gemacht."

„Oh ja, bitte. Das brauche ich jetzt."

Sebastian ging in die Küche und holte noch eine Tasse und goss etwas Tee hinein, ehe er sie an Adele weiterreichte. „Hier, bitte!".

„Danke!"

Während sie den Tee tranken, betrachtete Sebastian Adele und kam zu dem Schluss, dass sie noch immer sehr lädiert und mitgenommen aussah „Vielleicht legst du dich lieber ein wenig hin?"

Zunächst war die Idee für Adele nicht sehr verlockend. Sie wollte Zeit mit Sebastian verbringen und nicht schlafen. Aber das was sie wollte und wozu sie fähig war, waren zwei verschiedene Paar Schuhe. Sie ging also zum Bett und legte sich hin, währenddessen setzte Sebastian sich wieder an seine Arbeit. Es war nicht mehr viel, was er schreiben musste und dann konnte er Adele Gesellschaft leiten.

„Bin gleich fertig und dann können wir etwas gemeinsam machen. Vielleicht einen Film schauen oder wozu hast du Lust?"

Als keine Antwort kam, drehte er sich um und sah das Adele auf seinem Bett eingeschlafen war. Er nahm seine Decke aus der Truhe, die direkt vor seinem Bett stand und legte sie über Adele. *Eine Weile muss ich noch, dann kann ich mich zu dir legen und wir kuscheln bis morgen früh,* dachte sich Sebastian. Es spornte ihn an, schnell fertig zu werden. Er machte sich sogleich an die Arbeit, denn er wollte… nein… er musste schnell fertig werden.

Am nächsten Morgen wachte Adele in Sebastians Armen auf. Sie war so froh bei ihm zu sein, konnte sich in diesem Moment nichts Anderes vorstellen. Sie schmiegte sich an ihn und schloss ihre Augen, um noch eine Weile zu genießen, dass sie hier in seine Armen lag.

Sebastian hatte es geschafft, seine Arbeit war fertig und er würde den ganzen Tag mit Adele verbringen, so war sein Plan, aber leider kam wieder einmal alles anders als gedacht. Welcher Tag war heute? Irgendwie ist die Zeit so schnell vergangen, dass Sebastian nur wusste, die Hausarbeit muss bis Montag fertig sein, sonst ist das ganze halbe Jahr umsonst gewesen. Adele beruhigte ihn.

„Ganz ruhig, es ist Samstag, Montag ist dein Abgabetermin und du bist doch fertig, oder?"

„Jaja schon, aber..."

„Nix aber! Heute ist unser Tag!", bestimmte Adele und nahm ihn an den Schultern und zog ihn ins Bett zurück.

„Okay, du hast gewonnen. Einen Kaffee?" fragte er, stand auf und ging in die Küche. Einen Moment blieb er in der Tür stehen und betrachtete den Strauß mit roten Rosen, der auf dem Tisch stand. Da aber niemand zu sehen war, beschloss er, sich später darum zu kümmern und bereitete stattdessen ein kleines Frühstück mit Toast, Kaffee, Marmelade und Honig vor. Er wusste ja, dass sie Süßes zum Frühstück mochte. Bevor Sebastian die Küche wieder verließ, bewaffnet mit einem Tablett, stibitzte er sich eine Rose und eine Kerze vom Tisch. Stolz ging er mit dem Tablett in sein Zimmer und stellte es auf dem Bett ab. Adele traute ihren Augen kaum, das war alles so schön: Frühstück mit ihm im Bett und das Ganze mit Kerzenschein, wow, das musste sie festhalten. Sie holte ihr Handy aus der Tasche und machte ein Foto, was sie gleich an ihre Freundin schickte, mit der Bemerkung: >>Er ist ein Traum.<<

Sie verbrachten den ganzen Tag und auch den Sonntag zusammen und keiner fing das Thema an, was im Raum stand. Keiner von beiden wollte diese schöne Zeit zerstören. So verging das Wochenende wie im Flug und am Montagmorgen als Sebastian wach wurde, lag nur ein Zettel neben ihm.

>>Danke für das schöne Wochenende. Ich liebe dich!<<

Er musste sich beeilen, wie immer am Morgen dieselbe Prozedur, aber heute war es anders. Es stand ein Lächeln in seinem Gesicht und er konnte nur an Adele denken. Er freute sich schon auf sein Croissant und das Adele es ihm einpackte. Kurze Zeit später war er an der Bäckerei Winzer angekommen, da traf ihn beinahe der Schlag.

„Zu? Warum?" Es hing ein Schild an der Tür >>WEGEN URLAUB GESCHLOSSEN<<

„Wie? Nein... das geht nicht, ich brauche mein...!" Er konnte den Satz nicht mehr beenden, denn in diesem Moment, wurde ihm von hinten eine Tüte über die Schultern gereicht, mit den Worten: „Guten Morgen, mein Schatz! Ich wünsche dir einen schönen Tag!"

Er drehte sich rum und Adele stand mit einem breiten Grinsen vor ihm.

„Na nimm schon, du musst los, sonst kommst du zu spät."

Mit erstarrter Mine machte er die Tasche auf und Adele lies die Tüte hinein gleiten. Erst dann schien er sich soweit gefangen zu haben, dass er ihr ein Lächeln schenkte.

„Danke!"

„Bis heute Nachmittag", rief Adele hinter ihm her.

An der Uni angekommen, führte ihn sein Weg direkt zum Lehrerzimmer. Er klopfte und die Tür öffnete sich. Er gab seinem Professor seine Semesterarbeit und hoffte, dass es reichte, um bei ihm weiter im Kurs bleiben zu können. Der Professor sagte ihm, dass er die Arbeit in der nächsten freien Stunde überfliegen würde, um sich ein erstes Urteil zu bilden. Sebastian war aufgeregt und verunsichert, ob das jetzt ein gutes oder schlechtes Zeichen ist, wenn der Professor die Arbeit nur überfliegen würde. Aber andererseits war es schwer, eine 30-seitige Arbeit von ihm, einfach mal so zu lesen. Das dauerte halt. Sein Freund Tobi sagte ihm:

„Ach komm, Alter, das wird, du bist doch eh der Perfektionist!"

„Danke!" war die einzige Antwort, die Sebastian rausbrachte. Er war einfach zu aufgeregt.

5. Das Auslandssemester

Es vergingen mehrere Wochen und noch immer war nicht abzusehen, ob es für das neue Semester gereicht hatte. Adele gab sich viel Mühe, Sebastian abzulenken, was ihm gar nicht gefiel. Immer wieder fingen sie an, sich zu streiten, bis Adele der Meinung war, dass es besser sei, die beiden würden sich eine Weile nicht sehen.

Sie gingen beide ihren Aktivitäten an der Uni nach und versuchten sich aus dem Weg zu gehen, so gut es eben ging. Sebastian bekam in der Zwischenzeit ein tolles Angebot seines Dozenten, Dr. Sharma. Er hatte die einmalige Chance nach Delhi zu gehen, um mit dem Doktor an Büchern zu arbeiten. An außergewöhnlichen Büchern. Und das für ganze sechs Monate.

Er bekam zwei Tage Zeit, sich das Angebot zu überlegen. Und genau das musste er tun: überlegen. Aber mit wem sollte er reden? Adele wollte nichts mit ihm zu tun haben und doch überlegte er einen Moment, sie aufzusuchen und ihr die Neuigkeiten zu erzählen. Letztendlich fiel seine Wahl dann doch auf seine Mom. Ihr kann er vertrauen und sich sicher sein, dass sie zuhören und ihn gut beraten würde. Gleich nach den Vorlesungen, stieg er auf sein Fahrrad und fuhr zu ihr.

Nachdem sie ihn ausreden lassen hatte, besprachen sie das Für und Wider der Reise und letztendlich, konnte sie ihm nichts Anderes raten, als dass er diese Chance wahrnehmen sollte, trotz seiner Bedenken, gegenüber dem fremden Land, der vielen Menschen und dem wichtigen Punkt, dass Adele ihm sehr fehlen würde. Ob sie nach seiner Rückkehr als Paar noch eine Chance hatten? Das war wohl etwas, was die Zeit mit sich bringen würde.

Zwei Wochen nach ihrem letzten Gespräch, war sie wieder einmal in der Backstube damit beschäftigt, die Teiglinge für den Ofen auf ein Blech zu legen, als es an der Tür vom Verkaufsraum klopfte. Erst einmal, dann etwas energischer ein zweites und drittes Mal.

„Jaja, ich komme. Bitte lassen Sie die Tür ganz!"

Vor der Tür standen Isabell und Hannah, die sehr aufgeregt waren und unbedingt mit Adele reden wollten. „Was wollt ihr hier? Ist etwas mit… geht es Sebastian gut?

Eine unangenehme Art der Aufregung hatte Adele erfasst. Die beiden Frauen hatten sie noch nie hier besucht und genauer gesagt, hatten sie überhaupt nicht viel Kontakt zueinander, selbst wenn sie in der WG war. Ihr Auftauchen jetzt, konnte also nichts Gutes bedeuten.

„Adele, Sebastian ist…"

„Was ist mit Sebastian? Nun redet schon." Mit diesem Herumgestammel konnte sie im Moment gar nicht umgehen.

Hannah und Isabell schauten sich an und schwiegen eine unangenehm lange Weile, dann sagte Hannah: „Sebastian fliegt gleich für ein halbes Jahr mit seinem Dozenten nach Indien, nach Delhi, um genau zu sein. Er hat dort die Möglichkeit, die Bücher von irgendeinem Mogul zu restaurieren" Hannah wedelte ungeduldig mit der Hand, „Keine Ahnung. Sebastian soll jedenfalls diese Arbeit übernehmen, während der Doktor als Dozent an der Uni unterrichtet."

„Wie bitte? Nein, er kann nicht weg, ohne dass wir uns ausgesprochen haben!" Und wie kam er überhaupt dazu, einfach gehen zu wollen, ohne ihr Bescheid zu sagen?! Adeles Gedanken rasten.

„Deshalb sind wir hier. Los, du hast noch 30 Minuten, dann sitzt er im Flieger!"

Adele musste nicht lange überlegen. Sie schnappte ihre Tasche, dann rannte sie los zur Taxisäule. Sie konnte nicht glauben, dass Sebastian einfach, ohne ihr auch nur ein Wort zu sagen, für ein halbes Jahr nach Indien gehen würde. Nicht, nachdem er ihr gesagt hatte, dass er sie liebt. Ja, sie wollte etwas Abstand in ihrer Beziehung. Doch das hieß nicht, dass sie ihn nicht liebte oder er ihr egal war! Vollkommen außer Atem stoppte Adele beim erstbesten Taxi.

„Bitte, Sie müssen mich zum Airport Bern, Flugplatzstr.31, bringen.

„Ja, kein Problem. Steigen Sie ein."

Adele ließ sich nicht zweimal bitten und saß im nächsten Moment schon im Taxi. „Ich habe nur 20 Minuten Zeit.", sagte sie und ihr Herz hämmerte unangenehm in ihrer Brust. Der Taxifahrer konnte sie jedoch etwas beruhigen.

„Oh, das wird knapp, aber ich werde das irgendwie hinbekommen, denke ich."

Schon während er ihr das versicherte, lenkte er den Wagen aus der Parklücke auf die Straße. Adele betete innerlich, dass sie gut durch den Verkehr kamen und verfluchte jede rote Ampel. Von den 30 Minuten, die ihr die Mädels gegeben hatten, brauchte sie letztendlich 20 Minuten, bis sie vor dem Flughafen ankamen. Adele bezahlte den Preis und stürzte aus dem Wagen.

In der Abfertigungshalle angekommen, schaute sie auf die Tafel, Flug nach Frankfurt mit Anschlussflug nach Delhi stand auf der Tafel ganz oben. Okay, Gate 3, in zwei Minuten, na super,

An Gate 3 angekommen, war das Boarding voll im Gange und sie sah den Dozenten, wie er gerade eincheckte. *Aber wo ist Sebastian?*, dachte sie gerade, als ihr jemand von hinten auf die Schulter tippte. Als sie sich umdrehte, stand Sebastian vor ihr.

„Was machst du hier?", fragte Sebastian.

„Ich... ich musste dich sehen!", stammelte sie außer Atem. „Hannah und Isabell sagten mir, dass du weggehst und ich muss dir doch noch so viel sagen. Glaubst du, du kannst einfach verschwinden, ohne dich zu verabschieden?", begann sie und schon jetzt liefen ihr die Tränen über die Wangen und Sebastian wischte sie vorsichtig ab.

„Ich bin in einem halben Jahr wieder da, und dann können wir in aller Ruhe reden. Ich... wusste nur nicht, wie... und ob du überhaupt noch etwas von mir wissen willst.", sagte er verunsichert.

Er wurde zum ersten Mal am Gate aufgerufen

„Ich muss gehen!" sagte er zu Adele, gab ihr einen Kuss auf die Stirn und ging.

Adele stand da und schaute ihm fassungslos hinterher, was war das? Das war nicht ihr Sebastian, den sie liebte. Er würde doch nicht einfach gehen und sie so ohne Erklärung stehen lassen.

War es aus Selbstschutz oder weil er ihr den Abschied nicht so schwermachen wollte.

„Bleib bei mir, bitte. Flieg nicht!", rief sie ihm hinterher und schluchzte. Sie wusste, es war falsch, ihn darum zu bitten oder überhaupt den Gedanken daran zu verschwenden, dass er bleiben sollte. Er musste gehen, das war seine Chance. Trotzdem fand Adele es ungerecht, dass sie sich so früh in ihrer Beziehung wieder trennen mussten.

Sebastian ging, ohne sich noch einmal umzudrehen, in das Gate und war aus ihrem Blickfeld verschwunden. Ohnehin hätte sie ihn nicht mehr sehen können, denn mittlerweile strömten die Tränen nur so aus ihren Augen.

Hannah und Isabell waren in der Zwischenzeit auch am Flughafen angekommen und fanden Adele weinend an der Glasscheibe, die einen Blick auf das Flugzeug von Sebastian frei gab, vor. Sie schauten einander unsicher an

„Hast du ihn noch gesehen und mit ihm geredet?" Adele nickte nur und schluchzte. „Und was hat er gesagt?", fragten beide zur gleichen Zeit.

„Das ist jetzt vollkommen egal. Er ist weg."

Mit gesenktem Kopf ging Adele an den beiden vorbei und merkte nicht, dass sich die Tür vom Gate noch einmal öffnete und Sebastian auf sie zuging. Er nahm sie von hinten in den Arm und flüsterte ihr ins Ohr.

„Ich liebe dich und ich bin bald wieder da. Ich liebe Dich, hörst du?!"

Sie drehte sich um und die Lippen der beiden trafen sich zu einem langen Kuss. Sebastian wurde von Dr. Sharma dann doch ganz schnell aus der Umarmung gerissen und in das Flugzeug gezogen. „Ich liebe dich auch!", rief sie ihm nach. Adele lächelte, wischte ihre Tränen ab und war glücklich, denn sie wusste, dass beide auf einander warten und sich bald wiedersehen würden.

Nach der Ankunft in Delhi, rief Sebastian Adele gleich an und sagte ihr, dass er gut angekommen war, jetzt erst mal mit Doktor Sharma zur Unterkunft fahren und er morgen noch mal über Skype anrufen würde, dann könnten sie sich sehen und vernünftig reden.

„Aber jetzt muss ich mich beeilen. Dr. Sharma will mir noch ein wenig von Delhi zeigen und das kann ich nicht ablehnen." Trotzdem verabschiedeten sie sich noch lang, ehe sie das Telefonat schließlich beendeten. Adele weinte vor Glück und schlief mit ihrem Telefon in der Hand ein.

Es wurde hell draußen in der Stadt und die Sonne schob einige Strahlen durch den Vorhang in Adeles Zimmer. Sie kitzelten sie an der Nase, so dass sie schließlich die Augen öffnete und sich über diesen wundervollen Morgen freute.

Sie stand auf und wollte gerade ins Bad gehen, als es an der Tür klingelte. Adele eilte zurück in ihr Zimmer und öffnete ein Fenster, um runter auf die Straße schauen zu können. Unten stand Sahra und sie begrüßte ihre Freundin erfreut.

„Hallo, Sahra. Warte, ich…"

Weiter kam Adele jedoch nicht, denn unten öffnete Estell die Tür und ließ Sahra ein.

Als Sahra nach oben ins Zimmer kam, saß Adele vor ihrem Spiegel und macht sich zurecht. Sie sah bezaubernd aus, mit ihren langen dunklen, fast schwarzen Haaren. Sie hatte sie zu einem Zopf geflochten und ihre dunkelbraunen Augen glänzten wie Diamanten in der Sonne. „Guten Morgen!", sagte sie zu Sahra, während diese ungeduldig mit dem Fuß auf den Boden tippte.

„Ja, nun mach schon, ich möchte shoppen, heute ist Schlussverkauf in der Stadt!"

„Es dauert nicht lang, bin gleich fertig, dann können wir los."

Sie zog sich noch schnell ihre Schuhe an, dann erlöst sie Sahra von ihrer Warterei und sie gingen nach unten. „Straßenbahn oder Taxi?", wollte Adele gerade von ihrer Freundin wissen, als das Telefon klingelte.

„Warte, ich muss da rangehen."

Sie sah, wie Sahra mit den Augen rollte und versuchte, sie mit einer Handbewegung zu beruhigen.

„Hallo, Paps. Was ist denn? Nein, nein ich komme gleich. Sahra ist zwar da, aber wir machen uns gleich auf den Weg. In einer halben Stunde sind wir da.

„Tut mir leid, Sahra. Aber du hast es gehört

„Ach man, kaum haben wir mal wieder Zeit zum Shoppen, müssen wir deinem Dad helfen!"

„Ich weiß, du bist enttäuscht, aber…"

Sahra seufzt. „Ja, natürlich, aber gut lass uns losfahren, dass er nicht so lange warten muss. Dann sind wir schneller fertig und schaffen es vielleicht noch in die Stadt."

„Dann los", erwiderte Adele. Das klang schon beinahe wieder versöhnlich, also wollte sie jetzt auch keine Zeit verlieren. Sie hatte sich immerhin auch auf den Tag mit Sahra gefreut.

Noch daheim hatten sie sich fürs Taxi entschieden, doch mittlerweile bereuten sie diese Wahl. Der Weg zog sich heute wie ein Kaugummi und Adele war keine gute Unterhaltung, denn sie war mit ihren Gedanken nur bei Sebastian. Sahra musste sie an der Haltestelle aus dem Taxi schieben, da Adele nicht sofort reagierte „Hallo, Paps", begrüßte Adele wenig später ihren Vater in der Backstube. Und zwang sich, sich zumindest etwas zu konzentrieren. „Wo soll ich anfangen? Kann Sahra auch etwas erledigen?"

Ihr Vater verteilte, erleichtert über die Ankunft der Mädels, die Aufgaben. Zu dritt würde alles sehr viel schneller gehen. Länger als eine Stunde, maximal zwei Stunden, würde er sie nicht brauchen, versicherte ihr Vater.

Dass sie sehr viel später als geplant, noch immer in der Backstube saßen, nun jedoch denn Teiglinge beim Backen zusahen, war auf Adeles Unachtsamkeit zurückzuführen sie hatte vor lauter Träumerei die Teiglinge im Ofen vergessen und diese waren dadurch zu dunkel für den Verkauf geworden. Sie ärgerte sich so darüber, da sie damit ihren Tag in der Stadt, zunichtegemacht hatte. Doch was sollte sie tun? Sie konnte nicht nicht an Sebastian denken. Er spukte ihr ganz automatisch im Kopf herum, ohne dass sie etwas dagegen tun konnte. Auch jetzt.

„Adele!" Sahra schnipste mit den Fingern vor ihrem Gesicht herum.

„Adele, ich muss gehen es ist doch schon ganz schön spät geworden und meine Mutter wartet mit dem Essen auf mich." „Kein Problem. Das verstehe ich." Es war ja auch nicht so, dass Sahra verpflichtet war, hier mit ihr in der Backstube herumzuhängen. Sie begleitete Sahra bis zur Tür, schloss sie auf und lies sie raus. Nachdem sie hinter Sahra wieder abgeschlossen hatte, ging Adele wieder in die Backstube, setzte sich an den Tisch und schaute sich die Fotos von Sebastian auf ihrem Telefon an. Sie bemerkte nicht, dass ihr Dad kam, um die Brötchen aus dem Ofen zu nehmen, sonst wären sie wieder verbrannt. Und auch nicht, dass ihr Vater sie sehr besorgt betrachtet.

Am nächsten Morgen beschließt der Vater, etwas zu unternehmen, damit Adele wieder glücklich ist. So ging es nicht weiter mit seinem Kind. Er mischte sich zwar nicht gern ein, aber jetzt hatte er es sich lang genug mitangesehen, ohne etwas zu unternehmen, weshalb er Adele dazu überredet, mit Sahra ins Kino zu gehen.

Adele wusste, dass sie ihre Freundin sehr vernachlässigte und nahm den Ratschlag ihres Vaters an. Sie verabredete sich mit ihr und gab ihr das Versprechen, Sebastian für einen Abend aus ihrem Kopf zu verbannen.

Nach dem Kino gingen sie noch in ihre Lieblingsbar, wo sie früher schon gern eingekehrt sind, um etwas zu feiern und einen guten Cocktail zu trinken. Und nachdem Adele sich wirklich zusammengerissen hatte, war es für die Mädels ein schöner Abend, der erst gegen Mitternacht seinem Ende fand.

Es war nicht einfach für Adele, Sahra wenig später um etwas zu bitten, aber letztendlich kam es ihr doch leichter über die Lippen, als sie gedacht hatte.

„Sahra, kannst du heute Nacht bei mir bleiben, bitte?"

Sahra brauchte nicht lange, um sich ihre Antwort zu überlegen. Adele ging es nicht gut und sie brauchte sie, also wollte sie für ihre Freundin da sein, so wie diese vor Wochen für sie dagewesen war. „Danke, es ist schön, so eine Freundin, wie dich zu haben!"

„Das ist doch Ehrensache!", lächelte Sahra, dann verließen sie die Bar, um nach Hause zu gehen. Sie machten sich nacheinander bettfertig.

„Hast du auch noch so einen Hunger?", fragte Sahra, gerade als Adele ihr Haar von den Spangen befreite, die hier und dort zur Halterung drinsteckten. „Komm las uns nach unten gehen und etwas zu essen machen!" Sie hatten in der

Bar zwar Nüsse gehabt, aber das reichte längst nicht aus, um satt zu sein.

„Oh ja", stimmte Adele zu, „ich habe heute noch nicht viel gegessen." Und ein kleiner Mitternachtssnack hatte noch niemanden geschadet. Adeles Bett, würde sie auch zusammen mit ihren kugelrunden Bäuchen gut durch die Nacht bringen.

Am nächsten Morgen schien, wie an jedem Morgen der letzten Woche, die Sonne in das Zimmer. Adele machte blinzelnd die Augen auf und schaute sich nach Sahra um, doch die andere Betthälfte war leer. Beim Blick auf den Wecker erschrak sie fast, denn sie hatte doch tatsächlich so lange und gut geschlafen, wie in den letzten zehn Tagen nicht mehr. Jetzt aber wollte sie ihren Besuch nicht länger warten lasse und kämpfte sich aus den Bettdecken frei, um nach Sahra zusehen, die zur gleichen Zeit aber nach Adele sehen wollte. So wurde daraus ein Treffen auf der Treppe, was schon am Morgen für Lacher sorgte.

„Guten Morgen, du Schlafmütze", sagte Sahra und ging die Treppe wieder hinunter.

Adele streckte sich, um die letzte Müdigkeit aus den Gliedern zu bekommen und gähnte, auch wenn sie sich sehr ausgeschlafen fühlte.

„Guten Morgen. Wo ist mein Vater?"

„Der ist mit der Aushilfe in der Backstube und du hast heute frei."

Oh, dachte Adele. „Keine Angst, ich werde dich schon beschäftigen!", versprach Sahra und Adele lächelte. „Na dann ist ja gut."

„Und möchtest du einen Kaffee oder lieber einen Tee?"

„Bitte einen Kaffee, ich muss noch wach werden." Adele strich sich durch ihr langes dunkles Haar und überlegte wie sie Sahra dafür danken konnte. Es gab etwas, was Sahra sich über alles in der Welt wünschte. Diesen Wunsch, werde ich ihr erfüllen, dachte sie sich und lächelte ihre Freundin an.

Als sie gefrühstückt hatten, musste Sahra leider gehen und Adele war mit ihren Gedanken wieder alleine. *Erst mal duschen und dann kümmere ich mich um Sahras Geschenk*, ordnete Adele die Prioritäten und verschwand ins Bad. Nach dem Duschen stand sie vor dem Spiegel in ihrem Zimmer und machte sich zurecht. Sie hörte ein leises Geräusch, macht es nach kurzem Überlegen als ihr Handy aus, welches noch in ihrem Badezimmer lag und lief los. „Hallo?", rief sie keuchend in ihren Hörer.

„Ich bin es", ertönte eine vertraute Stimme, auf die sie so lange warten musste. „Bist du noch dran?"

„Ja, bin ich." Ihre Stimme klang sehr dünn und leise, da ihr gerade ein Kloß im Hals steckte, der sie daran hinderte, loszuheulen oder zu schreien vor Glück. Es rollten ihr einige Tränen über ihre Wangen und liefen am Kinn den Hals entlang bis auf ihren Bademantel.

„Bitte, weine nicht. Es tut mir leid, dass ich mich erst jetzt melde. Hörst du? Es tut mir leid, Rahul hat mich so in Beschlag genommen und ich konnte nicht nein sagen" Er klang ehrlich und sie hatte gewusst, dass er dort arbeiten musste. Außerdem war das Leben in dem fremden Land sicher auch sehr aufregend. Sie wollte ihm auf keinen Fall einen Vorwurf machen.

„Ist nicht schlimm, ich weine nur, weil ich mich freue", antwortete sie ehrlich. „Was machst du denn so Interessantes? Wo wohnst du und wie gefällt es dir in Delhi? Ich habe so viele Fragen und weiß nicht welche ich zuerst von dir beantwortet haben möchte."

„Na dann fange ich einfach mal an. Ich wohne bei der Familie meines Dozenten und Freundes Dr. Rahul Sharma. Die sind alle so lieb und zuvorkommend, ich habe ihnen von dir erzählt und sie wollen dich unbedingt kennen lernen." Man hörte, dass er lächelte und auch wenn er weit weg war, konnte Adele sich genau vorstellen, wie er dabei aussah, was ihr Herz schneller schlagen ließ. „Delhi ist eine, na ja sagen wir mal, nicht ganz so saubere Stadt...", fuhr Sebastian fort, „und es sind viele, sehr viele Menschen. Die Frauen in ihren Sari und Salwa Kamiz und die Männer haben meistens etwas an, das schaut aus wie ein Schlafanzug, es heißt glaube ich, Kurta." Sebastian hatte viel zu erzählen, bei der Schönheit des Landes und dem Überfluss an Kultur. Die Mutter von Rahul war mit ihm zusammen sogar morgens schon in einen hinduistischen Tempel gegangen, da hingen lauter Glöckchen von der Decke, an denen geklingelt wurde.

„Es war sehr bewegend und sie betete dafür, dass ich gesund bleibe und ein langes Leben habe." Er musste schmunzeln, als er davon erzählte.

„Hast du denn auch schon etwas Hindi gelernt?", fragte Adele ihn.

„Oh Ja das habe ich, denn ohne würde ich überhaupt nichts verstehen. Und ich glaube, wenn ich nach Hause komme, habe ich mindestens 20 kg zugelegt. Ich werde mit so vielen leckeren Sachen vollgestopft!"

„Dann vermisst du meine Croissants gar nicht?"

„Doch, natürlich! Die sind einzigartig und ich liebe sie, so wie ich dich liebe!"

Nun war es Adele, die lächelte. Wie sehr sie ihn vermisste, wurde ihr jetzt erst wieder sehr deutlich.

„Die Schwester von Rahul - Anjalie - hat zwei Mädchen, die sind sechs und acht Jahre alt, Jodah und Sunika, total süß und sehr anhänglich. Die beiden wollen immer, dass ich von dir erzähle und beschreibe, wie schön und liebevoll du bist. Du sollst unbedingt kommen, damit sie sich überzeugen können, ob du wirklich so schön wie der Mond bist."

Adele merkte, wie ihr die Röte ins Gesicht schoss. „Du musst doch nicht immer so übertreiben!"

„Das tue ich nicht", sagte er schlicht und so wie er es sagte, musste man ihm einfach glauben, dass er es genauso meinte. Auch, wenn Adele das unangenehm war. „Ich muss aufhören, die Zeit ist um, sonst wird das nix mit telefonieren in den nächsten Tagen." Kaum hatte er es ausgesprochen, war das Gespräch beendet.

„Sebastian? Hallo, Sebastian?" Adele nahm das Telefon vom Ohr und seufzte. *Schade ich hatte doch noch so vieles, was ich dir sagen wollte und etwas ganz Wichtiges zu erzählen.* Aber diese Gedanken musste sie noch für sich behalten.

6. Der Geburtstag und das Geschenk

Sie wusste, dass er sich bald wieder melden würde und dann wollte sie ihm erzählen, was sie so erlebt hatte und wie es ihr ergangen war. Nach diesem Telefonat mit ihrem Sebastian ging es ihr gut, sie fühlte sich wie auf Wolken und summte ein leises Liebeslied. Sie beschloss, ihre gute Laune gleich zu nutzen und das Geschenk für Sahra zu besorgen. Sie freute sich noch immer, über ihre Idee und jetzt war der richtige Zeitpunkt, bevor sie wieder irgendwann in ihren Liebeskummer zurückfiel, weil Sebastian so weit weg war. Also machte sie sich fertig, schnappte ihre Tasche und ging in die Stadt.

Ihr Weg führte sie zum Reisebüro Globetrotter Travel, in der Neuengasse 23. Eine Reise sollte es sein. Sie blieb vor dem Schaufenster stehen und studierte die Angebote. Es gab viele, aber eines stach ihr sofort ins Auge.

Oh ja das ist eine wunderbare Idee. Wir zwei und so viele aufregende Sachen, die wir machen können!

Dieser Fund steigerte ihre Euphorie noch mal, weshalb sie voller Vorfreude die zwei kleinen Stufen zum Laden hinaufging, die Tür aufschob und den Laden betrat. Die blonde Frau lächelte

Adele schon freundlich entgegen, als sie auf den Tresen zuging.

„Guten Tag", begrüßte Frau Neumann – wie Adele von ihrem, an ihrer Bluse befestigtem, Schild ablesen konnte – sie freundlich. „Wie kann ich Ihnen behilflich sein? Konnten Sie sich schon für etwas entscheiden?" Als gute und aufmerksame Verkäuferin, hatte sie natürlich sofort gesehen, dass Adele sich draußen mit den Aushängen beschäftigt hatte.

„Ja, habe ich", lächelte Adele und die Freude darüber, stand ihr bestimmt ins Gesicht geschrieben. „Die Reise aus dem Aushang draußen, für zwei Personen und für drei Wochen, hätte ich gerne."

Adele sah zu, wie die Verkäuferin etwas in ihrem Computer eingab und musste noch etliche Fragen beantworten, ihren Ausweis vorzeigen und weitere bürokratische Sachen über sich ergehen lassen, bis es endlich an die Bezahlung ging. Dennoch konnte nichts ihre Freude trüben. Mit einem Lächeln auf den Lippen ließ sie alles über sich ergehen.

„Das macht dann zweitausendfünfhundert Franken."

Adele griff in ihre Handtasche, holte ihr Portemonnaie heraus und reichte der Verkäuferin ihre Kreditkarte mit den Worten „Ich bezahle mit Karte, hier bitte."

Die Verkäuferin bedankte sich und kurze Zeit später leistete Adele als letztes ihre Unterschrift auf dem Belegt, nahm die Unterlagen entgegen und verabschiedete sich. Sie hatte die Reise gebucht und freute sich schon auf das Gesicht von Sahra. Alleine die Vorstellung brachte ihr ein Lächeln auf die Lippen.

Es war ein Montag und wie die letzten Tage auch schon, stand Adele in der Backstube und holte gerade die Brötchen aus dem Ofen, als sie eine vertraute Stimme ihren Namen rufen hörte.

„Hallo Adele, bist du da?"

„Ja, bin ich, komme gleich."

Adele ging etwas schneller als sonst in den Verkaufsraum. „Guten Tag, Inka!" Das war zwar eine Überraschung, Sebastians Mutter hier zu sehen, aber eine freudige. Vielleicht hatte sie ja Neuigkeiten von Sebastian.

„Guten Tag. Sag, hat Sebastian sich in den letzten Tagen bei dir gemeldet?"

Adele verzog enttäuscht das Gesicht, obwohl Inka nichts dafür konnte, dass sie sich falsche Hoffnungen gemacht hatte.

„Ja, aber das ist schon einige Tage her. Er sagte mir, dass er sich wieder meldet, sobald er Zeit hat. Sein Dozent hat viel für Sebastian, was erlediget werden muss und so hat er nicht die Zeit, um anzurufen."

„Stimmt, das sagte er mir auch und dass die beiden kleinen Kinder der Familie, bei der er wohnt, ihn voll in Anspruch nehmen.

„Ja und dass er mit seinem Dozenten ständig unterwegs ist und dass er Bücher in der Hand hatte, die noch nie ein westlicher Mensch anfassen durfte. Und seit ein paar Tagen muss er so im Stress sein, dass er sich nicht mehr gemeldet hat."

„Ja, er scheint wirklich schwer beschäftigt zu sein", seufzte Adele. Sie vergönnte es Sebastian nicht, dass er das alles erleben durfte. Sie vermisste ihn nur so stark. Gerade wollte Adele Inka von ihrem Geschenk für Sahra berichten, da ging die Tür auf und das Glöckchen schellte. „Guten Morgen!"

„Guten Morgen, Frau May! Einen Moment, bitte", bat Adele die Kundin und wandte sich wieder an Inka." „Bitte, Frau Behrens, kommen Sie doch hier rüber, hier ist Ihr Kaffee."

„Danke, Adele"

Adele nickte und wandte sich ab, um sich um die Kundin zu kümmern. „So, was hätten Sie denn gern, Frau May?", fragte Adele.

„Ich hätte gern zehn Weggli mit Mohn und einen Laib Brot, geschnitten."

Adele legte das Brot in die Schneidemaschine und zog, während es geschnitten wurde, eine Tüte aus der Halterung, um die Weggli hineinzufüllen. Das geschnittene Brot landete in einer anderen Tüte. Wenig später tausche Adele Ware gegen Geld und verabschiedete sich höflich von ihrer Kundin.

Als die Tür sich geschlossen hatte, fing Adele an, Inka von dem Geschenk zu erzählen und Inka war begeistert, freute sich riesig darüber und musste Adele versprechen, dass sie niemandem etwas verrät, vor allem Sebastian nicht.

„Nein, das mach ich nicht."

„Gut."

Inka verabschiedete sich wenig später von Adele und machte sich auf den Weg zu ihrem Friseurtermin. Adele hatte keine Zeit, sich weiter in ihren Gedanken zu verlieren, da der Laden gegen Mittag voll geworden war und sie sich auf den Verkauf konzentrieren musste. So verging der Tag und ehe Adele sich versah, war es Zeit, den Laden zu schließen. Nicht weil es achtzehn Uhr oder später war. Nein, sie hatte alles restlos verkauft. Weder ein Stück Brot, noch ein Weggli waren mehr da. Als Adele nach Hause kam, stand Sahra schon vor ihrer Tür und wartete ganz ungeduldig.

„Na endlich bist du da, wo warst du denn so lange?", fragte Sahra.

„Also weißt du, es gibt auch noch Menschen, die für ihr Geld, was sie ausgeben, arbeiten müssen!"

„Ach komm, Adele, dein Dad ist nicht anders als meine Eltern. Wenn du fragst, bekommst du auch, was du willst!"

„Ja, aber darum geht es doch nicht!", erwiderte Adele frustriert. Natürlich würde ihr Vater ihr aushelfen, aber das wollte sie gar nicht. Sie hatte hier ein so schönes Leben, in diesem wunderschönen Haus, da wollte sie wenigstens etwas dazu beisteuern. Deshalb arbeitete sie im Laden. Und deshalb ließ sie sich nicht aushalten. Und das konnte nur für Sahra unverständlich sein, die ihren Lebtag noch nicht arbeiten musste. Deshalb beschloss Adele jetzt auch, das Thema zu wechseln. Auf Grundsatzdiskussionen zwischen Tür und Angel hatte sie keine Lust.

„Warum hast du denn auf mich gewartet?", wollte sie von Sahra wissen.

„Ich habe mir ein paar neue Kleider gekauft und wollte mit dir schauen, welches ich anziehe, wenn ich mit dem süßen Tobi aus Sebastians WG ausgehe."

„Und das hätte nicht bis morgen warten können?", seufzte Adele und schloss endlich die Tür auf, um Sahra hineinzulassen, hielt aber vor der Tür doch noch mal inne.

„Außerdem… Tobi? Im Ernst? Meinst du nicht, dass der etwas zu verrückt ist, sogar für dich? Der hat doch jedes Wochenende eine andere!"

„Kann ja sein, aber ich mag ihn und wenn ist doch egal, vielleicht wird es ja so wie bei euch, große Liebe, nur mit einem Unterschied… bei mir geht Tobi nicht einfach für sechs Monate ins Ausland."

„Das kannst du vorher nicht wissen", konterte Adele. Als hätte sie von Anfang an gewusst, dass Sebastian nach Indien gehen würde und sie fand es nicht nett, dass ihre Freundin jetzt darauf herumhackte. Es war auch so schon schwer genug. „Ich will einfach nicht, dass er dir wehtut und du dann Liebeskummer hast." Adele drehte sich um und ging ins Haus, ohne noch ein Wort zu sagen.

„Ach Mensch, Adele, sorry, das war nicht so gemeint" Sarah wusste, dass sie etwas gesagt hatte was ihrer Freundin in der Seele wehtat. „Bitte entschuldige, ja?"

Adele machte die Tür noch etwas weiter auf und lächelte Sahra an. „Ok, aber jetzt komm rein, es wird mir zu kalt hier draußen."

„Ich komme."

Und schon war Sahra hinter der alten großen Tür, mit den schönen Verzierungen verschwunden. Sie gingen in das Wohnzimmer, wo Adeles Vater an seinem Lieblingsplatz saß und einen Teller im Schoß platziert hatte.

„Guten Abend, Hr. Winzer", sagte Sahra.

„Guten Abend, Mädels. Bin gerade fertig mit Abendbrot essen." Er deutete gut gelaunt, aber unnötigerweise auf den Teller. „Es gibt nur Brot von gestern für euch oder hast du was mitgebracht, Adele?"

„Nein, alles verkauft. Ich habe vergessen, eines für uns wegzulegen."

„Das macht nichts, ich esse auch das von gestern oder am besten nichts, bin eh nicht hungrig", sagte Sahra und schaute grinsend zu Adele, die ebenfalls grinste."

„Jaja, ihr seid euch mal wieder einig."

„Los, wir gehen nach oben. Wir nehmen eine Cola mit, ok, Paps?"

„Ja, ist gut. Gute Nacht, ihr Lieben."

„Gute Nacht", ertönte es aus dem Flur von beiden im Duett. Dann hörte er nur noch eine Tür ins Schloss fallen und viel Gerede.

Es war acht Uhr morgens und Sahra schreckte auf, sie hatte einen Termin mit ihrer Mutter und den durfte sie auf keinen Fall versauen, indem sie zu spät kam.

„Adele, los aufstehen! Ich muss in einer halben Stunde am Bahnhof stehen. Meine Großeltern kommen heute und meine Mom möchte, dass auch ich dort bin, wenn sie ankommen, warum auch immer." Sie rollte seufzend mit den Augen, während sie nach ihren Sachen suchte, die sie gestern hier oben abgelegt hatte.

„Ja, dann aber mal etwas schneller als sonst, du lahme Ente", lachte Adele und nachdem Sie ihre Freundin antrieb, waren beide innerhalb weniger Minuten fertig und bereit, das Haus zu verlassen.

So verging eine Woche nach der anderen und fast zwei Wochen davon war Sahra so aufgeregt wegen ihrer Geburtstagsparty und lag Adele manchmal stundenlang damit in den Ohren, so dass sie nach diesen drei Wochen wirklich heilfroh war, dass die Party endlich stattfand. Warum auch immer ihre Freundin sich so verrückt machte und wollte, dass alle begeistert waren, Adele konnte es sich nicht erklären. Und so blieb ihr einfach nur, für Sahra da zu sein.

Da Adele wusste, dass Tobi auch da war und sie von ihm vielleicht etwas Neues über Sebastian hören konnte, freute sie sich auch auf diese

Party. Aber noch mehr freute sie sich, dass sie endlich ihr Geschenk, was sie schon seit drei Wochen in ihrem Zimmer versteckte, überreichen konnte.

Ich bin mal gespannt, was Sahra dazu sagt, dachte sie sich und machte sich zurecht. Nicht zu hübsch, da heute Sahras Tag war und nicht sie im Mittelpunkt stehen wollte. Ein Kleid, oben mit Spitze und unten weißer Stoff mit Elefanten drauf, ein wenig andeutungsvoll auf die Reise.

Sie verabschiedete sich von ihrem Vater und machte sich mit dem Rad auf den Weg zu Sahra. Es war nicht weit, denn ihre Freundin wohnte nur drei Straßen von ihr entfernt, in einer schönen Neubausiedlung, wo zwar jedes Haus aussah wie das andere, man aber erahnen konnte, das es sich dort sehr gut leben ließ.

Zehn Minuten später war sie bei Sahra vor dem Haus angekommen. Sie ging die Treppe zur Haustür hoch, klingelte und Sahra riss die Tür auf.

„Da bist du ja endlich! Schnell, komm rein!"

Sahra zog Adele ins Haus und umarmte sie. Adele zog aus ihrer Tasche das Geschenk für Sahra. Es war liebevoll in rosa Papier eingepackt und mit rotem Band zu einer Schleife gebunden.

„Ich wünsche dir alles Liebe zu deinem Geburtstag und hoffe, dass du alles bekommst, was du dir wünschst. Hier ist dein Geschenk. Nicht riesig, aber richtig."

„Oh, danke." Sahra umarmte Adele und drückte sie fest. „Aber weißt du, das ist doch egal, ich brauche nichts Großes, solange es von dir ist."

Sahra legte das Geschenk zu den anderen und sagte zu ihrer Freundin: „Auspacken werde ich, wenn alle Gäste da sind."

Tobi war auch schon da und Adele setzte sich zu ihm. „Na du, hast du schon was von Sebastian gehört?"

„Ja, gestern hat er sich kurz gemeldet und mir gesagt, dass ich heute auf dich aufpassen soll."

„Ach ja, du auf mich?" Adele hob amüsiert die Augenbrauen. „Ich denke eher, dass ich auf dich aufpassen muss, damit du nicht mit irgendwelchen Mädels flirtest und Sahra sauer wird und ich sie mit kiloweise Eis trösten muss."

„Ja, nee, das brauchst du nicht. Ich mag Sahra sehr, so dass ich schon längere Zeit kein anderes Mädel angesprochen habe."

„Hm... und was hat Sebastian dir sonst so erzählt?", lenkte Adele ab. Auch wenn Tobis Worte ehrlich klangen, wollte sie lieber noch abwarten, bevor so dem allen zu sehr vertraute.

„Naja, dass er viel zu tun hat und dass die Kinder bei der Familie sehr lieb sind und dass es bunt und voll auf den Straßen ist, dass sogar die Kühe auf den Straßen laufen und die Leute anhalten, bis die Tiere aus dem Weg gehen. Das kann ich mir gar nicht vorstellen, meines Erachtens gehören Kühe in einen Stall und später auf den Teller", sagte Tobi und grinste verschmitzt.

Zum Glück konnte Adele ihm einer Erwiderung schuldig bleiben, denn in diesem Moment rief Sarah alle zum Geschenke auspacken zusammen.

Sie versammelten sich alle im Wohnzimmer des Hauses. Ein Geschenk nach dem anderen wurde von ihr geöffnet und sie bedankte sich dafür. Das Letzte was sie öffnete, war das von Adele. Als Sahra es auspackte und die Flugtickets mit dem Hotel sah und wo es hinging, fing sie an zu jubeln vor Freude.

„Danke… oh, danke danke danke, Adele! Da werden wir viel Spaß haben!"

„Wann wollen wir los?", fragte Adele.

Sahra sagte: „Am besten in zehn Tagen. Immerhin muss ich doch noch packen und vorher einkaufen, dass ich die richtigen Klamotten habe."

„Ok, das machen wir. Ich buche das Hotel und dann geht es in zehn Tagen los."

Tobi staunte nicht schlecht. „Wie ihr fliegt nach... wo... ah, dann kannst du ja alles unter einen Hut bringen, was?"

„Ja."

Mehr brachte Adele nicht raus, denn sie war überwältigt von der Freude, die Sahra zum Ausdruck brachte und über ihre eigene Freude, denn immerhin war es ihre gemeinsame Reise.

Die Party ging bis spät in die Nacht oder nach Adeles Meinung eher bis früh in den Tag. Morgens um vier Uhr war sie zuhause und ging direkt in ihr Zimmer und ins Bett. Ihr Dad ging zur gleichen Zeit in die Bäckerei.

Als Adele im Bett lag, dachte sie über das Gespräch mit Tobi nach. Dabei stellte sie sich den Wecker auf zwölf Uhr und dachte an das Gesicht von Sebastian, wenn sie in zehn Tagen vor ihm stand. Sie lächelte und schlief mit diesem Gedanken ein, so tief und fest, dass sie nicht einmal hörte, dass Estell in ihr Zimmer kam und gleich wieder ging, um Adele nicht zu wecken. Normalerweise würde sie jetzt das Zimmer und Bad von Adele reinigen, da diese sonst üblicherweise auch schon in der Bäckerei war, aber heute war alles etwas anders. Doch die jungen Leute sollten das Leben auf jeden Fall feiern.

Der Wecker klingelte pünktlich am nächsten Tage zur eingestellten Zeit und Adele quälte sich aus dem Bett. Kaum das sie auf war und sich ins Badezimmer begeben hatte, betrat Estell schon das Zimmer und machte sich an die Arbeit. „Na endlich, dann werde ich ja heute doch pünktlich fertig und kann um zwei einkaufen. Hast du noch einen Wunsch, was ich mitbringen soll?"

„Ja, Kopfschmerztabletten. Ich gehe mir jetzt erst einmal was zu essen machen."

„Und Wasser trinken nicht vergessen!", rief Estell ihr hinterher

„Ja, mach ich", tönte es von Adele zurück, die schon auf der Treppe nach unten in die Küche war.

Der Griff in den Kühlschrank ging schnell. Wasser, Butter und Marmelade, das sollte für ein kleines Frühstück reichen. Sie brauchte einfach nur ein wenig was in ihrem Magen und dann würde sie sich besser fühlen.

Sie setzte die Flasche Wasser an, die sie aus dem Korb in der Ecke genommen hatte und trank fast die ganze Flasche leer. In Gedanken vertieft, setzte sie sich danach an den Tisch und schmierte sich eine Scheibe Brot und biss herzhaft hinein. „Igitt was ist das denn? Das ist ja ekelig. Wie kann man so was essen?!", schrie sie in der Küche laut los.

Estell war in zwischen unten angekommen und eilte in die Küche.

„Adele, warum schreist du so? Man kann dich bis oben in den Zimmern hören und das bei geschlossener Tür?"

„Ich habe Senf auf meinem Brot und nicht Butter und dann noch Marmelade darauf geschmiert, das ist widerlich!"

Estelle konnte nicht an sich halten und lachte laut los. Nachdem sie zunächst noch missmutig dreinschaute, war Estelles Lachen zu ansteckend, um nicht mit einzustimmen.

„Mach dir einfach ein neues", riet Estelle und ging, mit einem heiteren Lächeln, wieder an die Arbeit.

Ein langer und lauter Seufzer kam Adele über die Lippen, dann machte sie sich ein neues Brot, aber dieses Mal achtete sie genau darauf, was sie dort fabrizierte. Sie wollte sich diese Erfahrung ein zweites Mal unbedingt ersparen.

Auf dem Tisch lag die Zeitung ihres Vaters, da fiel ihr ein interessanter Artikel gleich auf der ersten Seite auf, vertieft ins Lesen, merkte sie nicht wie es an der Tür klingelte.

„Adele, Besuch für dich!"

„Ja, ich komme gleich, wer ist es denn, Estell?" fragte sie noch schnell, bevor sie ihren Bademantel zumachte.

„Es ist Sahra", rief Estell.

„Ja, ich bin es!", drang die raue Stimme von Sahra bis in die Küche.

„Oh, was ist mit deiner Stimme?"

„Ach, habe wohl zu viel geredet. Und zu viel gesungen", grinst Sahra vergnügt. Adele fand es erstaunlich, dass sie so früh schon wieder so fit war.

„Hättest mal lieber gestern öfter deinen Mund halten sollen, was?", lacht Adele schelmisch.

„Jaja, du kannst deine Späße machen. Von dir wollte auch nicht jede Menschenseele irgendetwas", seufzt sie.

„Ja kann ich, hab meine Stimme ja noch."

„Naja, das war es wert", winkte Sahra ab, ehe sie wieder ernster wurde. „Aber, jetzt mal zu was Ernsterem, okay?"

„Ja, ok. Was ist denn?"

„Also, es geht um dein Geschenk."

„Gefällt es dir nicht, dann gib es her, dann bekommst du was Anderes."

„Nein, nein!", wehrte sie ab. „Das ist das schönste Geschenk von allen und ich will auch nur fragen ob du schon alles an Klamotten hast oder wenn du magst, können wir gleich los und noch etwas besorgen." Sahra schaute an Adele runter und Adele tat das gleiche.

„So soll ich gehen?"

„Okay, wenn du dir was angezogen hast."

„Ja, dann warte, bin gleich zurück. Kannst dir ja eine Cola nehmen."

Adele rannte schnell die Treppe rauf in ihr Zimmer. Sie machte ihren riesigen Schrank auf und griff einfach das Erste, was sie in die Finger bekam, zog sich die Kleidung über, kämmte ihre Haare und band sie zu einem Zopf zusammen. Noch etwas Schminke aber nicht zu viel, das mochte sie nicht und nach einem kurzen Blick in den Spiegel, nickte sie zufrieden. Sie ging nach unten und hatte es geschafft, in sage und schreibe zehn Minuten, fix und fertig vor Sahra im Flur zu stehen.

„Oh man, wie machst du das nur, ich brauch fast dreimal so lange, wie du!"

„Ach, das stimmt doch gar nicht!", sagte Adele zu ihr.

Sie gingen beide zusammen aus dem Haus und in die Stadt. Adele wusste, dass sie sich nichts kaufen würde, denn sie besaß alles, was für den Urlaub nötig war. Aber bei Sahra war sie sicher, dass es mindestens zwei bis drei Tüten werden würden.

7. Die Überraschung

In der Zwischenzeit war Sebastian in Indien mit seinen Gedanken immer und immer wieder bei Adele und ihren wunderschönen Augen, ihrem Lächeln und ihrem kleinen Grübchen. An manchen Tagen konnte er nur äußerst schwer seiner Arbeit nachgehen, da er ständig mit den Gedanken in Bern und bei Adele war. Das merkte auch sein Gastvater und er beschloss, sich etwas einfallen zu lassen. Dafür würde eine Absprache mit dem Rest der Familie erforderlich sein, aber daran sollte es nicht scheitern. Er hatte auch schon eine genaue Idee ins Auge gefasst, die etwas Organisation erforderte, aber wenn sie Sebastian so auf andere Gedanken bringen konnten, würde es das wert sein.

Am nächsten Morgen um fünf Uhr in der Früh, stand auf einmal die kleine Sunika, Tochter von Anjalie, vor Sebastians Bett und kicherte leise, aber doch wieder so laut, dass Sebastian wach wurde davon.

„Namaste", begrüßte die Kleine ihn und lächelte. Sebastian, der sich mittlerweile an die Kinder im Haus gewöhnt hatte, lächelte fast automatisch zurück, nachdem er sich die Augen gerieben hatte. Er musste zugeben, dass die Kleine aber auch sehr entzückend war. „Namastee", erwiderte Sebastian den Gruß.

Sunika zog an seiner Decke und redete so schnell, dass er kein Wort verstand. Obwohl er nach einem Monat die Sprache schon gut beherrschte, zumindest für seine Verhältnisse. Die Familie integrierte ihn, so gut es eben ging, in den Alltag und er bekam dabei viele Dinge mit, so auch die Sprache.

„Roka" sagte Sebastian auf Hindi „itanee jaldee nahin main tumhen samajh mein nahin aata hai jab aap itanee jaldee mein baat karate hain"

Sunika erschrak, da sie nicht damit rechnete, dass Sebastian in der kurzen Zeit schon so viel Hindi gelernt hatte, was sie auch noch verstand. Sie sagte ihm, dass Bamita, die Großmutter der Mädchen, in der großen Vorhalle des Hauses auf ihn wartete.

„Okay, ich stehe auf. Du wartest aber vor der Tür."

Sunika nickte und drehte sich um, um den Raum zu verlassen.

„Und schließ die Tür, Sunika!",

Die Kleine schaute sich um und grinste ihn frech an. Aber sie tat, was er sagte. Kopfschüttelnd, aber grinsend stieg Sebastian aus dem Bett und suchte zunächst das Badezimmer auf, was direkt neben seinem Zimmer lag, ehe er sich anzog.

Als er fertig war, ging er hinunter in die große Halle, an der Hand die kleine Sunika. Sie zerrte an ihm, weil es ihr nicht schnell genug ging. Die Großmutter sollte nicht zu lange warten müssen. „Langsam, sonst fallen wir noch hin!", sagte Sebastian zu Sunika, aber sie wollte das nicht hören, immerhin hatten sie doch was Großes mit ihm vor.

In der Halle hatte sich die komplette Familie versammelt und alle warteten auf die Beiden.

„Bamita", begrüßte er die Mutter von Anjalie und Rahul. „Namaste."

„Namaste, mein Junge", erwiderte sie und sah in die Runde. „So, dann sind wir ja alle da und können los.", fügte Bamita hinzu und drehte sich um.

„Los?" Sebastians Ausruf ließ sie innehalten und sie drehte sich lächelnd wieder zurück. „Wohin? Ich habe doch noch gar nicht gefrühstückt!" Sebastian konnte nicht von seiner Routine lassen. Auch hier in Indien nicht. Oder genauer gesagt, schon gar nicht hier in diesem fremden Land, wo jeder Tag was Neues für ihn bereithielt.

Sebastian versuchte alles mitzunehmen, aber an Teilen seiner Routine konnte er nichts ändern. Und dazu gehörte eben das Frühstück bzw. alles, was er seit dem Aufstehen getan hatte, inklusive Frühstück. Es war immerhin schon Umstellung genug, dass hier der Kühlschrank gefüllt war und er nach Herzenslust zugreifen konnte. Sowas hatte es bei ihm in der WG nie gegeben.

„Roka!", forderte er seine Gastfamilie mit lauter Stimme auf, die jetzt wild am durcheinanderplappern war. Jeder wollte den Anderen übertönen.

„Ich kann nicht gehen, bevor ich etwas zum Frühstück hatte", sagte er. „Es geht nicht!"

Alle verstummten und drehten sich verwundert zu Sebastian um. Die kleine Sunika fing an zu jammern. Für sie war es nicht begreiflich, wie dringlich Sebastian seine Worte meinte und somit auch nicht, warum.

„Ah, ich vergaß", nickte Bamita, „du bist nicht der schnelle und lockere Typ." Sie hatte schon einiges von ihm mitbekommen und gehört, dass er so seine Eigenarten hatte. Das war ihr in der Euphorie, die die Familie an den Tag legte, einfach entfallen.

„Wir warten bis du dir etwas Anderes angezogen hast, am besten den Kurta, der ist bequemer. Und dann gehen wir essen, okay?"

„Ja gut, bin gleich wieder da."

Er lief in sein Zimmer und zog sich den Kurta an. Das dauerte nicht lang und als er die Treppe wieder herunterkam, fing die kleine Sunika ihn schon ab. Er wollte in die Küche gehen, aber sie zog ihn rigoros weiter. Warum, das wurde ihm klar, als er mit Sunika in den Hof kam Sie hatte ihm für unterwegs ein Roti zubereitet, so dass sie jetzt aufbrechen konnten. Sebastian war angezogen, er hatte etwas zum Frühstücken und wirkte jetzt wieder entspannt inmitten dieser lauten und herzlichen Familie.

Dann ging es los, Großmutter Bamita, Anjalie und die Kinder, sowie die Männer der Familie, alle waren sie dabei. Sebastian fragte auf dem Weg nach draußen nach, wo es hinging und warum. Jodha – die Schwester von Sunika - erklärte ihm, dass es eine Überraschung für ihn sei und er Geduld haben solle.

Aber genau das konnte er nicht. Er mochte keine Überraschungen, weil er sich nicht darauf vorbereiten konnte und das wiederum stresste ihn. Aber jetzt blieb ihm nichts Anderes übrig, als mitzugehen. Er wollte die Familie auch nicht enttäuschen, wo sie so viel dafür taten, dass es ihm hier gut ging. Also gab er nach und stimmte mit einem leisen „Haa" einfach zu.

Sie gingen zum gemieteten Bus. Es war ein alter TATA Bus, am Steuer saß Ruith, der Mann von Anjalie.

„Alle einsteigen und hinsetzen", rief er munter und er schien sich ziemlich zu freuen. Sebastian -der keinerlei Ahnung hatte, wohin es ging – grübelte natürlich die ganze Zeit. Jedoch ohne Ergebnis, denn sie konnten wirklich überall hinfahren.

Bis auf Bamita setzten sich alle nach hinten. Bamita ließ es sich nicht nehmen vorn in der Kabine Platz zunehmen. Sie wollte einfach neben ihrem Schwiegersohn sitzen, der nur wenige Wochen im Jahr bei der Familie war, da er im Ausland arbeitet. Nach anfänglichem Gewusel, wer wo und neben wem sitzen durfte und nachdem der Motor gestartet wurde, waren alle still. Es war wie ein stilles Einvernehmen, dass man Ruith nicht stören wollte.

Sebastian schaute sich immer wieder um, auf der Suche nach einem Hinweis wo es hingehen könnte, aber das klappte nicht. Nichts kam ihm bekannt vor, da er hier meist seiner Routine folgte. Sicher zeigten sie ihm auch mal Orte und Sehenswürdigkeiten, aber da er arbeiten musste, blieb dafür nicht oft Zeit.

Die Fahrt war lang, dauerte gefühlte vier Stunden. Und die Sitze waren schon sehr durchgesessen, also genauso alt wie der himmelblaue Bus eben. Trotzdem nickte er unterwegs hin und wieder ein. Erst als der Bus langsamer wurde, kam er wieder richtig zu sich und schaute aufgeregt durchs Fenster. Sie fuhren nicht mehr auf einer befestigten Straße, sondern auf einem holprigen Feldweg. Menschen, sehr viele Menschen, passierten den Bus.

Als sie aus dem Bus ausgestiegen waren, schaute Sebastian sich erst einmal um. Auf dem ganzen Feld waren Zelte aufgebaut, Fackeln aufgestellt und viele bunte Blumengirlanden hingen überall an den Zelten. Auch in den Zelten war alles sehr festlich geschmückt. In der Mitte der Zelte war ein großes Lagerfeuer für die Abendstunden. War das ein. Festival? Sebastian fragte gleich nach, ob sie über Nacht blieben.

„Aber ja!", sagte Anjalie, „wir bleiben drei Tage und Nächte hier. Es ist das Ram/Lila-Fest und es wird toll, warte ab. Du wirst dich wohlfühlen."

Und so war es dann auch. Mit Tanz, Musik, Gesang und Essen, in vielen Variationen, war es einfach nur ein Traum. Sebastian vergaß seine Bedenken und fühlte sich einfach nur frei und ohne Zwänge.

Zum Abschluss der Feierlichkeiten, wurde ein Theaterstück aufgeführt und die Geschichte von Ram und Lila erzählt. Für einen Augenblick vergaß er alles und stellte sich die Frage, ob er nicht einfach hierbleiben sollte. Hier in diesem wunderschönen Land, wo es so vieles zu entdecken gab und wo einige Menschen ihm schon so sehr ans Herz gewachsen waren. Und es sollte auch nicht das letzte Mal sein, dass ihm dieser Gedanke durch den Kopf ging. Doch im gleichen Moment musste er an seine Mom denken. Was war mit ihr oder Adele, die er so sehr liebte. Doch er schob all seine Gedanken in eine Schublade und legte sie weit hinten in seinem Kopf ab.

„Und konntest du deiner Gefühle Herr werden oder ist deine Freundin noch immer sehr präsent in deinem Kopf?"

„Sie wird immer in meinem Kopf sein.", lächelte Sebastian. „Und ich wünsche mir nichts sehnlicher, als sie in den Arm nehmen zu können." Sebastian sah nachdenklich ins Feuer, ehe er seinen Kopf in Richtung Rahul drehte. „Aber jetzt bin ich hier und ich werde meine Arbeit beenden." Mit Adele war alles geklärt. Sie würden sich in ein paar Monaten wiedersehen und dann würde sie niemand mehr trennen.

In der letzten Nacht im Zelt, was er sich mit allen Männern teilen musste, schlief er sehr schwer ein und seine Gedanken trieben ihn zu Adele. Was sie wohl machte und ob sie ihn genauso vermisste, wie er sie. Er stellte sie sich in der Bäckerei vor, bei sich daheim, in ihrem Zimmer voller Bücher oder auf ihrem Rad fahrend durch die Stadt. Darüber schlief er schließlich ein.

Als er am nächsten Morgen aufwachte, waren die Fragen alle weg. Nur dieses Gefühl vom alleine sein war wieder da. Er nahm sich vor, gleich zum Postmann zu gehen und zu telefonieren, wenn sie wieder in Delhi waren. Aber das dauerte noch ein paar Stunden.

In Bern blieb die Zeit nicht stehen, nur weil Sebastian nicht da war. Adele hatte, wie sie es schon vermutete, nichts gekauft. Nur Sahra konnte ihre Geldbörse nicht in der Tasche lassen und kaufte sich in einen Rausch. Sie musste mit fünf Tüten den Weg nach Hause antreten. Ob sie das alles mitnehmen würde, wusste sie natürlich nicht, aber besser man hatte es und brauchte auf nichts verzichten, denn das tat sie nicht gern und wenn sie es musste, konnte es ihr jeden noch so schönen Urlaub verderben.

Adele sehnte sich immer mehr nach Sebastian, sie wollte endlich wieder in seinen Armen liegen und von ihm hören, wie sehr er sie liebte und sie vermisst hatte. Sie saß gerade mit ihrem Vater beim Essen, als das Telefon klingelte.

„Wer ruft denn jetzt an? Es ist Sonntag und wir essen", brummte ihr Vater, nicht gerade zufrieden, ehe er einen Löffel in seinen Mund schob.

Adele wollte gerade aufspringen, um zum Telefon zu laufen, da kam auch schon Estell angelaufen. „Es ist Sebastian!", rief sie schwer atmend Adele entgegen, die sofort aufsprang.

„Paps, darf ich?"

„Ja klar, geh schon!"

Adele schnappte sich das Telefon und rannte in ihr Zimmer. Sebastian erzählte ihr von den Tagen auf dem Land und das er sie jede Sekunde vermisst und sich nichts sehnlicher wünscht als sie zu sehen, aber das er schon froh sei, sie zu hören und ihre Anwesenheit dadurch spüren würde. Adele lächelte und sagte nichts. In diesem Moment hörte sie, wie er zu ihr sagte:

„Bist du noch da?"

„Ja, bin ich", antwortete sie sofort und lächelte, „du redest heute so viel, dass ich dir gar nicht erzählen kann, dass Sahra mit Tobi zusammen ist und dass der Geburtstag von Sahra toll war." Okay, jetzt hatte sie es ihm doch erzählt, was sowohl sie, als auch ihnen leise auflachen ließ.

„Gut", sagte er. „Aber das weiß ich schon. Ich will von dir wissen, vermisst du mich auch, liebst du mich so sehr wie ich dich?"

„Ja das tu ich, ich liebe dich und vermisse dich mit jedem Atemzug." Adele schluckte schwer. Die Worte auszusprechen, anstatt sie nur zu denken, machte die Sehnsucht nach Sebastian fast noch schlimmer, weshalb sie schnell das Thema wechselte.

„Und macht dir die Arbeit an den Büchern Spaß?"

„Ja, macht es. Ich freue mich, es sind noch vier Monate und dreißig Tage, dann bin ich wieder da!", sagte er und im nächsten Augenblick war wieder das Telefon still.

„Hallo? Hallo, Sebastian?"

Mist, nicht schon wieder, dachte Adele. *Die haben aber auch Probleme mit dem Telefon in Indien.*

Traurig kam sie wieder die Treppe runter und setzte sich seufzend zu ihrem Vater. „Er ist weg. Wieder wurden wir unterbrochen."

Es kullerten ein paar Tränen über ihr Gesicht, die sie sich schnell wegwischte, damit ihr Vater sie nicht sah, aber zu spät. „Sei nicht traurig, du siehst ihn doch bald. Nur noch ein paar Tage, dann bist du bei ihm."

„Stimmt, so ist es." Sie lächelte schwach, denn die Erinnerung des Vermissens ist im ersten Moment noch sehr stark. Aber sie würde sich schon wieder zusammenreißen. Sie schaute auf den Kalender, da prangerte schon ein dickes rotes Kreuz am Tag der Abreise. Und als sie länger auf den Kalender schaute, fiel ihr etwas sehr Entscheidendes ein.

„Nein so ein Mist! Das kann doch nicht wahr sein!"

„Was hast du?"

„Ich muss..." Sie rannte ins Arbeitszimmer ihres Vaters. „Ich habe total vergessen, nachzuschauen, ob mein Reisepass noch Gültigkeit hat", rief sie in die Küche und ihre Stimme hatte einen leicht verzweifelten Ton angenommen. Denn wenn er keine Gültigkeit mehr hatte, dann wäre der Urlaub für sie vorbei, noch bevor er angefangen hatte.

Sie riss die Schublade des Schreibtisches auf und schaute in ihren Pass.

„Der ist ja…", flüsterte sie verblüfft, da er noch eine lange Gültigkeit besaß und es noch gar nicht lange her war, dass er verlängert wurde.

„Ja, den habe ich verlängern lassen. Ich wusste doch, dass dir das erst einfällt, wenn es zu spät ist."

„Stimmt du hast wieder an alles gedacht, Paps, nur ich nicht." Und darüber war sie im Augenblick so froh, dass sie die Arme um seinen Hals schlang und ihm einen Kuss auf die Wange gab.

Es sollten die längsten zwei Wochen für Adele werden, die sie jemals hatte. Sie lenkte sich mit

Arbeit in der Backstube und im Laden ab, half ihrem Dad, wenn die Aushilfe einen Tag frei hatte und schaute jeden Tag auf den Kalender und zählte die Tage.

Dann war es endlich soweit. Am Tag vor der Abreise stand Sahra vor der Tür und fragte Adele, ob sie bei ihr übernachten könne.

„Klar kannst du!"

Aber sie wusste, dass sie beide kein Auge zu bekommen würden, vor lauter Euphorie. Sie redeten bis spät in die Nacht und selbst dann konnte Adele vor lauter Aufregung nicht einschlafen. Vielleicht hatte sie eine Stunde Schlaf, wenn es hochkam.

Um 5 Uhr klingelte der Wecker von Adele, in diesem Moment ging die Tür ihres Zimmers auf:

„Guten Morgen, ihr beiden, los aufstehen und dann runterkommen, ich habe euer Frühstück fertig."

„Ja, wir kommen gleich." Sie machten sich fertig und gingen nach unten. Estell hatte den Tisch gedeckt und Kaffee gekocht. Beide genossen gerade ihr leckeres Frühstück, als es an der Tür klingelte.

„Ich gehe schon", sagte Estell. „Das ist bestimmt das Taxi." Estell verließ die Küche, um mit dem Taxifahrer alles abzuklären, so dass die

Mädels noch ihre Ruhe hatten. Sie waren ohnehin wie ein aufgescheuchter Haufen Hühner heute. Sahra und Adele tranken noch schnell ihren Kaffee aus und stellten ihre Koffer anschließend draußen auf das Podest.

„Bleibt ruhig, ihr habt noch 50 Minuten Zeit."

Der Taxifahrer öffnete den Kofferraum und packte die Koffer ein.

„So, jetzt aber", sagte Adele und sie stiegen in den Wagen. „Halt! Stopp!", rief Estell. „Wartet, ich habe für euch noch Essen für den Flug gemacht."

„Aber wir bekommen da auch etwas."

Estell schnaubte „Ja mag sein, aber... das ist doch nichts Vernünftiges und Essen kann man immer gebrauchen." Adele packte lachend die Brote in ihre Tasche, stieg in den Wagen und sie fuhren los. Auf dem Weg nach unten und durchs Tor, hielt das Taxi wieder an. Adele machte die Scheibe runter, denn ihr Vater stand dort und wollte sich ebenfalls noch verabschieden.

„Ich wünsche euch eine gute Reise, ruft durch, wenn ihr angekommen seid!"

„Ja, das machen wir, versprochen!"

„So und jetzt bringen Sie meine beiden Mädchen bitte auf dem schnellsten Weg zum Flughafen!"

Das tat der Taxifahrer. 20 Minuten später waren sie am Flughafen, nahmen ihre Koffer aus dem Kofferraum des Wagens, bezahlten und gingen zur Abfertigung. Als sie dran waren, legten sie ihre Tickets und die Reisepässe auf den Tresen und die freundliche Frau hinter dem Schalter lächelte und sagte dann zu den beiden:

„Ich wünsche Ihnen eine angenehme Reise und einen schönen Urlaub! Zum Sicherheitsbereich nehmen sie bitte die rechte Tür. In zwanzig Minuten beginnt das Boarding."

Adele und Sahra bedankten sich. Es vergingen 20 Minuten, eine gefühlte Ewigkeit. Als der Hinweis des Boardings auf der Tafel auftauchte, reihten sich die beiden in die Schlange ein. Sie zeigten nochmal bei der Stewardess ihre Tickets und dann wurden ihnen ihre Plätze im Flugzeug zugewiesen. Sie verstauten ihr Handgepäck und setzten sich hin. Alles ging relativ zügig und das Flugzeug war in der Luft, der Kapitän begrüßte die Fluggäste und die Stewardessen gaben eine anschauliche Show, wo sich die Notausgänge befanden und wie sie sich im Notfall verhalten sollten. Adele hörte nur halb zu. In Gedanken war sie schon in Indien. Zumindest bis Sahra ihre Aufmerksamkeit verlangte und mindestens genauso aufgeregt war, wie sie selbst.

8. Die Reise in ein aufregendes Abenteuer

Passende Musik kam aus den Kopfhörern, die Adele an das Radio des Flugzeugs angeschlossen hatte und sie summte ein paar Zeilen mit, denn sie fühlte sich wie auf den Wolken. Auf Wolke sieben, um genau zu sein. Bald war sie mit Sebastian wieder vereint und konnte zudem drei wundervolle Wochen mit Sahra verbringen.

Ihre Freundin schlief mittlerweile und das war Adele ganz recht, denn so konnte sie sich noch etwas entspannen oder ihren eigenen Gedanken hingeben.

Der Flug dauerte von Bern bis nach Frankfurt am Main nur drei Stunden und von da ging es auf direktem Weg mit einer Air India in 7 Stunden und 35 Minute nach Delhi. Der Flug war entspannt, auch wenn das lange Sitzen auf Dauer wirklich anstrengend wurde, weshalb sie, je weiter die Stunden fortschritten, umso mehr die Landung ersehnte.

In Delhi angekommen, machten sich die Beiden auf den Weg, ihre Koffer zu holen und wollten ein Taxi suchen, welches sie dann gleich in ihr Hotel bringen sollte. Auf dem Weg zum Taxi wurden sie jedoch ausgerufen.

„Frau Adele Winzer und Frau Sahra Petsch, bitte an der Information melden!"

Sie schauten sich verwundert an und gingen zurück, bis sie an der Information eintrafen. Da stand ein Mann und empfing sie freundlich. „Namaste, ich seien Ihr Taxi zum Hotel Krishna."

Sahra bedankte sich ebenfalls auf Hindi für die freundliche Geste. Sie hatte sich im Flieger die wichtigsten Höflichkeiten nachgeschlagen, um niemanden vor den Kopf zu stoßen. ,Bitte' und ,Danke' standen da ganz oben auf der Liste. Sie gingen hinter dem netten Mann her und staunten nicht schlecht, als sie ihr Taxi sahen. Es war ein dreirädriges Motorrad mit einer Kabine, so wie es eben in Indien üblich war. Ihr kleines Heft, was noch in ihrer Jackentasche steckte, hatte ihr das im Flieger ebenfalls verraten.

Der Mann fuhr die Beiden zu ihrem Hotel, mit dem schönen Namen ,Krishna'. Es hatte drei Sterne, war klein und nicht so überladen. Dafür mitten in der Stadt, nicht weit vom Bahnhof entfernt, so dass sie innerhalb von drei Minuten die Bahn erreichen konnten, wenn sie wollten.

In der Empfangshalle stand eine kleine, zierliche Frau, in einem bezaubernden Sari aus grünem Chiffon, mit wunderschönen Stickereien und Pailletten. Sahra bekam sich vor Staunen gar nicht mehr ein und sie redete die ganze Zeit davon, dass sie genauso einen Sari bräuchte und löcherte die Frau auf Englisch, wo man so etwas kaufen konnte. Die Frau lächelte nur und begrüßte beide auf Hindi mit den wundervollen Worten: „Suprabhat padhariye."

Adele bedankte sich für den netten Empfang, indem sie ihre Hände aneinanderlegte wie beim Beten in der Kirche und verbeugte sich. Sahra tat es ihr gleich und beide gingen anschließend zum Tresen. Dahinter stand ein junger Mann, der sie auf Englisch empfing und ihnen ihr Zimmer zuwies. Sie mussten mit dem Fahrstuhl in die zweite Etage und dann nach links ins Zimmer Nr. 202. Er übergab den Schlüssel mit den Worten: „Ihr Gepäck ist schon auf dem Zimmer."

„Danke!", sagten beide und gingen nicht zum Fahrstuhl, sondern die wunderschöne Wendeltreppe hoch, bis in den zweiten Stock hinauf. Im Zimmer angekommen, fielen sie erst einmal aufs Bett.

„So und jetzt ein wenig schlafen, dann gehen wir Saris kaufen", gähnte Adele und Sahra stimmte ihr leise zu.

„Oh ja." Es dauerte keine zwei Minuten, bis die Beiden eingeschlafen waren.

Nicht weit vom Hotel war Sebastian mit Jodha, Sunika und Großmutter Bamita unterwegs. Sie liefen über den Markt. Jodha schaute sich die Glasarmreifen an. „Die sind so schön, schau mal, Chaacha!"

„Ja das stimmt, du hast Recht, aber da musst du noch etwas größer werden, bevor du welche tragen kannst."

„Nein, nein, doch nicht für mich, für deinen Mond!", sagte Jodha.

„Ach so, du meinst, sie werden ihr gefallen?"

„Ja, ganz bestimmt!", erwiderte sie.

Sebastian ließ nachdenklich seinen Blick über die Auslagen der Armreifen wandern. Einer war schöner, als der Andere, so dass er sich niemals selbst hätte entscheiden können. Also bat er seine Beraterin um Hilfe.

„Und welche Farbe soll ich nehmen, was meinst du?"

„Na da, die Grünen natürlich." Sie deutete in eine Richtung, doch es gab verschiedene Grüntöne und Sebastian wollte schon nach den Armreifen greifen, als Jodha ihn noch mal aufhielt. „Nein, nicht die. Die daneben, ja! Die sehen besonders schön aus und das grün ist so... es glitzert wie Gold!"

„Jodha, du kennst dich ganz schön gut aus, was den Schmuck angeht, was?"

„Ja, das haben mir alles Mama und Großmutter gezeigt und gesagt."

„Gut, dann habe ich die beste Beraterin, die ich bekommen kann und nehme diese Armreifen." Er zeigte sie dem Verkäufer und dieser wollte sie gerade einpacken, als die kleine Person neben Sebastian noch mal einmischte.

„Chaacha nimmt zehn Stück."

„Das macht dann zehntausend Rupien!"

„Hey, was soll das? Das ist viel zu teuer, die sind höchsten fünftausend Rupien wert, also werden wir auch nur fünftausend bezahlen!", giftete Jodha den Händler empört an. Der zuckte zusammen, wog mit seinem Kopf hin und her und war letztendlich einverstanden.

„Wow, das kannst du aber gut!"

„Naja, ich kann doch nicht zulassen, dass der dich übers Ohr haut!"

Der Händler packte die Armreifen in eine Schachtel aus Holz und übergab sie schmunzelnd Jodha. „Sie haben da eine wirklich gute Verhandlungspartnerin an Ihrer Seite. Wenn sie mal groß ist, hat ihr Mann nichts zu lachen!"

Beide mussten schmunzeln, nur Jodha nicht, sie schaute mit einem bösen Blick zu dem Händler und hob ihre Hand zu einer Faust nach oben, dann gingen sie weiter.

Bamita stand an einem Stand mit Süßigkeiten, sie wollte noch etwas mitnehmen für die Opfergaben im Tempel, bevor sie heimgingen.

„Geben Sie mir die Sachen, ich trage sie gerne", bot Sebastian an, Bamita nahm dankend an.

Sebastian brachte die schweren Beutel und Taschen nach Hause. Die Schachtel mit den Armreifen stellte er ganz vorsichtig in seinem Zimmer auf die Kommode. Dann ging er wieder nach unten in die Küche, wo Sunika und ihre Mutter sich gerade über die Geschichte mit den Armreifen unterhielten und lachten. Bamita rief alle im Haus zusammen, denn es war Zeit, in den Tempel zu gehen und Sebastian musste auch mit, schließlich sollte er für seine Adele beten, dass sie gesund blieb und sie sich bald wiedersahen.

In der Zwischenzeit hatten Adele und Sahra ihr kleines Schläfchen beendet, sich frisch gemacht und waren auf dem Weg zum Markt. Sahra wollte unbedingt einen Sari haben. Auf dem Markt angekommen, gingen sie gleich in das erste Geschäft und Sahra traute ihren Augen nicht, so viele schöne Saris hatte sie noch nie gesehen. Adele waren sie egal, sie ging nach draußen, gegenüber dem Laden war der Stand eines Armreifenhändlers. Adele ging hinüber und schaute sich die Reifen an und der Händler konnte seinen Blick nicht von ihr abwenden.

„chaand kee tarah" Sie zog ihre Augenbrauen zusammen, schüttelte den Kopf, ging weiter und dachte sich, dass die Männer hier schon komisch waren. Ein Stück den Markt lang runter, Richtung Tempel, stand eine Händlerin mit Saris, sie pries sie nicht an, sondern saß auf ihrem Hocker und wartete einfach nur. Sahra hatte inzwischen den Laden verlassen und war hinter Adele hergelaufen. Bisher hatte sie noch keine unangenehme Begegnung gehabt, doch nun sah sie sich plötzlich von mehreren Männern umzingelt. Sie redeten auf sie ein und versuchten ihre langen roten Haare anzufassen. Sie rief so laut um Hilfe, dass sich einige Frauen zusammentaten, um Sahra zur Hilfe zu eilen und prügelten mit Stöcken auf die Männer ein. Die eine Frau ergriff die Hand von Sahra und zog sie mit den Worten „jaldee se chale jao, ham purushon par rahate hain!" von den Männern fort.

„Danke!", hauchte sie. Auch wenn sie kein Wort verstanden hatte, so konnte sie nicht anders, als den Frauen für ihre Tat zu danken. Sie nahm ihre Beine in die Hand und rannte los, aber mit dem Sari war sie nicht so schnell. Laut rief sie nach Adele, die von der ganzen Sache nichts mitbekommen hatte.

„Ja, ich bin hier." Sie winkte. Sahra sah Adele
am Stand einer weiß gekleideten Frau, dort holte
sie sie endlich ein. Außer Atem brüllte sie Adele
mit Tränen in den Augen an.

„Man, du kannst doch nicht einfach weggehen, ohne ein Wort zu sagen!"

„Ja aber guck dir das an, das sind die richtigen
Saris, die sehen genauso aus wie der, den die
Frau im Hotel anhatte." Sie wischte ihr die Trä-
nen vom Gesicht.

„Stimmt, jetzt wo du es sagst!" Sahra zitterte
noch immer. Als Adele nachfragte, winkte sie
jedoch ab. Sie würde es ihr vielleicht nachher
erzählen, wenn sie sich selbst ein wenig beruhigt
hatte.

Sahra probierte einen Sari an und kaufte ihn.
Den anderen ließ sie einfach zurück in der Kabine, da er schlechte Erinnerungen weckte. Adele
tat sich schwer, aber die Frau zeigte nur auf den
einen grünen Sari, der genau vor ihr hing.

„Sahee Sari hai" Und ohne zu zögern, zog
Adele ihn an und stand vor der Frau. Sie legte
ihren Kopf zur Seite und formte mit ihren Fingern ein Zeichen, das Adele wissen ließ, dass die
Frau ihn für den richtigen Sari hielt. Und Adele
selbst, konnte nicht anders, als ihr zuzustimmen.
Er war perfekt.

Es war ein Grün, was in der Sonne einen goldenen Schein hatte, mit einer wundervollen verspielten Stickerei. Adele behielt ihn an und legte ihre Sachen in eine Tasche.

„Was bekommen Sie dafür?", fragte sie die Frau, aber die schüttelte den Kopf.

„Nichts, der ist nur für Sie und niemanden anderen. Bitte nehmen Sie ihn als Geschenk!"

„Danke, aber Sie haben doch so viel Arbeit damit gehabt. Dann nehmen Sie wenigstens das Geld. Es ist für Ihre Arbeit", sagte Adele, reichte ihr zehntausend Rupien, legte sie in die Hand der Frau und ging. Die rief ihr hinterher: „Die Götter sollen es Ihnen danken!"

Was sie nicht merkten, dass hinter ihnen ein kleines Mädchen lief, das immer ein Auge auf die beiden geworfen hatte, seit Adele bei dem Armreifenhändler war. Sie gingen immer weiter Richtung Tempel. Dann hörten sie Glocken. Adele kam dieses Geräusch merkwürdig bekannt vor und sie wollte dem auf jeden Fall nachgehen. Konnte es sein, dass Sebastian hier in der Nähe war, als er mit ihr telefoniert hatte?

„Los, komm!", drängelte Adele Sahra. "Wir gehen da hoch. Ich glaube, da ist ein Tempel."

„Ach, was soll ich da?", meinte Sahra. „Ich bin doch nicht gläubig."

„Darum geht es doch nicht."

„Nee, lass mal!"

„Na gut, dann gehe ich allein. Warte hier, ich bin gleich wieder da!"

„Ja gut, ich setze mich da unter den Baum." Sahra deutete mit dem Daumen über ihre Schulter, auf den besagten Baum.

„Okay."

Adele stieg die Treppen hoch, sah wie die Frauen sich den Sari über den Kopf legten und machte es nach. Ein kleines Mädchen ging hinter ihr her und stellte sich neben Adele, in die Reihe der betenden Frauen. Sie zupfte Adele am Arm und fragte: aap chandrama hain. Adele traute ihren Ohren nicht.

„Nein, ich bin Adele und du?"

„Ich bin Sunika, meine Daadee Bamita und meine Schwester sind mit unserem Chaacha hier, er betet für den Mond, dass es ihr gut geht und sie sich bald wiedersehen!"

„Er betet für den Mond?", fragte Adele.

„Ja, denn sie ist weit weg und er kann sie nicht sehen." Adele schwieg daraufhin und dachte darüber nach, warum sie heute von allen gefragt wird, ob sie der Mond sei. Sie kam nicht von hier und niemand kannte sie, aber ständig meinten Leute, sie auf den Mond ansprechen zu müssen. „Wo wohnst du denn?", flüsterte Sunika noch ganz leise in Richtung Adele, da so langsam Ruhe im Tempel eingekehrt war.

„Im Hotel Krishna, aber sag's niemandem, okay?".

„Ja, okay", versicherte Sunika, schon beinahe verschwörerisch, ehe sie den Finger auf die Lippen legte. „Jetzt müssen wir still sein, das Gebet beginnt." Ihre kindliche und dennoch ernste Stimme, ließen die ältere der beiden gehorchen.

Adele hörte aufmerksam zu was gebetet wurde, dann legten die Frauen eine Opfergabe zu Füßen des Krischnas und bedankten sich für seinen Segen. Auch Adele sollte etwas geben, sie hatte jedoch nur das Brot, was ihr Estell mitgegeben hatte. Sie holte es raus und legte es ab. Da schaute Sunika nicht schlecht, denn sie hatte noch nie eine komplett eingepackte Opfergabe gesehen. Sie schnaubte und stupste Adele an.

„Was soll das? Du musst das wenigstens auspacken. Wie soll Krischna das sonst essen können?"

„Oh ja, stimmt. Du hast natürlich recht!"

Sie griff noch einmal nach ihrer Gabe und packte sie aus. „Besser so?", fragte sie in Richtung Sunika und als diese nicht antwortete, drehte sie sich herum, aber die Kleine war weg. Sie war einfach nicht mehr da.

Adele beendete ihr Gebet mit einer Verbeugung und ging. Als sie aus dem Tempel kam, sah sie die Kleine noch einmal, wie sie in den blauen Bus stieg, der auf sie wartete und ein anders Mädchen immer nach ihr rief. „Sunika Sunika, jaldee karo, ham jaana hai." Als sie im Bus verschwunden war, fuhr dieser schnell in westlicher Richtung davon. Adele konnte auf der Straße nur noch hinterherschauen. Sahra stand von ihrer Bank auf und ging zu Adele rüber.

„Was war los da oben? Warum schaust du dem Bus hinterher?"

„Das kleine Mädchen, sie stand neben mir im Tempel." Adele erzählte ihr die ganze Geschichte. Sahra staunte nicht schlecht.

Was beide nicht wussten, war die Tatsache, dass die kleine Sunika mit ihrer Schwester über dieses Erlebnis ebenfalls redete und sie aus dem Fenster des Busses schauten, in die Richtung von Adele. Als Jodha Adele in dem grünen Sari sah, sagte sie zu ihrer kleinen Schwester:

„Der Sari schaut aus, wie die Armreifen, die Chaacha Sebastian gekauft hat."

„Stimmt, ja, du hast recht."

Adele drehte sich in die Richtung des Busses. In diesem Moment schaute Jodha zurück zu Adele.

„Der Mond."

9. Der ganz andere Urlaub

Adele und Sarah, bestellten sich eine Auto-rikscha. Diese brachte sie ins Hotel. „Damit ist mein Tag für heute erledigt, ich mache keinen Schritt mehr vor die Tür!", seufzte Sahra.

„Ja, dann morgen wieder. Uns hetzt doch niemand." Immerhin waren sie drei Wochen lang hier und sie hatten noch sehr viel Zeit, draußen herumzulaufen und sich Stadt und Land anzusehen.

„Lass uns Essen bestellen. Ich habe riesigen Hunger."

„Ist es denn schon so spät?"

„Ja, Sahra, es ist gleich 18:00 Uhr."

„Okay, ich gehe duschen."

„Und ich schaue mal in die Karte vom Hotel-restaurant." Kaum ausgesprochen, hatte Adele schon die Karte aufgeschlagen.

„Gut, mach das. Aber bitte nicht so scharfes Essen, ja?"

„Okay, also es gibt viele leckere Sachen. Ich bestelle einfach mal eine Auswahl."

Adele griff zum Hörer des Telefons und bestellte aus der Karte einige Kleinigkeiten, wie Chutneys und Reis, Roti und Gemüsefladen.

Beinahe pünktlich auf die Minute, klopfte es dreißig Minuten später an der Tür und jemand rief „Zimmerservice" durch die geschlossene Tür.

„Kommen Sie rein." Adele wies den Mann an, wo er den Wagen abstellen sollte und reichte ihm anschließend einhundert Rupien.

„Danke und lassen Sie es sich schmecken."

„Ja, danke!" Die Tür schloss sich wieder hinter dem Mann und Adele wandte sich zum Bad.

„Sahra, du kannst rauskommen, der Mann ist weg und das Essen wird kalt!"

Die Tür vom Bad ging auf und Sahra kam im Bademantel ins Zimmer, setzte sich aufs Bett und die beiden genossen das leckere Essen. Sie probierten von allem etwas und schafften im Leben nicht mal ansatzweise die Menge, die Adele bestellt hatte.

„Puh, bin ich satt, das war so lecker."

„Stimmt", sagte Sahra, „das war es wirklich. Aber, so wie es aussieht, müssen wir das morgen zum Frühstück noch mal essen." Sie grinste Adele an, als diese bestätigend nickte. Nun ja, vielleicht konnten sie es auch abends essen, anstatt am Morgen.

„Hm, magst du mit mir morgen einen Ausflug machen?", fragte Adele, mit einem ganz leichten Schmunzeln auf den Lippen, da sie

Sahras Reaktion zu kennen glaubte. Und sie ent-
täuschte sie nicht.

„Wohin soll es denn gehen?"

„Verrate ich dir noch nicht, hab etwas Geduld,
Sahra."

„Och Mensch, du weißt, dass ich nicht so ein
geduldiger Mensch bin, oder?"

„Ja, natürlich. Was glaubst du, warum ich
dich immer so auf die Probe stelle." Adele grinste, während Sahra ihr einen gespielt bösen Blick
zuwarf. „Und jetzt lass uns endlich etwas schlafen, es ist spät!"

Adele kuschelte sich in ihr Kissen und ihre
Freundin tat es ihr gleich. Heute sprachen sie
nicht mehr miteinander. Jeder hing seinen eigenen Gedanken nach. Und Adele schaute zudem
durchs Fenster nach draußen. Die Nacht war
wahnsinnig hell, was zum einen an den Lichtern
von Delhi lag, aber hauptsächlich am Mond.
Adele hatte das Gefühl, dass er hier noch heller
schien und er in diesem Land sehr besonders zu
sein schien. Gerade konnte auch sie nicht die
Augen davon abwenden und es dauerte eine
Weile, bis sie in den Schlaf fand, weshalb die
Nacht viel zu schnell auch schon wieder vorbei
war.

Guten Morgen, Adele, du bist spät dran." Sie blinzelte und sah, dass Sahra schon fertig angezogen war.

„Ja, ich bin erst sehr spät eingeschlafen. Ich habe die Schönheit des Mondes die halbe Nacht bewundert."

„Ja, ich auch zunächst, aber ich war zu fertig, um das lange durchzuhalten. Na los, wir müssen zum Frühstück nach unten."

„Geh schon mal vor, ich komme gleich nach."

„Okay, dann bis gleich."

Schon ging die Tür und Sahra war auf dem Weg ins Restaurant. Adele zog sich nach dem Duschen an und flocht ihr Haar zu einem Zopf, der auf dem Rücken immer noch bis zur Hüfte reichte.

Heute ziehe ich aber keinen Sari an, das wird mir zu unbequem, ich habe da doch noch, oh man wo ist das Teil nur?

Sie kramte den ganzen Koffer durch. „Ah da bist du ja, mein geliebter Salwar Kamenz, bequemer geht es nicht", sagte sie zu sich.

Er bestand aus einer blauen Hose und einer langen cremefarbenen Bluse mit Schlitzen an den Seiten. Am unteren Rand waren kleine, blaue Blumen eingestickt, was wundervoll dazu passte. Sie zog sich alles an und betrachtete sich zufrieden im Spiegel. Ja, so konnte sie den Tag verbringen.

Sie ging runter zum Frühstück. Sahra konnte sich eine Bemerkung zu Adeles Kleidung nicht verkneifen. „Das ist nicht dein Ernst, du hast dieses alte Teil mitgeschleppt?"

„Ja und ich liebe es und bequem ist es dazu auch noch!" Adele hob die Schultern und versucht Sahras Kritik an sich abprallen zu lassen. Sie mochte ihre Kleidung und das war die Hauptsache.

„Ja, aber hier gibt es so viele schönere Kleider zu kaufen, als das da an deinem Körper. Aber egal, du musst ja so rumlaufen."

„Ja, das will ich auch!", beendete Adele das Thema und sie machten sich über ihr Frühstück her. Nachdem sie fertig waren, ging es zum Bahnhof. Dort kauften sie Fahrkarten und fuhren mit dem Zug zum Gurudwara Bangla, in der Bangla Sahib Ld. Da erwartete sie ein Guide, der ihnen die ganzen Sehenswürdigkeiten in den nächsten drei Tagen zeigen würde.

„Müssen wir jetzt immer Zug fahren?", fragte Sahra, die das ziemlich unangenehm fand.

„Nein, nur heute und ab morgen holt uns der Guide Adam am Hotel ab. Aber heute sind wir nicht allein mit ihm."

„Hm, Adam heißt er also." Sahra versuchte sich vorzustellen, wie ein Adam hier wohl aussah oder ob er, wie sie, nicht von hier kam. Adele unterbrach ihre Gedanken, indem sie ihr vorsichtig in die Seite stieß.

„Lass uns ein schattiges Plätzchen suchen, solange wie auf Adam warten."

„Ach, dir wird es doch nichts ausmachen, dass du so angezogen bist?", neckte Sahra ihre Freundin, die ihrerseits nur die Schultern hob.

„Nö, dafür habe ich ja den Salwar an! Wir suchen ein schattiges Plätzchen für dich, dass dein blasses Näschen nicht verbrennt." Sie neckte ihre Freundin ein wenig zurück, da sie nicht zugeben wollte, dass auch ihr warm und sie froh darüber war, irgendwo ein schattiges Plätzchen zu bekommen und wenn es eben im Zug ist.

Sebastian dagegen, war im klimatisierten Raum des Museums und musste sich über die Hitze keine Gedanken machen. Er brütete eher über den Büchern und versuchte, sie von den lästigen Bakterien zu befreien, was zwar eine riesige Aufgabe für einen Studenten aus Bern war, aber das machte ihm nichts. Er fühlte sich wohl. Und immer, wenn er durch die Gänge ging, erinnerte er sich an seine Liebe, die Liebe, die er zurücklassen musste, die er unwahrscheinlich vermisste und wo er hoffte, dass er in ein paar Wochen wieder bei ihr sein konnte, auch wenn es vielleicht nicht für immer war. Denn der Gedanke, dass er vielleicht für immer hierbleiben würde, hatte ihn noch nicht losgelassen. Die Rückkehr zu Adele überwog, ja. Aber dieses Land würde er jetzt schon als zweite Heimat bezeichnen.

Es machte ihm so viel Spaß, dass er manche Tage gar nicht erst nach Hause ging, sondern einfach auf der Liege in dem hinteren Raum schlief. Da hatte er endlich mal wieder seine Ruhe und konnte sich seinen Studien hingeben. Noch immer war es für ihn eine große Überwindung, mit so vielen fremden Menschen zusammen zu sein, aber leider konnte er sich das nicht aussuchen; entweder sein Studium an einer Uni, ohne praktische Erfahrung zu sammeln, dafür sein Zimmer mit seinen Gewohnheiten oder aber ein absoluter Einschnitt, aber dafür das bestmögliche Studium. Und er hatte sich entschieden, auch wenn diese Entscheidung schwergefallen war. Es wurde ihm wieder einmal bewusst, was er zuhause in Bern alles aufgeben musste, um dieses halbe Jahr nach Delhi gehen zu können.

Tobi sagte ihm damals, dass es so eine Chance nie wieder für ihn geben würde und dass er so ein verdammtes Glück habe. Aber hatte er das wirklich, dieses Glück? Waren nicht Adele, seine Mom und seine Freunde sein Glück? Er zweifelte, aber er wollte das auf jeden Fall zu Ende bringen und nichts und niemand würde ihn davon abhalten. Er wusste, dass er zwiegespaltene Gefühle in sich trug, mal überwog die Logik, dass es hier das beste Studium für ihn gab und dieses Land eines der schönsten für ihn war, mal aber die Liebe zu den beiden Menschen, die ihm alles bedeuteten. Es war ein mentaler Kraftakt für ihn, weder das Eine noch das Andere zu stark zu wollen.

Während er darüber nachdachte und zum Mond schaute fiel ihm die Geschichte ein, die er den beiden Mädchen abends erzählte. Er lächelte und sagte zum Mond: „Adele, ich liebe dich. Nicht mehr lange und wir sehen uns wieder".

Adele und Sahra hatten viel Spaß mit ihrem Guide Adam. Er brachte die beiden zum Lachen und zeigte ihnen nicht nur die schönen Seiten von Indien, sondern die Wirklichkeit, so wie es war, wenn keine Touristen da waren und drauf schauten. Er ging mit ihnen in ein Kinderheim, wo vorwiegend Mädchen waren und er erzählte ihnen die Geschichte einer jungen Frau aus dem Ausland, die auf der Suche war nach einem Kind, am liebsten einem Mädchen, dem sie ein schönes Zuhause geben wollte. Sahra löcherte Adam, ihr die Geschichte in jeder Einzelheit zu erzählen und er versprach, dass er es tun würde, bevor sie wieder abreisten. Für Adele war das zu schrecklich. Sie fühlte sich nicht wohl, ein Klos steckte ihr im Hals bei dieser Geschichte und sie wollte nichts mehr darüber hören.

Sie ließen den Tag mit einem leichten Abendessen ausklingen und gingen auf ihr Zimmer. Auch heute schlief Adele wieder schlecht, aber nicht wegen des Mondes, sondern wegen der Geschichte von Adam.

Es war Freitag, eine Woche waren sie nun schon in Delhi und Adele hatte noch keine Zeit gehabt, Sebastian zu suchen, aber das wollte sie ändern. Eine Woche mit Sahra musste erst einmal reichen. Sie redete beim Frühstück mit Sahra darüber und dass sie es nicht ertragen kann, ohne ihn gesehen zu haben, abzureisen. Sahra hatte eine glänzende Idee.

„Du kannst diese Woche machen, was immer du willst, zum Beispiel Sebastian suchen und ich rufe Adam an und frage, ob er Zeit hat, mir noch mehr Schönheiten des Landes zu zeigen."

„Aber bitte lass dein Telefon an, damit ich dich erreichen kann. Nur für den Fall, wenn ich irgendwas brauche, ja?"

„Ja das mache ich und wir treffen uns jeden Abend hier im Hotel um 19:00 Uhr und essen zusammen. Und reden über das, was wir am Tage erlebt haben!"

„Ja das ist gut, so machen wir das."

Sahra und Adele waren glücklich, dass sie beide ihren Willen bekamen. Sahra, weil sie mit Adam unterwegs sein konnte und Adele, dass sie etwas Zeit für sich und die Suche nach Sebastian bekam.

Nach dem Frühstück machte Adele sich fertig, um einfach mal da anzufangen, wo sie vermutete, dass Sebastian sich dort aufhalten könne. Der erste Weg führte sie zur University of Delhi South Campus, South Moti Bagh. Dort angekommen, erkundigte sie sich nach Sebastian und es begann eine Vielzahl an Raumbesichtigungen.

In der Zwischenzeit kamen Jodha und Sunika mit ihren Schulsachen im Hotel Krishna an, gingen durch die Tür und auf den Mann hinter dem hohen Tresen zu. Die zwei kleinen Mädchen fragten ihn nach Adele und erzählten ihm und den Frauen die Geschichte von ihrem Onkel und der Begegnung von Adele mit Sunika im Tempel. Sie mussten erfahren, dass die Frauen leider vor etwa zehn Minuten in ein Taxi gestiegen waren. Entmutigt gingen die beiden in Richtung Ausgang, als die Frau an der Tür sie aufhielt.

„Halt, wartet mal!", sagte sie „Ich glaube gehört zu haben, wo die eine Frau hinwollte."

„Wo denn, nun sagen sie schon!"

„Sie wollte, glaube ich, zur Universität."

„So, ah ja, aber es gibt in Delhi so viele, wo sollen wir anfangen?"

„Ich habe eine Idee!", sagte Jodha.

„Nach der Schule, fahren wir einfach noch einmal hier her und vielleicht ist der Mond dann da!"

„Na gut dann machen wir das so!"

Resigniert gingen sie in ihre Schule, die war heute besonders lang für die beiden, jedenfalls gefühlt. Denn eigentlich war es die gleiche Anzahl Stunden wie jeden Tag. Aber als der Unterricht aus war, hielt sie nichts mehr. Sie rannten zum Bus, um ganz schnell an dem Hotel zu sein.

Dort angekommen, waren sie voller Fragen und überlegten sich, wie sie Adele zu sich nach Hause locken konnten, ohne das Chaacha was merkte und auch Adele sollte es ja nicht gleich merken. Es sollte eine Überraschung für beide werden.

Sie gingen durch die große Tür und standen kurze Zeit später wieder an dem Tresen, wo sie heute Morgen schon einmal standen. Und wieder fragten sie die Leute dahinter und wieder kam dieselbe Antwort wie zuvor. Jodah und Sunika waren eisern, bewegten sich nicht von der Stelle, was den Gästen gar nicht gefiel. Der Page bat sie, zur Seite zu gehen, um nicht im Weg zu stehen. Seinetwegen konnten sie warten, aber sie durften den Verkehr nicht aufhalten. Mit gesenktem Kopf und traurigem Blicken, gingen sie zur Seite. Es verging eine Stunde, dann noch eine und noch eine. Es war mittlerweile schon spät und die beiden Mädchen waren vor Erschöpfung auf einem der Sessel eingeschlafen, sodass sie nicht merkten, dass Adele gerade durch die Tür kam.

Auch sie hatte kein Glück gehabt. Leider fand sie Sebastian nicht, aber sie würde noch nicht aufgeben. Morgen wollte sie weitersuchen. Sie wusste, dass sie versuchen konnte, ihn über das Handy zu erreichen, aber dann wäre der Überraschungseffet verloren, den sie sich vorgestellt hatte.

Der Nachtportier weckte die beiden Mädchen auf. Es war schon zehn Uhr abends und sie erschraken. „Jetzt bekommen wir bestimmt Ärger!"

„Riesenärger, meinst du wohl und Hausarrest."

In dem Moment kam auch schon die Großmutter der beiden durch die Nebentür und sah sehr glücklich aus, dass den Beiden nichts geschehen war. Sie nahm die beiden fest in die Arme. „Aber Großmutter, woher wusstest du, dass wir hier sind?", fragte Sunika.

„Weißt du, mein Schatz, der Nachtwächter ist der Schwiegersohn von unserem Nachbarn und der hat bei uns angerufen und sagte, dass ihr beiden hier seid. So und jetzt aber fix nach Hause, eure Mutter macht sich große Sorgen!"

Sie gingen alle drei nach Hause. Es gab Ärger, aber Jodha war das egal. Als sie mit ihrer Schwester im Bett lag, überlegten sie, wie sie das alles in Zukunft machen konnten, ohne dass irgendeiner was merken würde. Da fiel Jodha das Fest am kommenden Freitag ein.

„Diwali!", rief Jodha.

„Was ist damit?", wollte Sunika wissen.

„Na, wir können doch Mond, ich meine deine Adele, zum Diwali-Fest einladen.

„Ja, warum sind wir da nicht gleich draufgekommen? Morgen basteln wir eine Einladung und dann bringen wir sie ins Hotel!"

„Da uns verboten wurde, ins Hotel zu gehen, gehst du allein und ich lasse mir was einfallen, damit es nicht auffällt, dass du nicht da bist, okay?"

„Okay!", sagte Sunika und lächelte verschwörerisch. Mit diesem Plan im Hinterkopf, konnten sie auch endlich einschlafen.

Am nächsten Morgen hatten die beiden erst zur dritte Stunde Unterricht, also genügend Zeit, ihren Plan in die Tat umzusetzen.

Eine Einladung, dachte Sunika und kratzte sich am Kinn. Sie sah aus, wie ein alter Weiser aus dem Tempel, es fehlte nur noch der Turban, aber eigentlich brauchte sie den nicht, da ihre Haare so zerzaust waren, dass sie die Funktion übernahmen. Jodha musste lachen und Sunika wurde erst langsam rot und dann wütend, da ihre Schwester über sie lachte, statt sich etwas einfallen zu lassen.

„Hör jetzt auf, zu lachen und mach lieber die Einladung!"

Sie bastelten eine klappbare Einladung und wenn man sie öffnete, sah man die vielen funkelnden Lichter durch ein Gitter. Dahinter stand in kleiner Schrift geschrieben:

„Hiermit laden wir Sie zu unserem Diwali-Fest, im Namen des Festkomitees, recht herzlich ein! Bitte tragen Sie angemessene Kleidung für diesen Anlass!"

„Aber warum „Zu diesem Anlass"? Die wollen doch nicht heiraten, oder?", fragte Sunika.

„Nein, aber so schaut es wichtig aus".

Als sie fertig waren, wurde es auch Zeit für die Schule. Sie machten sich die Haare, zogen ihre Uniformen an und verließen das Haus, nachdem sie sich verabschiedet hatten. Nach der Schule wollte Sunika die Einladung zu Adele ins Hotel bringen.

In der Zwischenzeit war Adele immer noch damit beschäftigt, Sebastian zu suchen, nur mit einem Unterschied, es war so heiß, dass sie schon nach kurzer Zeit solch einen Durst hatte, dass sie wieder ins Hotel fuhr. Dort machte sie sich erst einmal über die Wasserflaschen aus der Minibar her. Irgendwie bekam ihr die Hitze heute gar nicht. Es ging ihr nicht gut, weshalb sie die Suche auf morgen verlegte. Wahrscheinlich hatte sie sich auch einfach überanstrengt in der Hitze. Jetzt wollte und musste sie sich erst mal ausruhen. Auf einen Tag mehr oder weniger, kam es auch nicht an, dachte sie sich und legte sich ins Bett, wo sie gleich tief und fest einschlief und nicht bemerkte, wie sich ein weißer Umschlag von außen unter der Tür durchschob.

Sunika gelang es, ohne vermisst und gesehen zu werden, die Einladung bei Adele unter der Tür im Hotel durchzuschieben. Sehr stolz kehrte sie zurück nach Hause und erzählte Jodha in allen Einzelheiten von ihrem Abenteuer.

10. Das Diwali-Fest

Sahra kam von ihrem Ausflug mit Adam zurück und beim Öffnen der Tür trat sie auf etwas, was unter ihrem Schuh knirschte. Sie setzte den Fuß zurück und schaute auf den Fußboden. Dort lag ein weißer Umschlag und es standen nur die zwei Worte ‚An Adele' darauf. Sahra hob den Umschlag auf, drehte und wendete ihn, aber es war wirklich kein Absender zu finden.

Adele bekam davon nichts mit. Auch als Sahra das Licht einschaltete, wurde sie nicht wach. Sahra legte den Brief auf den Tisch, der in der Mitte des Zimmers stand, machte sich fertig fürs Bett und ging schlafen. Ihr fiel es schwer einzuschlafen, sie wälzte sich noch eine ganze Stunde von einer Seite auf die andere, bis ihr schließlich vor Müdigkeit die Augen zufielen.

Am nächsten Morgen wachten sie beide zur gleichen Zeit auf, schauten sich mit einem Auge aus dem Kissen hervor an, grinsten.

„Na, auch so müde gewesen gestern Abend?", wollte Sahra mit verschlafener Stimme wissen.

Adele wusste gar nicht, was sie sagen sollte. Wenn Sahra von ihr erfuhr, dass es ihr gestern nicht gut ging, würde sie bestimmt sauer auf sie sein, weil sie nicht angerufen hatte. Also schwieg sie lieber, als sich eine Diskussion am frühen Morgen mit Sahras vorwurfsvollen Blicken anzutun.

„Hast du ihn gefunden oder ist er wieder in seinen Buch-Katakomben abgetaucht?" Sie lachte kurz auf, ehe sie Adele wieder musterte. „Aber mal im Ernst, wie lange warst du schon hier oben? Du hast einen Brief bekommen und es anscheinend nicht einmal gemerkt?"

„Was, ich habe einen Brief?"

„Ja da auf dem Tisch. Er lag auf dem Fußboden und ich bin draufgetreten, als ich ins Zimmer kam."

„Und was steht drin?"

„Das weiß ich doch nicht", antwortete Sahra mit leichter Empörung in der Stimme. „Ich habe ihn nicht gelesen."

„Na, dann lass ihn uns doch mal aufmachen."

Adele kroch aus dem Bett und holte den Brief. Schnell riss sie die obere Kante ab und zog den Inhalt heraus. „Es ist eine Einladung zum Diwali-Fest am Freitag!"

„Oh, das ist gut, Adam wollte auch mit mir da hin."

„Hier steht, dass ich vom Hotel mit einer Rikscha zum Park fahren soll und am Eingang warten muss, bis ich geholt werde." Adele ließ die Hand mit der Einladung wieder sinken und schaute Sahra stirnrunzelnd an. „Wer sollte mich denn einladen?"

„Wir haben noch bis Freitag Zeit. Vielleicht bekommen wir raus, wer dir diese Einladung geschickt hat."

„Auf alle Fälle ziehe ich meinen schönen Sari an", beschloss Adele und ein aufgeregtes Lächeln lag auf ihrem Gesicht. „Oh… und Schmuck für den Kopf muss ich mir noch kaufen, so wie es sich für eine Frau in Indien gehört."

„Dann lass uns frühstücken gehen und danach Schmuck kaufen."

„Vielleicht weiß Adam, wo wir guten und günstigen Schmuck bekommen."

„Ja dann, worauf warten wir noch?"

Adam konnte den beiden tatsächlich helfen. Sie verbrachten einige Zeit in den Läden, die er ihnen empfohlen hatte. Es war schwer, sich zu entscheiden und sie mussten am Schluss noch einmal in den ersten Laden zurückgehen, um dort zu kaufen, was sie beim ersten Mal noch dort gelassen hatte, in der Hoffnung auf etwas noch Schöneres. Stunden später und nachdem sie alles soweit zusammen hatten, gingen sie ins Hotel zurück. Adele hätte noch gern weiter nach Sebastian gesucht doch es ging ihr nach dem

Einkaufsbummel nicht gut. Sie fühlte sich schlapper, als sie sich fühlen sollte, ihr Kopf und ihre Glieder schmerzten, was sie vermuten ließ, dass sie sich erkältet haben musste.

„Ich gehe heute nirgendwo mehr hin, ich gehe nur noch ins Bett. Vielleicht geht es mir morgen besser."

„Ja gut, mach das, ich bestelle für dich eine Hühnerbrühe und einen Mediziner." *Die müssten hier sowas ja haben*, dachte Sahra. Und nachdem Sahra den Telefonhörer wieder auf die Gabel gelegt hatte, dauerte es nicht lange und es klopfte an der Tür, die auch sofort von Sahra geöffnet wurde.

„Namaste, ich bin Dr. Rakesh. Hier ist jemand krank?"

„Ja, meine Freundin." Sahra zeigte auf Adele, die im Bett lag und schlief. „Sie ist gerade eingeschlafen."

„Das macht nichts, ich werde sie wecken und schnell untersuchen."

Die Untersuchung ging wirklich schnell und der Doktor erklärte Sahra wenig später, dass Adele einen Infekt habe. „Etwas Ruhe, Obst und eine kräftige Hühnersuppe, dann geht es ihr bald wieder besser", fügte er noch hinzu und war wenig später schon wieder verschwunden.

Adele verbrachte die nächsten Tage im Bett und Sahra war die ganze Zeit an ihrer Seite. Sie kümmerte sich liebevoll um ihre Freundin. Sie zappten gemeinsam durch das Fernsehprogramm, wobei Adele immer einschlief. Sie spielten zweimal ein Reisespiel, welches sie für den langen Flug mitgenommen hatten und sie waren jeden Tag draußen im kleinen Park hinter dem Hotel, damit Adele frische Luft bekam. Die drei Tage vergingen wie im Flug.

Es war Freitagmorgen und Adele ging es so gut, dass sie vor Sahra wach war und sich für das Frühstück fertigmachte. Auch Sahra war heute schnell angezogen und beide gingen zusammen nach unten zum Büfett. Sie aßen schnell etwas und wollten sich dann für das Fest fertigmachen.

„Sag mal, Adele", begann Sahra vorsichtig, „meinst du, das ist richtig?"

„Was meinst du?"

„Na, dass du dort hingehst. Du warst erst krank und-"

„Ach, mach dir keine Sorgen", unterbrach Adele sie. „Mir geht es gut."

„Hm, wenn du das sagst.", antwortete Sahra etwas skeptisch. Sie fand ja, dass Adele noch immer blass aussah, aber offenbar wollte ihre Freundin nicht auf sie hören.

„Ja, vertrau mir."

„Ich will nur, dass du etwas auf dich aufpasst. Schließlich sind wir hier im Urlaub und nicht eben mal so in fünf Minuten zuhause."

„Ich werde es bedenken und wenn ich merke, dass es zu viel für mich ist, rufe ich dich an, okay?"

„Ja, in Ordnung.", seufzte sie. Dass sie sich darauf verlassen musste, dass Adele ihren Zustand richtig einschätzte, behagte ihr nicht, doch diesen kleinen Kampf gegen ihre Freundin hatte sie verloren.

Nach dem Frühstück zogen sie ihre Saris an und legten ihren Schmuck an. Es herrschte ein ziemliches Gewusel im Hotelzimmer, aber sie hatten Spaß dabei und lachten viel. Und Sahra konnte sich davon überzeugen, dass Adele doch fitter war, als sie sie eingeschätzt hatte. Nachdem feststand, dass Adele sich bei ihr melden würde, wenn es ihr nicht gut ginge, war sie beruhigter und konnte sich auf das Fest freuen.

Als beide fertig waren, standen sie vor dem Spiegel, schauten sich an und lächelten. In diesem Moment klingelte das Telefon.

„Ja, bitte?", fragte Adele.

Der Mann auf der anderen Seite informierte Adele, dass ihre Begleitung in der Lobby warten würde. *Das kann nur Adam sein*, dachte sie.

„Ja, wir kommen gleich, er möchte bitte warten." Die beiden fuhren mit dem Fahrstuhl nach unten. Als die Türen aufgingen und sie beide zur gleichen Zeit einen Schritt in die Lobby machten, schauten alle in die Richtung der beiden. Adam, der direkt gegenüber dem Fahrstuhl in einem Sessel saß, blieb der Atem stehen. Er sah Sahra nur an, vollkommen hypnotisiert von ihrer Erscheinung.

„Wow, du siehst so wunderschön aus!"

Sahra hatte einen sonnengelben Sari mit orangener Bordüre und goldenen Stickereien an. Dazu den passenden Schmuck, der ihre roten Haare umschmeichelte und dezent zur Geltung brachte.

„Hey und was ist mit mir, nehmt ihr beiden mich mit?"

Adam erschrak, denn er konnte seine Augen einfach nicht von Sahra lassen und hatte Adele vollkommen vergessen. In den letzten Momenten war ihm, als hätte es nur Sahra und ihn in der Lobby gegeben.

„Ähm, ja sorry, ja klar nehmen wir dich mit."

Adele verdrehte belustigt die Augen und zusammen machten sie sich auf den Weg zum Fest.

Auf der Straße feierten die Menschen das Diwali mit Knallern und Feuerwerk und vielen bunten Lampen überall. Es war ein riesiges Ereignis für die beiden Frauen. So etwas hatten sie noch nicht gesehen und alle liefen in eine Richtung zum Festplatz. Adam machte den Vorschlag, auch mit zu laufen, denn das wäre ein Erlebnis, was sie unbedingt mitnehmen müssten. Sahra schaute Adele an.

„Wollen wir?"

„Auf jeden Fall!

Sie liefen gemütlich mit der Menge mit und freuten sich genau wie die Menschen und riefen auch: „Happy Diwali!" Es dauerte eine Weile bis sie angekommen waren, aber sie schafften es pünktlich zu sein. Adele sah den Baum am Eingang, an dem sie warten sollte bis sie abgeholt würde. Sie verabschiedete sich von Sahra und Adam und die beiden gingen alleine weiter.

Da stand sie nun mit ihrer Einladung und wartete bis sie bemerkte, dass jemand an ihrem Sari zupfte. „Hey, lass das!", rief sie nach hinten, drehte sich um und da stand zu ihrer Überraschung die Kleine aus dem Tempel vor ihr.

„Hallo, Mond!", sagte sie und grinste.

„Hallo, Sunika!" Adele zog verwundert ihre Augenbraue hoch. „Ich heiße Adele und nicht Mond!"

Da mischte sich noch ein Mädchen in das Gespräch ein. „Ja, das wissen wir."

„Und wer bist du?", fragte Adele. „

Ich bin Jodha, ihre Schwester." Jodha deutete mit einem Kopfnicken zu Sunika.

„Oh, in Ordnung. Was wollt ihr denn von mir? Ich warte hier auf jemanden."

„Ja, auf uns!"

„Wie bitte? Auf euch?"

„Ja, hörst du schwer?", antwortete Sunika und lachte. „Jodha sagte doch schon, dass du auf uns wartest. So und jetzt komm mit!" Sunika nahm Adele an die eine Hand und Jodha nahm die andere. Vollkommen überrascht von dieser Wendung, ließ Adele sich mitziehen. Sie wusste nicht, was sie erwartet hatte, aber sie wusste ziemlich genau, dass es nicht die Mädchen waren.

Sie brachten Adele zu einer Frau, die gerade mit dem Eindecken des Tisches beschäftigt war und dabei leise vor sich hin summte. Von überall klang nämlich Musik zu ihnen, so mitreißend, dass Adele verstand, warum man nicht anders konnte, als mitzusingen.

„Großmutter, Großmutter!", riefen die Mädchen aufgeregt. „Schau mal, wen wir mitgebracht haben! Den Mond!"

„Sunika, du sollst nicht immer so einen Quatsch reden, sonst..."

Bamita drehte sich um und es verschlug ihr die Sprache. „Ja, wer bist du denn, mein Kind?"

Sie ging auf Adele zu. Adele beugte ihren Kopf beschämt etwas nach unten.

„Nein, nein, schau mich an. Lass mich dein Gesicht sehen. Die Mädchen haben recht, du bist so schön, wie der Mond. Und dein Sari unterstützt deine Schönheit noch mehr!"

Die Großmutter machte eine Geste der Freude wie es in Indien üblich war, wenn Frauen verzückt waren. Sie drehte beide Hände neben dem Kopf von Adele und stieß sie dann an ihren. „Anjalie!", rief sie. „Komm schnell her!"

Sie drehte sich zu ihrer Mutter und ging auf sie zu. „Was ist denn los?"

Bamita nahm Adele an den Schultern und drehte sie zu Anjalie um. Diese stand starr da und sagte nur: „Ist das... ist das etwa?"

„Ja, das ist sie."

Auch Anjalie wusste nicht, was sie sagen sollte. Dann rappelte sie sich auf und sagte: „Wir dürfen nichts verraten, okay, Kinder?"

Die beiden Mädchen lachten. „Ja Mama, das brauchst du uns nicht zu sagen."

Sie erzählten, wie sie Adele kennen gelernt hatten und zu dem Fest holten, ohne dass jemand etwas merkte. Alle lachten, nur Adele nicht, sie war sich nicht sicher, was auf sie zukam und was sie von alldem halten sollte. Diese vier Personen schienen mehr zu wissen, als sie selbst und das machte sie unruhig. Bamita redete ihr Mut zu.

„Es wird dir gefallen, mein Kind."

Das Fest begann und die Männer auf der anderen Seite des Platzes fingen an, die Frauen zu umwerben und tanzten fröhlich umher. Auch die Frauen taten es ihnen gleich. So entstand eine tanzende und singende Rivalität. Anjalie wollte mitmachen, da ihr Bruder auch teilnahm und zog Adele mit in dieses Spektakel hinein. Diese fühlte sich so angezogen davon, dass es ihr nicht schwerfiel, den Tanzschritten zu folgen. Das Singen fiel ihr nicht ganz so leicht. Aber auch das gelang ihr nach wenigen Minuten. In dem Moment verstand sie es etwas mehr, warum ihr Paps sie damals zum Hindi lernen schickte, auch wenn sie das Gefühl hatte, längst noch nicht alles zu durchschauen.

Als die Frauen mit dem singen und tanzen dran waren, stand sie auf einmal alleine da und sang ihren Text als ob sie nie etwas Anderes gelernt hätte. Und es war so lieblich und schön, dass nur ein einziger Mann sich traute, ihr darauf zu antworten, auf seine Art und Weise.

Er rempelte sie vorsichtig an der Schulter an und drehte sich zu ihr um. In diesem Moment stand sie jemandem gegenüber, den sie hier nicht erwartet hatte. Auch er erstarrte und beide schauten sich an. Minutenlang standen sie da und konnten nichts Anderes tun, konnten ihre Blicke nicht voneinander nehmen.

Er konnte sich an ihrer Schönheit nicht satt sehen. Der lachsfarbene Sari mit grüner Borte und vielen gestickten Blumen in Gold und Silber unterstrich ihre leicht braune Hautfarbe. Die Tikka auf ihrem Kopf, betonte ihre wunderschönen Augen und das dunkelbraune, fast schwarze, lange Haar.

Adele standen die Tränen in den Augen und sie versuchte, sie wegzuwischen, da kam er auf sie zu und nahm sie in den Arm und drückte sie fest an sich. „Ich lasse dich nie wieder weggehen, nie wieder, hörst du?"

Adele nickte in seinen Armen, an seiner Brust atmete sie seinen Duft ein und antwortete ihm mit schluchzender Stimme. „Ich werde nie wieder gehen, nie!"

Auf einmal hörte Adele jemanden rufen. Es war Anjalie, die sie kurz darauf aus den Armen von Sebastian riss. Auch Sebastian wurde von Rahul und den anderen Männern weggezogen und beide hielten sich nur noch an den Händen bis sie auch das nicht mehr schafften. Anjalie ging mit Adele zurück zu Bamita, die Adele erstaunt ansah.

„Sag, mein Kind, wieso kannst du so gut unsere Sprache?"

Adele erzählte, dass ihr Vater ihr gesagt hat, dass sie Hindi lernen sollte mit den Worten: „Vielleicht kannst du es eines Tages gebrauchen" und meldete sie in früher Kindheit bei einem Sprachkurs an. Heute konnte sie es gebrauchen, aber noch immer war sie nicht ganz hinter den Sinn gekommen. Ihr Vater konnte doch nicht wissen, dass sie einmal nach Indien reisen würde. Und selbst wenn, dann machte es noch immer keinen Sinn, für einen Urlaub, gleich die Sprache des Landes zu lernen. Sie verlor sich wieder einmal in Gedanken, als sie einen Namen hörte, der ihr irgendwie vertraut vorkam. Sie drehte sich nach der Person um, die ihn rief und suchte nach der Frauenstimme in der Menschenmenge.

„Was ist los?", fragt Bamita, die sie jetzt ziemlich genau beobachtete.

„Der Name, den die Frau gerade gerufen hat, der kommt mir bekannt vor", sagte Adele.

„Aditi Chandrika?"

„Ja, genau."

„Das ist ein Mädchenname, der eine Zeitlang von einigen Müttern vergeben wurde, aber kaum jemand tut das noch. Es gibt nur wenige, da er die Schönheit des Mondes bezeichnet."

Adele stand auf.

„Mich nennen hier auch alle Mond", sagte Adele und stockte anschließend, als ihr etwas einfiel. „Auch mein Dad sagte früher, als ich klein war, immer zu mir 'mein kleiner Mondschein'".

Bamita meinte zu ihr: „Ich lade dich ein, für ein paar Tage unser Gast zu sein und bei uns zu wohnen, damit du Zeit mit Sebastian verbringen kannst. Wir werden dir helfen zu erfahren, wieso dich alle Mond nennen!"

„Vielen Dank, für die Einladung. Ich… nehme sie gern an."

Sie rief Sahra an und sagte ihr Bescheid, dass sie für einige Tage bei Sebastian bleiben würde.

„Ist okay, wir haben dich und Sebastian gesehen und tausend andere Leute auch. Also mach dir keine Sorgen!"

Adele genoss das Fest und fühlte sich bei der Familie von Sunika und Jodha wie zu Hause. Sie war glücklich, als wäre sie nach einer langen Reise zuhause angekommen. Es war ein vertrautes und zugleich beängstigendes Gefühl, denn sie wusste doch, dass sie nach Bern und zu ihrem

Vater gehörte. Jetzt mit diesen Gefühlen der Vertrautheit, Geborgenheit und Sicherheit konfrontiert zu werden, war sehr seltsam.

Das Fest ging bis tief in die Nacht hinein und Adele betete für Sebastian, wie andere Frauen für ihren Ehemann, nur das sie nicht verheiratet waren. Es war schön, denn von Zeit zu Zeit, stand sie direkt vor Sebastian, die beiden schauten sich tief in die Augen und die Sehnsucht nach einander wurde immer größer. Mit der Zeit gingen immer mehr Menschen nach Hause und das Fest ging seinem Ende zu.

Auch Adele ging mit Bamita, Anjalie und den Mädchen. Die Männer würden, wie üblich, später nachkommen. Adele wäre es zwar lieber gewesen, wenn Sebastian bei ihr wäre, aber sie verstand, dass er sich nicht gegen die Gepflogenheiten stellen wollte.

Die Frauen hatten es nicht weit bis zum Haus, nur ein paar Meter. Adele machte es nichts aus zu laufen, denn sie war glücklich, hatte sie doch Sebastian endlich gefunden. Und jetzt konnte sie nach all der Aufregung einen Moment durchatmen.

„So, Adele, du schläfst in Anjalies Zimmer. Anjalie und ihr Mann schlafen bei ihren Töchtern, das ist schon abgesprochen."

„Bitte machen Sie sich nicht solche Umstände, ich kann auch da auf der Liege schlafen." Sie zeigte auf ein Holzgestell, was umflochten mit Stoffstreifen, mitten im Hof stand.

„Na so weit kommt es noch, dass in meinem Haus eine Frau auf dem Hof schläft! Du schläfst da in dem Zimmer, keine Widerrede!" Nachdem die Männer einige Zeit später auch eintrafen, zogen sich alle in ihre Zimmer zurück. Adele aber trieb es hinaus in den Hof. Sie setzte sich auf die Schaukel und schaute auf zum Mond. In dem Moment bemerkte sie, dass jemand hinter ihr stand.

„Du kannst wohl auch nicht schlafen?"

„Nein, Sebastian, ich denke die ganze Zeit an dich und dass ich dich endlich gefunden habe."

Er setzte sich neben sie und legte die mitgebrachte Decke um sie beide und sie redeten fast die ganze Nacht.

Sie bemerkten nicht, dass Bamita am Fenster ihres Zimmers stand und die beiden beobachtete. In der Hand hielt sie ein Tuch, mit dem sie sich immer wieder über die Augen und ihr Gesicht wischte.

11. Familie Sharma

Am Morgen wurde Adele von Sunika und Jodha aus dem Schlaf gerissen. „Guten Morgen aufstehen, Frühstück ist fertig!" „Frühstück?" Adele erschrak. „Wie spät ist es denn?" Sie hob den Kopf auf der Suche nach einem Wecker, auch wenn ihr das ziemlich schwerfiel. Sie hatte noch ewig mit Sebastian im Hof gesessen.

„Es ist genau sieben Uhr", sagte Sunika. „Wir müssen gleich in die Schule, aber wollten mit dir essen."

„Na, dann will ich mal aufstehen und mitkommen. Ich muss mir nur schnell etwas anziehen und mich kurz frisch machen."

Angezogen und die Haare zu einem Zopf geschnürt, gingen sie runter zum Frühstück, die Männer waren schon aus dem Haus, nur Adele und die Mädchen saßen am Tisch beim Frühstück, dann setzten sich auch Bamita und Anjalie dazu, sie frühstückten zusammen und besprachen, was sie alles heute zu tun haben. „Ich habe heute Vormittag einige Wege zu erledigen und wenig Zeit, aber Anjalie ist da und ihr könnt euch ja einen schönen Tag machen." Anjalie und

Adele schauten sich an. „Ja, das machen wir!",
sagten beide im Duett.

Adele wollte viel wissen und Anjalie erzählte
ihr über die erste Zeit von Sebastian in ihrem
Haus, dass er sehr eigen war, was seine Sachen
und Rituale angeht. Aber auch, dass er die Kinder liebte und mit ihnen viel spielte und unter-
nahm.

Der Vormittag ging schnell vorbei, Adele hatte gar keine Zeit, sich groß mit etwas Anderem
zu beschäftigen, als dem Hier und Jetzt in der
Familie. Erst am Nachmittag, als sie etwas Ruhe
hatte, fiel Adele ein, dass sie vielleicht einmal
Sahra anrufen sollte, was sie auch sofort tat.
Nachdem sie es mehrmals hatte klingeln lassen
und niemand abhob, legte sie den Hörer wieder
auf die Gabel.

„Es geht keiner ans Telefon!", rief sie Anjalie
zu. „Ich versuche es einfach später noch einmal."

Was Sebastian momentan macht?, dachte Adele
und wieder konnte sie ihr Glück kaum fassen. *Ich
bin bei Sebastian, ich habe ihn tatsächlich gefunden
und dann auch noch so.*

Sie strahlte übers ganze Gesicht und sie war
sich sicher, jeder konnte sehen, wie sehr sie Sebastian liebte.

Die Tage waren schön mit der Gastfamilie von
Sebastian. Adele fühlte sich wohl, geborgen und

sicher. Die Großmutter Bamita war eine liebens-
werte, weise Frau. Deshalb fragte sie bei ihr noch
einmal genauer nach, was es mit Aditi Chandrika auf sich hatte.

„Es gab vor ein paar Jahren eine junge Inde-
rin, die eine Beziehung mit einem fremden Mann
hatte; er ist aber wieder nach Hause gegangen
und die junge Frau hat damit viel Schande über
die Familie gebracht. Sie wurde verstoßen, lebte
auf der Straße und wurde von der Dorfgemein-
schaft geächtet, also ging sie fort." Adele hörte
gespannt zu und ihr Gesicht nahm einen be-
troffenen Ausdruck hat. Man hörte immer mal
von gewissen Gepflogenheiten anderer Länder,
doch hofft man, dass die Erzählungen nie in diesem Umfang der Wahrheit entsprachen.

„Hier in Delhi gab es zu dieser Zeit eine Art
Aufnahmestelle für solche Mädchen. Sie wurde
damals von einem alten Ehepaar gegründet, das
selbst nie Kinder bekommen hatte und es lag
ihnen am Herzen, diesen Mädchen zu helfen.
Das Mädchen hieß, glaube ich, Kamala Zsupra
und als sie in das Zufluchtshaus kam war sie
schwanger von diesem Mann. Sie bekam das
Kind, lass mich kurz überlegen, ja, jetzt um diese
Zeit im November." Bamita machte ein nachdenkliches Gesicht, schien sich aber dann doch
sicher zu sein, dass sie richtiglag – zumindest so,

wie sie die Geschichte erzählt bekommen hatte - und nickte, wie um ihre Worte zu unterstreichen. „Genau November war es, vor 19 Jahren. Ein kleines, süßes Mädchen, sie nannte sie Aditi Chandrika, weil sie an einem Vollmondabend geboren wurde und der Mond der Kleinen mitten ins Gesicht geschienen hatte, als sie auf der Welt war. Man sagt, dass die Kleine die Schönheit des Mondes bekam."

„Okay aber was wurde aus der Mutter und wo ist das Kind jetzt?" Adele hatte an Bamitas Lippen gehangen, auch wenn die Geschichte eher einen traurigen Hintergrund hatte, so war sie doch auch irgendwie berührend.

„Hm, ich weiß nur noch aus Erzählungen, dass der Mann ein paar Monate später wieder da war und die Kleine mitnahm", fuhr Bamita mit der Geschichte fort. „Die Mutter des Kindes ist gestorben, kurz nach der Geburt der Kleinen."

„Oh mein Gott, das ist ja eine traurige Geschichte. Kommt das denn immer noch vor? Gibt es dieses Haus noch?"

„Ja, das Haus gibt es noch. Da sind immer noch junge Frauen mit Kindern, aber es sind Witwen, die keiner mehr wollte, die aber Glück hatten und nicht verbrannt wurden oder überlebt haben. Denn Männer hier bei uns wollen keine Frauen, die schon verheiratet waren und sogar Kinder haben. Das ist unsere Kultur und unser Glaube."

„Ein überholter Glaube!", sagte Anjalie, die gerade in diesem Moment zur Tür hereinkam. Und ihr Blick sprach das aus, was Adele dachte. Diese Art und Weise, mit Frauen umzugehen, war… barbarisch!

„Es gibt viele Frauen, denen es so geht, leider. In einigen Teilen Indiens heißt es, Frauen seien „Ardhangini", der halbe Körper des Mannes. Stirbt dieser, sterben auch sie."

Adele stiegen Tränen in die Augen. „Wie kann man so bestialisch und unwürdig mit den Frauen umgehen?"

„Komm, wir gehen etwas an die frische Luft und ich zeige dir, wo und wie die Frauen leben, wenn du das möchtest." Anjalie hatte ihre Hand vorsichtig auf Adeles Schulter gelegt und sprach sehr einfühlsam mit ihr. Und auch wenn Adele dieses Angebot zu schätzen wusste, so wollte sie gerade einfach nur allein sein.

„Ja, aber können wir das morgen machen, bitte? Ich muss das erst einmal verarbeiten." Sie stand auf und Bamita und Anjalie ließen sie nach oben gehen.

.

„Geht es dir gut?", fragte Bamita, als Adele Stunden später wieder aus ihre Zimmer kam und musterte sie besorgt. Adele atmete tief ein und genauso tief aus und ihre Augen waren rot vom Weinen, denn sie konnte es kaum fassen, dass in der heutigen Zeit den Frauen, die einmal Kinder geboren haben, etwas so Schreckliches angetan wurde.

„Ja, es geht", log sie dennoch. Wenn sie eines jetzt nicht tun wollte, dann reden.

„Geh, hole bitte Wasser und koche für Adele eine Tinktur für ihre Augen", bat Bamita ihre Tochter und Anjalie nickte, ehe sie aufstand und das Zimmer verließ.

Adele war den ganzen Rest des Tages damit beschäftigt, ihre Augen mit dieser abscheulich stinkenden Tinktur zu bedecken. Warum konnte sie nicht einfach warten, bis die Schwellungen von allein weggingen? Aber sie wollte ihre Gastgeber auch nicht verärgern. Da ärgerte sie sich lieber über sich selbst und diese komische Tinktur. Sie bemerkte nicht einmal, dass Sebastian und sein Professor aus der Uni nach Hause gekommen waren.

„Was machst du da, Adele?", fragte Sebastian verwundert und kam näher. „Du bist doch schon die schönste Frau der Welt." Es war für ihn absurd, dass sie sich mit etwas die Augen behandeln musste.

„Haha, mir ist heute nicht nach Scherzen und auch nicht nach irgendwelchen blöden Sprüchen!"

„Was ist los, warum bist du so garstig zu mir?", fragte Sebastian stirnrunzelnd. Er hatte ihr ein Kompliment gemacht und fand nicht, dass er es verdient hatte, so behandelt zu werden.

Adele schluckte. „Entschuldige, ich bin einfach nicht gut drauf."

„Einfach nicht gut drauf?"

„Ja, ich habe eben einen schlechten Tag."

„Na gut, wenn das so ist, setze ich mich neben dich und bin auch nicht gut drauf", erwiderte er schlicht. Aber Adele schnaubte nur. „So habe ich das nicht gemeint. Du verstehst das einfach nicht!"

„Was verstehe ich nicht? Rede mit mir, dann sage ich dir, ob ich es verstehe oder nicht!"

„Gut, wenn du es unbedingt wissen möchtest, dann bitte." Sie nahm das Tuch mit der Tinktur ab und zeigte Sebastian ihr Gesicht. Ihre noch immer rotunterlaufenen Augen schauten ihn vorwurfsvoll an, da er sie gezwungen hatte, ihm diesen Anblick zu zeigen. Sebastians Augen weiteten sich. „Was, ist es so schlimm, sehe ich so scheußlich aus?", rief Adele aufgeregt, als sie Sebastians Gesichtsausdruck sah. Aber er hatte sich schnell wieder gefangen.

„Nein, du schaust genauso schön aus wie immer, nur deine Augen sind etwas geschwollen, wie bei einem Boxer nach einem Kampf."

„Na toll, jetzt kann ich mich nirgendwo sehen lassen. Am besten ich gehe gleich in mein Bett. Gute Nacht!" Adele stand auf und ging an Sebastian vorbei, in diesem Moment hielt er sie am Handgelenk fest.

„Wo willst du hin, bleib hier." Er zog sie zurück auf die Schaukel und nahm sie in den Arm. Als er sprach, war seine Stimme leise und gefühlvoll.

„Nichts kann so schlimm sein, dass du dich verstecken musst, ganz egal, was es ist!"

Sie saßen noch eine ganze Weile, redeten über das, was Adele den Tag über erfahren hatte. Sebastian machte ihr klar, dass jede Kultur ihre eigenen Religionen und Gepflogenheiten hatte und das es leider nun einmal immer so sein wird, dass Menschen leiden müssten, bis sie es eines Tages besser verstehen würden, miteinander umzugehen. Adele fragte sich, warum er immer so kühl und abgestumpft war. Warum konnte er nicht einmal Gefühle zeigen? Aber eine Antwort konnte sie sich nicht darauf geben.

Nach dem Essen gingen alle noch zusammen in den Hof und erzählten sich Geschichten und tranken einen Tee. Dann verabschiedeten sich

Bamita und die Kinder zum Schlafen, alle zogen sich nach und nach zurück, nur der Professor und Sebastian nicht.

„Sag mal, Rahul, ist es wirklich so extrem, was mit den Witwen bei euch im Land passiert?"

„Was weißt du darüber, Sebastian?"

Er erzählte all das, was Adele ihm erzählt hatte. Rahul bejahte es durch ein kraftvolles Nicken.

„Weißt du, auf dem Lande ist es sogar so, dass die Frau eines Verstorbenen sich freiwillig mit in das Feuer legt. Es heißt, die Frau ist die Hälfte des Verstorbenen. Witwenverbrennung, auch Sati genannt, war ein Femizid in den hinduistischen Religionsgemeinschaften, bei dem Frauen verbrannt wurden. Frauen, die gemeinsam mit dem Körper ihres Ehemanns verbrannten, wurden in hohen Ehren gehalten und teilweise göttlich verehrt. Ihre Familie gewann hohes Ansehen. „Er wirkte nachdenklich und Sebastian konnte ihm nicht ansehen, ob er es befürwortete oder nicht.

„Aber nur aus diesem Grund, kann man doch keinen Menschen töten!", sagte Sebastian. „Jetzt verstehe ich, warum Adele so schockiert war. Darauf brauche ich etwas Stärkeres als Tee!"

Rahul sah sich um. „Warte, ich bin gleich wieder da." Er ging und nach kurzer Zeit war er wieder da, mit einer Flasche und zwei Gläsern.

„Mein Selbstgebrannter für schlechte Zeiten und ich glaube, heute ist so eine schlechte Zeit."

Er machte die Gläser halb voll und sie genehmigten sich einen großen Schluck. Sebastian hustete, als ob er sich verschluckt hätte.

„Oh man, der hat es aber in sich!", sagte er milde anerkennend.

„Oh ja, der ist gut. Sehr gut sogar! Das darf aber meine Mutter niemals erfahren, sonst macht sie mich einen Kopf kürzer!"

Sebastian lachte. „Was, du hast Angst vor deiner Mutter?"

„Nein, nicht direkt. Aber sie mag es nicht, dass in ihrem Haus Alkohol getrunken wird. Deshalb verstecke ich ihn ja auch."

„Na dann nehmen wir noch einen, dann lohnt sich der Anschiss wenigstens, den wir bekommen, wenn sie es doch merken sollte."

Als die Flasche leer war, machte sie sich auf den Weg ins Bett. Eine halbe Flasche von Rahuls Selbstgebrannten intus, schwankten und polterten sie eher, als dass sie gingen.

„Psst…", machte Rahul und legte seinen Zeigefinger auf die Lippen, „sei leise und mach nicht so einen Krach, sonst werden die Frauen wach und dann ist es vorbei mit der lieben Ruhe!"

„Zu spät!", sagte eine scharfe Stimme und das Licht im Flur wurde eingeschaltet. „Ihr seid so laut, da wird Mutter noch wach! Rahul, hast du etwas getrunken?".

Er grinste übers ganze Gesicht und lallte: „Ja, habe ich und Sebastian auch."

„Oh nein, lass das bloß nicht Mutter hören!"

Anjahli schickte die Männer schnell auf ihre Zimmer und löschte das Licht. Die beiden Männer polterten weiter in ihre Zimmer und wenig später war es im ganzen Haus still.

Der nächste Morgen war für beide Männer kein Erfolg, denn Bamita hatte alles mitbekommen und da heute Samstag war, hätten sie ausschlafen können. Doch Bamita polterte unbarmherzig so laut im Haus umher, dass Sebastian aufwachte und auch Rahul ließ der Lärm nicht weiterschlafen. So stand er auf, schaute aus der Tür.

„Ruhe! Ich brauche Ruhe!"

Sebastian, der seinen Kopf unter Kissen versteckt hatte, murmelte kleinlaut darunter hervor.

„Ich auch. Und eine Kopfschmerztablette wäre gut!"

Es nützte alles nichts, spätestens nachdem die Mädchen aufgestanden waren, stürmten sie in Sebastians Zimmer. „Chaacha, aufstehen, los die

Sonne scheint, wir wollen doch an den Yamuna baden."

„Yamuna?", fragte Sebastian.

„Ja, das ist der Nebenfluss des Ganges.", antwortete Jodha.

„Na gut", antwortete Sebastian mit sehr leidender Stimme, „ich komme gleich, geht schon mal nach unten." Er brauchte eine Weile, um irgendwie auf die Beine zu kommen. Er schleppte ich ins Badezimmer, machte sich frisch und zog sich an. Alles geschah fast im Schneckentempo, da er sich nicht traute, schnelle Bewegungen auszuführen, aus Angst, sein Kopf würde platzen.

Unten angekommen, sah er, wie die Frauen das Essen für den Mittagstisch vorbereiteten. Ihm wurde gleich etwas übel bei dem Geruch von Essen, sodass er auf sein Frühstück freiwillig verzichtete. Nur einen Kaffee wollte er, mehr nicht.

„Was möchtest du haben? Ei und Speck oder lieber..."

„Nein, nein, nur einen Kaffee, bitte", winkte er mit leicht erhobener Hand ab. Er bekam ihn von Anjalie gereicht, murmelte einen Dank und ging in den Hof. Auf der Schaukel dort saß auch schon Rahul, mit einer Sonnenbrille auf der Nase und einem Becher Kaffee in der Hand. Die beiden tranken ihren Kaffee, schwiegen und hielten sich lediglich den Kopf.

„Schaut euch die Männer des Hauses an", sagte Adele und deutete auf den Hof. Die Frauen mussten lachen.

„Welche Männer?", schnaubte Anjalie. „Ich sehe da kleine Kindsköpfe, die gestern einen Fehler gemacht haben und zu tief ins Glas schauten. Was sie da wohl suchten?"

Bamita fand das Schauspiel sehr interessant und ließ mit voller Absicht einen Topf auf den Boden fallen. Es schepperte so laut, dass Sebastian und Rahul sich erschrocken umdrehten.

„Bitte, nicht so laut, unsere Köpfe."

Aus der Küche, bekamen sie nur ein „Ohhhhh, ihr Armen! Rücksicht könnt ihr leider nicht von uns erwarten, wir müssen das Essen machen."

„Aber...", setzte Sebastian an, wurde aber von Rahul unterbrochen.

„Das hat keinen Sinn, Sebastian. Sie werden es uns den ganzen Tag spüren lassen", seufzte Rahul. „Da gehen wir lieber mit Jodha und Sunika an den Fluss."

Sie zogen sich ihre Schuhe an und nahmen die Mädchen, mit samt den Badesachen und viel Trinken, und fuhren zum Fluss. „Eigentlich tun sie mir ja leid.", sagte Adele. „Sie müssen höllische Kopfschmerzen haben und übel muss ihnen auch sein. Und dann am Fluss die viele Sonne."

„Ach hör auf, sie sind selbst schuld; hätten ja nicht so viel trinken müssen", unterbrach Bamita. „So, das Essen ist fertig. Aufräumen kann ich alleine, macht ihr euch doch einen schönen Tag."

Anjalie sprach Adele noch einmal auf das Haus für die Witwen an. „Wollen wir da mal hinschauen? Was meinst du? Fühlst du dich stark genug dafür?"

„Ja, ich denke schon." *Wird schon nicht so schlimm sein,* dachte sie bei sich und machte sich mit Anjalie auf den Weg in den Teil der Stadt, wo das Witwenhaus stand.

12 Das Schicksaal der Kamala Zsupra

An der Straße angekommen, wo es zum Haus ging, wurde es Adele unheimlich. „Hier ist ja keine Menschenseele. Alles so leer und total heruntergekommen."

„Ja, leider werden die Frauen eben immer noch wie Aussätzige behandelt. Wenn sie Glück haben, bekommen sie einen Platz in Ashrams", seufze sie und das Seufzen ließ Adele vermute, dass nicht viele dieses Glück hatten.

„Kommen denn die Kinder der Frauen, ihre Mütter gar nicht besuchen?"

„Nein, für die sind sie mit dem Vater gestorben."

Sie gingen weiter die Straße entlang und nach und nach änderte sich das Bild. Alles war bunt und sauber, es standen Bäume und Sträucher auf einem Platz, die Frauen in ihren weißen Gewändern sangen Lieder und lachten miteinander. Denn das war ihnen in der Welt außerhalb dieses Hauses untersagt. Als sie Anjalie und Adele sahen, verstummten sie. Es wurde leise und traurig um die beiden Frauen.

„Aber warum hören sie auf, haben sie kein Recht, glücklich zu sein und zu singen?", fragte Adele bestürzt.

„Nein, jedenfalls denken sie das, weil man es ihnen jahrelang gesagt hat."

„Was machen sie den ganzen Tag?"

„Sie färben Stoffe und verkaufen sie über eine Frau, die keine Witwe ist, auf dem Markt. Auch dein Sari kann von hier sein."

„Meinst du?"

Anjalie nickte nur und schaute sich, genau wie Adele, weiter um. Sie sahen Frauen, die ihr Gesicht verschleierten und sich bedeckt hielten.

„Und warum sind diese Frauen verhüllt?"

„Das sind Frauen, die von ihrer eigenen Familie angezündet wurden", sagte Anjalie und konnte sich einen bitteren Ton nicht verkneifen. „Sie konnten vor ihren Familien fliehen und ihre Wunden wurden hier geheilt."

Sie gingen in das Haus und Adele blieb abrupt stehen. Vor ihr stand die Frau, bei der sie vor einer Woche ihren Sari gekauft hatte.

„Da ist die Frau von dem Stand!", rief sie aus und die Frau drehte sich um. Als sie Adele sah, schien sie sich zu freuen, denn ein Lächeln huschte über ihr Gesicht.

Sie sagte zu den anderen Frauen, ohne den Blick von Adele zu nehmen: „Ich habe euch doch von der Frau erzählt, die so schön ist, wie der Mond."

„Ja hast du.", sagten die Anderen.

„Da schaut, da ist sie."

Die Frauen drehten sich um und trauten ihren Augen nicht. „Sie sieht aus wie…" Die alte Frau verstummte und schaute Adele verwundert an.

„Wie sehe ich aus?", fragte Adele nervös und ihr Herz schlug ihr bis zum Hals.

Doch die alte Frau sagte zunächst nichts, sondern kam zu Adele, schaute sie genau an und sagte dann: „Ja, sie ist es!"

„Wer bin ich?" Jetzt konnte sie ihre Ungeduld nicht mehr zügeln. Diese Leute redeten über sie, als würden sie sie kennen. Aber das taten sie nicht! Oder… doch?

„Komm mit, mein Kind!"

Sie nahm Adele an die Hand und führte sie auf einen Sitz, in der Mitte des Raumes. „Du, mein Kind, bist…"

„Stopp, warte! Ich hole die Kiste, dann kann sie es selbst sehen und Meena kann uns die Geschichte erzählen. Möchtet ihr etwas trinken? Einen Tee oder Wasser vielleicht?"

Die Frau, die sich nun eingemischt hatte, war wesentlich jünger. Adele konnte es zwar nicht abwarten, die Geschichte zu hören, nickte aber dennoch höflich auf die Frage nach dem Getränk.

„Tee wäre gut, ja", sagte sie.

„Ja, Tee ist gut", kam es auch von Anjalie, die genauso gespannt auf die Kiste war, wie Adele.

Die jüngere Frau verließ den Raum und kam wenig später mit einer Kiste wieder, die sie vor Adele, Anjalie und der älteren Dame abstellte. Die anderen Frauen kamen alle in dem großen Raum zusammen, setzten sich auf die Kissen und Teppiche, die auf dem Boden lagen und warteten, dass die Älteste unter ihnen, anfing zu erzählen. Diese saß auf einer Liege.

„Nun los, Meena Swathie, fang an. Wir warten!"

„Geduld, Geduld, ich muss erst einmal überlegen, wo ich anfange. Hm, ja es ist ungefähr 19 Jahre her, da kam eine junge Frau in weißem Gewand hier an. Sie war schwanger, das sah man und es ging ihr nicht gut."

Sie richtete sich mühsam auf ihrer Liege auf und wollte sich nach vorn lehnen, um an den kleinen Tisch zu kommen. Eine der Frauen, kam ihr unterstützend zu Hilfe und reichte ihr vorsichtig ihre kleine Teetasse, welche sie mit zittrigen Händen an den Mund führte. Nachdem sie getrunken hatte, lehnte sie sich wieder nach hinten und fuhr mit ihrer Geschichte fort.

„Keiner von uns Frauen kam an sie heran, sie schlief draußen unter dem Baum und wollte nicht in unser Haus. Etwas zu essen nahm sie nur zögerlich an, eben nur auf gutes Zureden. Doch eines Tages lag sie nur so da, vollkommen reglos. Ich weiß es noch, als wäre es gestern erst gewesen. Es regnete in Strömen. Wir holten den fast leblosen Körper ins Haus. Sie bekam hohes Fieber und es ging ihr sehr schlecht", seufzt sie.

Trotz ihrer dünnen und brüchigen Stimme, hingen alle an ihren Lippen. Sie mussten genau zuhören, um nichts zu verpassen.

„Wir hatten die Hoffnung schon fast aufgegeben ihr und ihrem ungeborenen Kind helfen zu können, doch dann gingen die Wehen los. Sie schrie immer nur einen Namen, aber der fällt mir jetzt gerade nicht ein. Vielleicht kommt es ja noch. Es dauerte lang bis das Baby da war, um genau zu sein, glaube ich, waren es 48 Stunden und die Frau wurde immer schwächer. Wir wussten nicht mehr was wir tun konnten. Hilfe brauchten wir nicht holen, da zu uns kein Arzt kommen würde. Also warteten wir ab, hielten ihre Hand und beruhigten sie. Die Frau war noch sehr jung, etwa in deinem Alter ungefähr." Sie legte ihre faltige Hand auf Adeles und klopfte zweimal tätschelnd darauf herum. „Und dann kam das Kind. Es war Nacht und wir hatten Vollmond, der schien durch das Fenster," Sie zeigte auf das Fenster, vor dem Adele saß.

„Bitte, erzähle weiter", forderte eine Frau, als die Ältere eine Weile stumm blieb und aus dem Fenster starrte. Sie sah nicht gut aus, fand Adele.

„Heute nicht mehr. Es strengt mich so an, ich bin müde und möchte mich ein wenig ausruhen."

Für Anjalie und Adele war das ihr Zeichen zu gehen. Sie machten sich auf den Rückweg.

„Aber morgen gehen wir wieder her, okay, Anjalie?"

„Ja, gut. Aber nur, wenn es Mutter erlaubt."

„Sie hat bestimmt nichts dagegen. Soll ich sie lieber fragen?"

„Mach das, es kann aber..." Adele ließ sie nicht ausreden und fiel ihr ins Wort. „Ach, ich mach das schon!" Kaum hatten sie die Tür zum Haus aufgeschlossen, stürmte Adele auch schon auf Bamita zu, und erzählte ihr, was sie heute erfahren hatte. Ohne Luft zu holen, fragte sie gleich, ob Anjalie und sie morgen noch einmal zu den Frauen gehen dürften.

„Nein, Anjalie hat viel zu tun und ich auch!"

„Aber..."

„Nein, morgen geht das nicht! Es wird einen anderen Tag geben. Wascht euch und kommt dann an den Tisch", wechselte sie das Thema, um das andere zu beenden.

Geknickt und mit gesenktem Kopf gingen Adele und Anjalie aus der Küche.

„Ihr benehmt euch wie zwei kleine Kinder.", murmelte Bamita vor sich hin. Obwohl sie ja auch gespannt darauf war, was die beiden von den Witwen erfahren würden. Denn diese Geschichte wurde noch nie wahrheitsgetreu erzählt, sondern es gab immer nur Gerüchte.

Der Abend ging zu Ende, es wurde kein einziges Wort mehr über den Tag verloren. Adele ärgerte sich, dass sie sich von einer fremden Frau verbieten lassen musste, hinzugehen, wo sie wollte. Aber sie wagte auch nicht, sich gegen Bamita zu stellen, immerhin hatte sie es ihr ermöglicht, hier bei Sebastian zu sein.

Die Männer brüteten über irgendwelchen Unterlagen und Anjalie spielte mit ihren Kindern. Adele saß einfach auf der Schaukel und starrte den Himmel an und dachte an ihren Vater, der so weit weg war. Er hätte ihr das nie verboten.

Bamita zog sich heute sehr früh zurück. Adele fragte sich, ob es ihr nicht gut ginge oder ob sie noch sauer war. Irgendwann gingen dann alle in ihre Zimmer, erst die Kinder, dann die Männer und zum Schluss Adele und Anjalie. Sie schlossen die Türen ab und machten das Licht aus.

Der nächste Morgen begann so wie der Abend zuvor aufgehört hatte: stumm. Keiner sagte mehr als nötig. Als alle gegessen hatten und der Tisch abgeräumt war, die Sachen abgewaschen und sauber in den Schränken standen, brach Bamita die Stille.

„Mädchen, setzt euch, ich muss mit euch reden." Adele und Anjalie schauten sich an, setzten sich an den Tisch und warteten.

„So, die Männer sind weg, die Kinder in der Schule und wir allein. Wenn ich euch erlaube, wieder zu den Witwen zu gehen..."

Adele und Anjalie schauten sich mit großen Augen an. „Was ist dann?", fragten sie beide.

„Dann möchte ich..." Sie machte eine lange Pause und trank einen Schluck Tee aus ihrem Becher. „Dann möchte ich mitkommen."

Adele stand auf, rannte hinüber auf die andere Seite des Tisches und umarmte Bamita. „Aber klar dürfen Sie mit!"

Bamita schob Adele sanft von sich.

„Ich muss doch auf euch aufpassen. Schließlich habe ich eine große Verantwortung für dich, mein Kind", und strich Adele über den Kopf. Adele rannte in ihr Zimmer nach oben und machte sich schnell fertig.

„Mutter, wie kommt es, dass du jetzt doch erlaubst, dass wir noch einmal hingehen, um uns die Geschichte anzuhören?"

Weil ich genauso gespannt auf die Geschichte bin wie ihr, dachte Bamita. Aber sie sagte zu ihrer Tochter: „Das muss ich dir nicht erklären."

„Nein, natürlich nicht, Mutter."

Bamita und Anjalie standen an der Treppe und warteten auf Adele. „Nun komm endlich, sonst gehen wir alleine", rief Bamita die Treppe rauf.

„Ja, ich bin gleich da!" Adele kam mit offenen Haaren die Treppe nach unten gestürmt.

„So gehst du aber nicht da raus!"

„Warum nicht?"

„Nein, mach bitte deine Haare zusammen, das schaut total wild und ungekämmt aus, wenn die Haare offen sind!"

„Okay."

Adele machte sich einen Pferdeschwanz, den sie dann hochsteckte, schaute dabei Bamita an und sagte: „Besser so?"

„Ja, so ist es besser."

Bamita legte sich ihr Kopftuch über und sie gingen alle zusammen los.

Wieder ging es die Straße entlang, wie den Tag zuvor schon. Auch heute war niemand weit und breit zu sehen, bis sie auf den Platz kamen. Für Bamita war es das erste Mal, seit langer Zeit, dass sie hier war, an dem Ort, wo sie hätte auch sein können, wenn sie nicht so liebe Kinder hätte, denn auch sie war eine Witwe. Das wurde ihr wieder einmal bewusst.

„Als Kind war ich mal hier.", sagte sie. „Meine Mutter kam immer hier her, um Tontöpfe und Stoffe zu kaufen. Und... später habe ich Milch hergebracht."

„Die Tontöpfe gibt es heute auch noch hier zu kaufen", sagte Anjalie.

Die Frauen kamen auf die Drei zu. „Seid ihr hier, um die Geschichte weiter zu hören?" Adele nickte. „Wartet, wir fragen die Älteste, ob sie Zeit hat!"

Die Frauen verschwanden in dem Haus. Kurze Zeit später kam ein junge Frau raus, sie war nicht älter als Adele und bat die 3 Frauen herein.

„Bitte, nehmt Platz!"

Bamita erkannte Meena und ging auf sie zu.

„Meena, bist du es wirklich?" Ihre Stimme war überrascht, so als hätte sie die Älteste hier nicht erwartet. Aber in ihrem Gesicht konnte Adele auch Freude über diese Begegnung erkennen.

„Bamita, du … hier?"

„Ja, ich kam mit meiner Tochter her und unserem Gast aus der Schweiz."

„Ah, dann gehören die beiden Mädchen von gestern zu dir." „Ja, das tun sie. Und sie können es kaum erwarten, deine Geschichte weiter zu hören."

„Gut, gut, dann lasst mich mal überlegen, wo ich gestern stehengeblieben bin."

Die Ältere machte ein nachdenkliches Gesicht und versuchte sich zu erinnern, aber aus Adele sprudelte es gleich vorlaut heraus: „Bei der Geburt und dass das Kind vom Mond angestrahlt wurde!"

„Du hast Recht, mein Kind. Also…", sie lehnte sich auf ihrer Liege wieder nach hinten, in eine entspannende Position, „nachdem das Kind auf der Welt war und die junge Frau immer schwächer wurde, bat sie mich zu ihrem Kopf und sie erzählte mir ihre Liebesgeschichte. Und dass sie die Hoffnung hat, der Vater der kleinen Aditi, so nannte sie das kleine Mädchen, käme um die Kleine von hier wegzuholen, ins Ausland."

Adele standen die Tränen in den Augen. Sie konnte nicht verbergen, dass es ihr sehr naheging, was da mit der jungen Frau geschehen war. Meena merkte das und klopfte auf ihre Liege „Komm her, mein Kind, setz dich zu mir!"

Adele ging zu ihr und nahm neben ihr Platz.

„Die Mutter der Kleinen starb drei oder vier Tage nach der Geburt, mit dem Versprechen von mir, dass ich mich um die Kleine kümmere, als wäre sie meine eigene Tochter." Adele legte ihren Kopf auf Meenas Schoß, diese strich ihr über das Haar, um sie zu beruhigen.

„Hebe deinen Kopf und lass mich dein Gesicht sehen." Adele war verwundert, tat aber, was Meena wünschte. Die Ältere hob die Hände und legte sie auf Adeles Gesicht, um langsam mit ihren Fingern über die zarte Haut zu wandern. Sie fühlte ihre Augen, tastete die Nase ab und strich vorsichtig über Adeles Mund. Jeden Zentimeter ihres Gesichts, schien Meena zu berühren, um sich ein Bild von der jungen Frau zu machen.

„Wo kommst du her, mein Kind?"

Adele erzählte ihr von Bern in der Schweiz und von ihrem Vater und der Bäckerei. Sie wollte noch weiter ausholen, aber Meena unterbracht sie.

„Hm", machte Meena und Adele brach abrupt ihre Erzählung ab. Meena legte die Hände in den Schoß und schaute Adele aus ihren trüben Augen an.

„Es ist ein Wunder", sagte sie mit zitternder Stimme, „nach so vielen Jahren, ist sie zu mir zurückgekehrt! Ich habe dich wiedergefunden. Jetzt kann ich beruhigt sterben, denn nun weiß ich, dass es dir gut geht."

Adele stand auf und wich zurück. „Was haben sie gerade gesagt?" Sie hatte natürlich ganz genau gehört, was Meena gesagt hatte, aber sie verstand es nicht. Oder ihr Kopf wollte es nicht verstehen.

Adele stoppte ihren Rückzug erst, als sie gegen etwas lief oder besser gesagt, gegen jemanden. Sie schaute sich um, aber alles schien in Ordnung zu sein, also drehte sie sich wieder zu Meena um und hakte nochmals nach.

„Wie… was meinen Sie mit: "Sie haben mich gefunden?" Sie kennen mich doch gar nicht!"

„Doch, mein Kind, ich kenne dich. Ich kenne dich sogar sehr gut. Du hast an deiner linken Hüfte ein Muttermal. Es schaut aus, wie ein halber Mond", entgegnete Meena vollkommen ruhig.

Adele griff sich an ihre Hüfte. „Ja, aber woher wissen Sie das? Ich bin doch bei...", sie holte tief Luft, „meinem Vatergroß geworden."

„Und was ist mit deiner Mutter?", fragte Meena.

„Mein Vater sagte mir, dass sie ein paar Monate nach meiner Geburt gestorben ist. Wir haben Fotos von ihr und mir, auf denen sie mich auf dem Arm trägt. Die hängen im ganzen Haus. Nein, das kann nicht sein, wenn Sie behaupten, dass ich diese Aditi bin!"

Meena hatte ja soeben erzählt, dass Kamala wenige Tage nach der Geburt ihres Kindes gestorben war. Somit konnte sie nicht mehr auf den

Bildern sein, die in ihrem Elternhaus hingen und aus diesem Grund, war sie nicht Aditi. Das ergab keinen Sinn.

„Glaube mir, Adele… du bist Aditi Chandrika, die Tochter von Kamala Zsupra. Und deine Mutter ist nach deiner Geburt gestorben."

„Nein, nein, das glaube ich nicht! Das kann nicht sein!" Adele war mittlerweile an die Wand zurückgewichen und alle Frauen um sie herum, schauten von ihr zu Meena und wieder zurück.

„Wie hieß der Mann? Hat Ihnen Kamala einen Namen gesagt? Gestern sagten Sie, Sie wüssten ihn nicht mehr", mischte Anjalie sich nun ein, um Adele ein wenig aus der Klemme zu helfen und ihr die Chance zu geben, sich zu beruhigen. Sollte sie tatsächlich Aditi sein, wäre das ein immenser Schock. Alles, was sie bisher von sich zu wissen glaubte, war nur die halbe Wahrheit. Das würde man auch erst mal verdauen müssen.

Nun lagen aller Augen wieder auf Meena, die fieberhaft nach den Namen in ihren Erinnerungen suchte. Nach einiger Zeit wurde es schon unruhiger im Raum. Einige Frauen begannen zu tuscheln, bis Meena schließlich ausrief:

„Aaah, jetzt! Ja, ich weiß den Namen wieder. Möchtest du ihn hören, Aditi?"

Adele stand wie versteinert an der Wand. Sie wusste überhaupt nicht mehr, ob sie noch irgendetwas von dieser Frau hören wollte

„Was?", wisperte sie unsicher.

„Nun sag ihn schon, Meena", baten die Frauen neugierig und nahmen damit Adele die Entscheidung ab.

„Hubert. Sein Name war Hubert."

Das Gesicht von Adele wurde so weiß, wie die Wand, an der sie sich versuchte festzuhalten. Langsam glitt sie nach unten auf den Boden und fing an zu weinen.

„Und ich bin mir absolut sicher", fügte Meena noch hinzu.

„Aber mein Vater, er hat nie etwas gesagt. Warum hat er mir das nicht erzählt? Wieso hat er gesagt, das meine Mutter ein paar Monate nach meiner Geburt gestorben ist und wer ist die Frau auf den Fotos?"

Meena streckte ihre Hand nach ihr aus und wartete, bis Adele endlich zu ihr kam. Als ob sie ihre unsicheren Schritte gehört hatte, klopfte Meena auf den freien Platz neben sich und nahm Adele in den Arm, als sie sich setzte. Sie hielt sie so fest, wie sie konnte.

„Die Frau auf den Fotos, das bin ich. Dein Vater hat damals Bilder gemacht um Erinnerungen zu haben. Aditi, es war vielleicht besser für dich, nicht zu wissen, wo du herkommst. Dein Vater hat dich doch gut erzogen und du bist eine gebildete, freundliche und wunderschöne Frau geworden."

„Das mag alles sein, aber er hätte es mir sagen müssen!"

„Und was hätte es für dich geändert, außer dass du dann gewusst hättest, dass die Familie deiner Mutter sie und dich verstoßen hat? Deine Mutter hat dir das Leben geschenkt und dein Vater hat alles getan, um dich in ihrem Sinne zu erziehen."

Adele schwieg. Sie dachte über Meenas Worte nach und musst sich eingestehen, dass sie recht hatte. Nachdem Adele sich etwas beruhigt hat, hatte sie viele Fragen an Meena.

„Meena, wie war ich als Baby? Habe ich viel geweint? War ich viel krank? Wie alt war ich, als mein Vater kam und mich holte?"

„Langsam, langsam, ich beantworte dir alle Fragen aber nicht auf einmal. Jetzt ist erst einmal Essenszeit und ihr esst bitte mit, ja?"

Bamita setzte sich zu Meena. „Dann hat mich mein Gefühl doch nicht getäuscht. Adele ist wirklich die Tochter von Kamala. Ich habe die Geschichte schon dutzende Male gehört, aber noch nie so, wie heute. Und doch hat mich etwas an Kamala erinnert, als der Name Aditi im Zu-sammenhang mit Adele auftauchte."

Menna nickte und nahm Bamita bei der Hand „Ja, das ist sie und ich danke dir, dass du sie mir geschickt hast."

„Nein, nicht ich habe sie dir geschickt, das war wohl der Wunsch Krishnas.

Alle versammelten sich zum Essen in dem großen Speisesaal und genossen das Mahl. Nach dem Essen gingen alle Frauen wieder ihrer Ar-beit nach. Es gab ja keine Gründe mehr jetzt noch herumzusitzen und nichts zu tun. Meena beant-wortete alle Fragen die Adele ihr stellte.

Adele erfuhr, dass sie 3 Jahre alt gewesen war, als Hubert kam und sie mitnahm. Meena hatte ihm eine Kette mitgegeben, die Adele zu ihrer Hochzeit von ihrer Mutter bekommen sollte. Sie war ein Baby, das selten geweint hatte, immer tapfer und lieb zu allen war und dass hinter ihr alle Frauen her waren. Alle wollten sich um das kleine Mädchen kümmern und sie umsorgen. Meena war stolz auf Adele.

„Dann bist du meine Maan", sagte Adele und Menna war so gerührt, dass sie an fing zu wei-nen, denn so etwas hätte sie nicht erwartet. Doch Adele fand es nur normal. Sie hatte ihre leibliche Mutter nie kennen gelernt. Und ihr Vater hatte nie wieder eine Frau geheiratet. Seit sie denken konnte, war er allein. Meena kam einer Mutter also am nächsten.

Adele lag den ganzen restlichen Nachmittag in Meenas Armen und wich nicht von ihrer Seite. Doch dann wurde es Zeit zu gehen, denn die Kinder kamen aus der Schule und Bamita wollte das Essen zubereiten. Sie verabschiedeten sich von den Frauen.

„Ich komme morgen oder übermorgen mit meiner Freundin und mit meinem Freund wieder", lächelte Adele, doch Menna stutzte.

„Mit einem Mann? Nein, Kind, die dürfen hier nicht rein." Ihre entschiedene Stimme ließ Adele seufzen. „Aber ich möchte, dass du ihn kennenlernst und mir deinen Segen gibst."

„Gut dann komme ich zu euch. Bamita erlaubst du, dass ich Aditi bei dir im Haus besuchen darf?"

„Ja, aber natürlich darfst du jeder Zeit zu uns kommen."

„Danke, Bamita", sagte Menna auch Adele bedankte sich bei Bamita und beugte sich zu ihren Füßen.

„Ist schon gut, mein Kind." Ihre Stimme hatte einen liebevollen Ton angenommen. Bamita legte Adele die Hand auf die Schulter und sie verabschiedeten sich noch von den anderen Frauen. Dann machten sie sich auf den Rückweg.

13. Der Tod von Menna

Als sie wieder zuhause bei den Sharmas waren, ging Adele in ihr Zimmer. Sie wollte nur noch Sahra anrufen; sie brauchte jetzt jemanden zum Reden, der ihr nahestand.

Sahra machte sich gleich nach dem Gespräch auf den Weg zum Haus der Sharmas. Und Adele freute sich, ihre Freundin wiederzusehen und mit ihr über all das zu reden, was sie in den letzten Tagen zu hören bekommen hatte.

Als Sahra am Haus der Sharmas ankam, stand Adele aufgelöst wartend in der Tür. Kaum war Sahra aus der Rikscha gestiegen, fiel ihr Adele schon um den Hals und fing an zu schluchzen. Sahra strich ihr zunächst über den Rücken, schob sie dann allerdings sanft von sich weg.

„Nun mal langsam, lass mich doch erst einmal reinkommen. Und dann erzählst du mir alles."

Sie gingen ins Haus. Adele stellte Sahra vor und ging mit ihr nach oben in ihr Zimmer. Dort setzen sie sich aufs Bett und Adele fing unter Tränen an, Sahra die Geschichte mit ihrer indischen Mutter und ihrem Vater zu erzählen. Sahra kam aus dem Staunen nicht mehr raus

„Oh man, da brauche ich jetzt erst einmal einen Schnaps", verkündete sie, wie immer, mit ihrer großen Klappe.

„Es gibt hier aber nur Tee, Kaffee oder Wasser", nahm Adele ihr sofort den Wind aus den Segeln. Sahra seufzte.

„Na gut, dann irgendetwas von den drei Sachen."

„Warte, ich bin gleich wieder da."

Sie wischte sich die Tränen vom Gesicht und öffnete die Tür, um nach unten zu gehen und etwas zu trinken zu holen. Aber zu ihrem Erstaunen brauchte sie nicht weit gehen, Getränke standen schon vor ihrer Tür auf dem Fußboden. Sie rief: „Danke!", nahm das silberne Tablett mit den Verzierungen und stellte es auf dem Bett ab.

„Hier, bitte!"

Sie reichte Sahra eine Tasse mit Tee. „Danke. Und nun erzähl weiter, das ist so spannend, ich will mehr hören." Adele erzählte weiter bis zum Schluss und versuchte sich, an die Geschichte von Meena zu halten, um nichts zu vergessen.

„Oh, man man man, da hast du ja richtig Glück gehabt, dass dein Vater dich da weggeholt hat!"

„Naja, ich weiß nicht, mir wäre es schon lieber gewesen, vor der Reise zu wissen, was auf mich zukommt."

Sie konnte nicht verstehen, warum ihr Vater ihr nichts gesagt hatte, als er erfuhr, wohin sie reist. Zwar konnte er nicht wissen, dass sie hier wirklich etwas über ihre Geschichte erfahren würde, aber sie hätte es dennoch besser gefunden, es von ihm zu erfahren, als von wildfremden Leuten, so nah sie sich ihnen jetzt auch immer fühlen mochte.

„Naja, du kannst ihn ja fragen, wenn wir in fünf Tagen wieder zuhause sind."

„Stimmt, du hast Recht, wir fliegen ja bald wieder. Ich glaube, dass es Zeit wird, mit Sebastian etwas mehr Zeit zu verbringen." Bisher hatte sie noch nicht viel von ihrem Freund gehabt, seit sie ihn gefunden hatte. Die Zeit war aufregend, aber da sie wegen Sebastian hier war, wollte sie nun wenigstens die letzten Tage mit ihm zusammen haben.

„Ja, das wäre eine Option oder du kommst mit mir und wir haben noch etwas Spaß hier in Delhi."

„Du kannst ja auch hierbleiben", schlug Adele vor, „und wir drei machen etwas zusammen."

„Das geht auch, aber meine Sachen sind doch noch im Hotel."

„Ach, die holen wir morgen."

Adele bekam einen Anruf von Sebastian, er käme heute Abend erst sehr spät aus der Uni, sie solle nicht warten.

„Gut, Sahra ist da, dann werde ich mit ihr etwas machen."

Die beiden machten sich einen gemütlichen Abend mit Tee und ein paar Videos auf dem Handy, leider war die Verbindung nicht so toll, es ruckte immer wieder ein wenig. Irgendwann war ihnen das dann doch zu mühselig und anstrengend, dieses Gestotter des Filmes zu ertragen. Sie machten ihn aus und sich für die Nacht fertig, schließlich wollten sie morgen die Koffer von Sahra holen. Und zu Menna wollte Adele mit Sahra auch. Sie wusste, dass es ein langer Tag werden würde, da sie ja Zeit mit Sebastian verbringen möchte und die letzten Tage in Delhi genießen wollte. Mit diesem Gedanken schlief sie ein.

Als sie aufwachte, standen Jodha und ihre kleine Schwester an ihrem Bett und bewunderten die roten Haare von Sahra und tuschelten leise vor sich hin, wer von beiden sich traue, die Haare anzufassen.

Sunika griff beherzt zu. Sahra drehte sich blitzartig rum und machte eine Grimasse. Die beiden Mädchen waren so erschrocken, dass sie schreiend aus dem Zimmer rannten. Sahra und Adele mussten herzhaft lachen.

„Warum hast du das gemacht?", fragte Adele noch immer kichernd. „Die beiden sind so lieb."

„Ja, kann sein, aber das sind meine Haare, sie sollen fragen, wenn sie sie anfassen wollen."

„Du nun wieder. Man kann sich aber auch anstellen. Das sind zwei kleine Kinder!"

Adele stand auf und schaute nach den Beiden. Sie saßen auf der Treppe, bis Adele sie rief. „Jodha, Sunika, kommt ihr bitte mal zu mir?" Sunika und Jodha gingen mit gesenktem Kopf zu Adele. „Ja was ist denn, dürfen wir jetzt nicht mehr in dein Zimmer?"

„Doch, natürlich. Sahra hat doch nur einen Spaß gemacht. Aber wenn ihr ihre Haare anfassen wollt, solltet ihr sie vorher fragen."

„Das machen wir", antwortete Jodha.

Sie gingen mit Adele gemeinsam zurück in das Zimmer. Sunika versteckte sich hinter Adele und schaute immer wieder an ihrer Seite hervor.

„Na was ist, wollt ihr mal die roten Haare anfassen?", fragte Sahra die beiden und reichte ihr Haar in ihre Richtung.

„Aber du machst kein böses Gesicht, oder?"

„Nein, nein, das mache ich nicht."

Sie trauten sich, die Haare zu berühren und fanden es lustig, dass es so rot war, wie die glühende Sonne abends am Horizont.

„So nachdem das jetzt geklärt ist, können wir doch frühstücken, oder? Ich habe nämlich Hunger."

Sie gingen runter in die Küche, wo Bamita bereits Tee und Essen für alle auf den Tisch gestellt hatte, setzten sich und warteten bis auch die letzte Frau des Hauses da war. Dann frühstückten sie gemeinsam und Bamita fragte Adele: „Was hast du heute vor?"

„Naja, erst holen wir die Sachen von Sahra aus dem Hotel und dann wollte ich mit ihr zu Meena, wenn du nichts dagegen hast."

„Könntest du vorher zum Markt gehen, ich brauche noch Gemüse und Gewürze", bat Bamita sie und machte damit klar, dass sie nichts gegen Adeles Ausflug zu Meena hatte.

„Ja, das mache ich, wenn wir vom Hotel wieder da sind."

„Gut, dann brauche ich nicht los und Anjalie kann mir bei der Wäsche helfen."

Sahra und Adele machten sich auf den Weg zum Hotel. Unterwegs fragte sich Adele, was zwischen Sahra und diesem Adam wohl gelaufen ist und ob sie Sahra einfach fragen sollte. Aber die kam ihr zuvor.

„Und willst du mich nicht fragen, was mit Adam gelaufen ist oder bin ich dir egal?"

„Nein, bist du nicht. Aber ich dachte, dass du mir das schon selber erzählst, wenn du das möchtest. Du erzählst mir ja sonst auch alles."

„Da gibt es nicht viel zu erzählen. Ich bin mit Tobi zusammen, meinst du, ich habe Lust, dass er von Sebastian irgendwelche Sachen erfährt? Ich bin treu und das bleibe ich auch." Adele lächelte als Antwort nur. Sie kannte ihre Freundin zwar so nicht, nur auf einen Mann fixiert, aber umso schöner war es, Sahra nun doch so zu sehen. Denn als sie von Tobi sprach, hatte sie ein leichtes Funkeln in den Augen. So musste es bei ihr aussehen, wenn sie von Sebastian sprach.

Am Hotel angekommen, holten sie die Sachen aus dem Zimmer, bezahlten es und fuhren wieder zurück zum Haus der Sharmas. Sie schafften die Koffer hinein, ließen sie aber noch im Flur stehen und gingen gleich auf den Markt. Dort besorgten sie alles das, was Bamita ihr aufgetragen hatte. Nach und nach arbeiteten sie den Zettel mit Lebensmitteln und Kochzutaten ab. Adele liebte es hier, den Markt zu besuchen. Er war so belebt und an fast jedem Stand, gab es leckere Sachen, überall konnte man ein Gespräch beginnen. Kein Wunder, dass Bamita nicht selbst gehen wollte. Bei ihr würde das bestimmt noch länger dauern.

Sahra wollte unbedingt eine komisch aussehende Frucht haben, deren Namen sie nicht kannten, geschweige denn aussprechen konnten. Sie nahmen diese Frucht mit, es stellte sich heraus, dass es eine Art Kartoffel war, sehr stärkehaltig gut für Aufläufe und als gebratene Beilage. Bamita schlug vor, diese Frucht zuzubereiten und niemand hatte etwas dagegen.

Die Männer kamen heute auch etwas zeitiger nach Hause. Sebastian freute sich den ganzen Tag schon auf Adele. Aber erst einmal ging er sich frisch machen, er roch nach alten Büchern, etwas eingestaubt und muffig. Adele störte das nicht, sie wollte nur noch bei ihm sein und nicht mehr von seiner Seite weichen.

„Das mit Meena haben wir heute gar nicht geschafft.", sagte Sahra.

„Das ist nicht schlimm, dann gehen wir halt morgen."

Auch, wenn sie bei Sebastian war, ging ihr Meena nicht aus dem Kopf. Sie hörte Sebastian zu wie er mit voller Hingabe von seiner Arbeit in der Bücherei erzählte, aber sie merkte nicht, wie er aufstand, um sich etwas zu trinken holen. „Adele, hallo?"

Sie bekam einen Stups an der Schulter und zuckte zusammen.

„Ja was ist?", fragte sie erschrocken und nahm jetzt erst Sebastian wieder richtig wahr.

„Wo warst du denn mit deinen Gedanken? Ich habe dich gefragt, ob du auch noch einen Tee möchtest."

„Oh ja, bitte. Entschuldige, aber mir geht Meena und das, was sie mir erzählt hat, einfach nicht aus dem Kopf und ich frage mich immer wieder, warum mein Dad mir nie etwas davon erzählt hat. Gelegenheiten hatte er genug."

„Weißt du, Adele, vielleicht war es für ihn nie der richtige Zeitpunkt. Und irgendwann ist man über den Punkt." Nachdenklich betrachtete er die Teetasse, die er noch in seiner Hand hatte und setzte sich schließlich. „Das kannst du aber hier nicht klären. Warte doch, bis du zuhause bist und dann fragst du ihn einfach. Das ist besser, als sich hier den Kopf zu zerbrechen."

Immerhin hatten sie nur noch wenige gemeinsame Tage hier und er wollte nicht, dass Adele diese damit zubrachte, nachdenklich durch die Gegend zu laufen, sich ständig Gedanken zu machen und von den Geschehnissen um sie herum, nichts mitzubekommen.

„Eines weiß ich jetzt schon, dass er mich zu dem Hindi-Kurs geschickt hat, war für ihn ein Stück weit die Gewissheit, dass er mir etwas von meiner Mutter gibt."

„Ja, das denke ich auch, dass er sich da was bei gedacht hat. So jetzt ist aber Schluss mit den trüben Gedanken. Komm, wir setzen uns in den Hof und genießen die Sterne.", sagte Sebastian, nahm Adele an die Hand und zog sie nach draußen. Leider hatten nicht nur sie diese Idee, auch Rahul und seine Schwester waren da und schauten in den Himmel. „Sebastian, Adele, kommt setzt euch zu uns. Mögt ihr auch ein Glas Wein?"

„Ja, danke", sagte Adele „Dann kann ich vielleicht besser einschlafen."

Rahul erzählte ein paar Geschichten aus seiner Kindheit und wie er dazu kam, Dozent zu werden. Sebastian erzählte von sich und seiner Erkrankung und wie die Leute damit umgehen, dass er Autist und somit anders war, als andere.

Adele staunte, weil sie noch nie von ihm gehört hatte, dass er krank sei, anders als die Anderen. Okay, er war schon komisch in Situationen, in denen sie locker war. Aber für sie war das immer normal und in Ordnung. Aber warum erfuhr sie auf dieser Reise so viele neue Sachen, von denen er zuhause nie hatte erzählen wollen und immer herumdruckste. Sagte Sebastian das nur, weil er was getrunken hatte? Mit Sicherheit nicht, weil das Feuer so schön flackerte und die Sterne am Himmel schienen, oder? Sie war mit dieser Frage so beschäftigt, dass sie diese auch laut aussprach.

„Warum sind Neuigkeiten auf dieser Reise in Indien mein Schicksal?"

Sebastian schaute sie an. „Warum fragst du das? Ist es dir unangenehm, dass die Menschen um dich herum ehrlich zu dir sind.?" Adele klappte der Mund auf, doch Sebastian sprach einfach weiter. „Ich habe lange überlegt, wann, wo und wie ich es sage. Für mich war heute, oder besser gesagt jetzt, einfach der richtige Zeitpunkt."

„So ein Unsinn! Ich finde es gut, dass du mir dein Herz ausschüttest und ich bin glücklich darüber, dass du ehrlich bist. Ich verstehe lediglich nicht, warum du mir das alles nicht schon Zuhause sagen konntest."

Es fühlte sich anders an, als das, was ihr Vater getan hatte, aber seltsamerweise auch nicht sehr viel besser. Anjalie sagte:

„Ich habe auch etwas zu sagen", Anjalie hob die Stimme nur minimal, während ein Lächeln über ihr Gesicht huschte, „Rahul du wirst wieder

Onkel. Du bist der Erste, der es erfährt. Nun ja, zusammen mit Adele und Sebastian", grinste sie.

„Wow, was für eine tolle Nachricht. Dann hoffen wir mal, dass du jetzt einen Jungen bekommst, denn noch ein Mädchen im Haus und wir Männer haben hier nichts mehr zu melden."

Adele, die das bezweifelte, nahm Anjalie in den Arm und freute sich für sie.

„Toll und egal was es wird, es ist ein Mensch und du wirst es lieben, wie die beiden anderen. Weiß dein Mann schon davon?"

Nachdem Adele von Anjalie abgelassen hatte, ließ auch Sebastian es sich nicht nehmen, diese zu beglückwünschen, die anschließend erst auf Adeles Frage antwortete.

„Nein, er kommt erst in 5 Wochen wieder nach Hause. So lange werde ich es geheim halten und ihr werdet auch niemandem etwas verraten, verstanden?" Anjalie hob mahnend den Zeige-finger und nahm jedem das Versprechen ab, zu schweigen Als sie die Gläser gelehrt hatten, gingen sie schlafen.

Der Tag war wiedererwacht und zeigte sich von seiner schönsten Seite. Schon früh am Morgen hatte die Sonne Adele in der Nase gekitzelt, aber sie hatte einfach die Decke über ihr Gesicht gezogen, während Sahra mit einem Arm über ihr Gesicht geschlafen hatte.

„Guten Morgen, guten Morgen!", schallte es durchs Haus. Als Adele nun die Augen aufschlug, war das Bett neben ihr leer.

Wo ist denn Sahra wieder hin, dachte sie. In diesem Moment ging die Tür auf. „Guten Morgen, Schlafmütze!"

„Guten Morgen", gähnte Adele, „na, wo warst du schon so früh am Morgen?"

„In der Küche. Ich habe mit Bamita zusammen das Frühstück gemacht."

„Wow, du hast Frühstück gemacht?", fragte Adele, noch immer ungläubig.

„Ja, ich", lachte Sahra, die genau wusste, warum ihre Freundin so ungläubig nachfragte. Immerhin gehörte die Küche nicht zu ihren Lieblingsorten.

„Na, dann gehen wir mal runter, komm schon", drängelte Sahra, „oder willst du da Wurzeln schlagen?"

Sie waren schnell fertig mit dem Frühstücken, die Männer waren, wie jeden Tag, schon bei Zeiten aus dem Haus und die Kinder in der Schule. Anjalie machte sich für den Markt fertig und ging mit Bamita zusammen los. Adele und Sahra wollten heute unbedingt zu den Witwen.

Sie machten sich ebenfalls zurecht und verließen wenig später nach Anjalie und Bamita das Haus.

Es dauerte nicht lange und sie waren da. Sahra sah aus, als fühlte sie sich unbehaglich.

„Du sag mal, hier sind ja gar keine Menschen. ie Straße ist ja total leer."

„Ja, das ist normal, hier geht keiner entlang, nur die Witwen. Die Männer haben Angst und denken, dass sie verflucht werden, weil hier nur halbe Seelen leben. Also die Reste der Verstorbenen."

„Was, so ein Quatsch", empörte Sahra sich, „da glaubt doch nicht wirklich jemand dran!"

„Doch, hier ist das leider so", seufzte Adele. Sie konnte es ja auch nicht nachvollziehen, aber man konnte die Menschen schlecht von ihrem Glauben abbringen, der ihnen seit mehreren Jahrhunderten anerzogen wurde.

„Naja, die sind schon komisch, die Inder!", platzte Sahra unüberlegt heraus und verzog das Gesicht, als es ihr bewusst wurde.. „Ups, sorry!", sagte sie gleich.

„Schon gut, sag aber solche Sachen nur bloß nicht bei den Frauen."

Als sie auf den Hof kamen, war es anders als sonst. Die Frauen verbreiteten eine Traurigkeit und schauten nicht auf Adele und begrüßten sie nicht. Irgendetwas stimmt hier nicht. Adele ging zu eine der Frauen, die grade Tücher zum Trocknen auf ein Seil hing und fragte nach, was los sei. Sie bekam aber keine Antwort. Was für ein seltsames Verhalten. Adele beschlich eine Unruhe, die sie sich nicht erklären konnte. Sie lief über den Platz, in das Haus und sah, dass mehrere Frauen um jemanden herumstanden. Sie drängelte sich durch die Frauen, bekam dabei nicht mit, dass Sahra dicht hinter ihr folgte. Sie sahen Meena auf einer Liege, die Augen hatte sie geschlossen und Adele fragte sich, was das zu bedeuten hatte.

„Was ist hier los?", fragte sie die Frauen und sah sie nacheinander auffordernd an „Warum steht ihr alle um Meena herum?".

Eine der Frauen antwortete: „Menna liegt im Sterben, ihre Zeit ist gekommen. Sie wollte dich unbedingt noch einmal sehen und hat die ganzen Tage auf dich gewartet, da du gesagt hast, du kommst wieder."

„Ja ich bin doch auch gekommen!" Und zwar nachdem Meena nicht aufgetaucht war, um Sebastian kennenzulernen, wie es verabredet war. Ein paar Tage lagen nun dazwischen, doch jetzt war sie hier. „Meena, ich bin hier, hörst du?"

Adele kniete sich vor die Liege. Menna streckte ihre Hand nach Adele und zog sie an sich heran. Adele konnte spüren, wie kraftlos die Ältere war. „Mein Kind, ich habe noch etwas für dich", hauchte sie und Adele hatte Mühe, sie überhaupt zu verstehen, „ich wollte dir noch so viel erzählen, aber jetzt habe ich die Kraft nicht mehr."

Wie konnte das nur passieren? Sie war zwei Tage nicht hier gewesen. Zwei Tage, in denen sie sich um ihren Freund und ihre Freundin gekümmert hatte und nun sollte Meena sie verlassen? „Ich bin froh, dass du noch einmal", fuhr Meena schwach fort, „zu mir gekommen bist. Hier, das Kästchen ist für dich. Ich habe dir alles aufgeschrieben, was du noch wissen musst. Eines Tages wirst du es verstehen."

„Nein, Menna, bitte bleib bei mir!" Sie durfte sie noch nicht verlassen. Nicht jetzt, wo sie sich gerade gefunden hatten! Meena schaute noch einmal in Adeles Richtung und strich mit ihrer letzten Kraft über ihr Gesicht. „Wir werden uns eines Tages wiedersehen, mein Kind", hauchte sie, schloss die Augen und atmete ein letztes Mal mit einem beruhigenden Seufzer ein und aus.

Friedlich sah sie aus, mit einem kleinen Lächeln im Gesicht. Adele brach in Tränen aus und die Frauen taten es ihr gleich. „Meena, nein, bitte!"

Sie hatte jemanden verloren, der ihr in der kurzen Zeit sehr wichtig geworden war. Sie gab Meena zum Abschied einen Kuss auf die Stirn und wollte sich gar nicht von ihr trennen, sondern einfach hier an Ort und Stelle in ihrem Leid zerfließen. Und die anderen Frauen gönnten ihr diese Zeit, genauso, wie sie selbst diese Zeit brauchten, um sich zu verabschieden.

Anschließend brachten sie gemeinschaftlich Menna mit der Trage auf den Scheiterhaufen, wo sie mit hinduistischer Priestersegnung verbrannt wurde. Adele bekam die Fackel in die Hand und entzündete das Feuer, so wie es Brauch und der Wunsch von Meena gewesen war, wie ihr die Frauen erklärten. Alle standen um den Scheiterhaufen und verabschiedeten sich von Meena, jede auf ihre Weise. Als die Zeremonie beendet war, gingen alle wieder an ihre Arbeit, nur Adele und Sahra blieben..

Adele setzte sich auf das Podest unter dem Baum. Sie dachte darüber nach, was Meena ihr gesagt hatte. Was meinte sie nur damit? Sie wollte gerade das Kästchen öffnen, als eine der Frauen zu ihnen herüberkam.

„Aditi, was machst du noch hier? Geht bitte!"

Adele und Sahra standen auf, verabschiedeten sich, um nach Hause zu gehen und Bamita die Nachricht von Meenas Tod zu überbringen.

14. Die Verlobung und der Weg zurück

Die nächsten Tage schenkte sie nur Sebastian und Sahra, denn es war nicht mehr wirklich viel Zeit. In nur drei Tagen ging der Flieger zurück in ihr altes Leben.

Sahra zog sich meistens etwas zurück, um die beiden nicht zu stören. Adele und Sebastian genossen jede Sekunde miteinander und sie waren überglücklich. Adele war stolz auf ihn, dass er so viel Vertrauen zu ihr hatte und von seinem Autismus erzählte. Auch Sebastian schien froh zu sein, dass er sein Geheimnis endlich los war und wofür er in Bern nie die richtigen Worte gefunden hatte. Aber jetzt brauchte er sich nicht mehr hinter irgendwelchen Ausreden verstecken und wirkte dadurch gleich viel gelöster im Umgang mit Adele. Sie war die erste und einzige Frau, der er alles erzählte und bei der er sich sicher war, dass sie ihn verstand. Er war sich sicher, dass er die richtige Frau für sein Leben gefunden hatte.

Sebastian hatte mit Rahul über genau diese Dinge gesprochen und dieser gab ihm einen Rat.

„Dann sei kein Dummkopf und lass sie einfach so gehen! Wie wäre es, wenn du sie fragst, ob sie... psst, da kommt sie!"

„Na was habt ihr zu tuscheln?", fragte Adele, die genau mitbekommen hatte, dass die beiden Männer die Köpfe zusammengesteckt hatten.

„Ach nichts, nur was wegen der Uni." Mit dieser Ausrede waren sie bei Adele auf der sicheren Seite, denn sie konnte ihnen ja nicht das Gegenteil beweisen.

„Ach so, na dann, weitermachen."

Als Adele wieder weg war, vollendete Rahul seinen Satz.

„Frage sie, ob sie deine Frau werden möchte!"

„Ja, du hast ja recht, aber wann und vor allem wo? Und ist es wirklich der richtige Zeitpunkt nach den Katastrophen der letzten Tage?"

„Das denke ich schon und ich habe da schon eine Idee, warte", er drehte sich im Stuhl und rief nach drinnen, „Anjalie, kommst du mal bitte?"

„Was ist denn, Rahul? Ich habe keine Zeit, ich muss Bamita bei den Ladus helfen."

„Na das passt doch, komm her, wir brauchen deinen Rat."

Sie machte sich seufzend auf den Weg aus der Küche zu den Männern. Da angekommen, flüsterte Rahul ihr zu, was Sebastian vorhatte und fragte sie, ob sie eine Idee hatte. Anjalie blickte auf, dachte einen Moment nach und nickte.

„Ja, die habe ich tatsächlich. Wir geben doch ein Abschiedsfest für Adele und Sahra. Wir schmücken alles wie bei einer Verlobung und dann kannst du ihr den Antrag machen.

„Na endlich gibt es dann auch etwas Positives für Adele."

„Aber meinst du nicht, dass sie das merkt?", fragt Sebastian unsicher.

„Nein, sie hat doch noch nicht so viel Ahnung von unseren Bräuchen. Und Sahra vermutlich noch weniger."

Anjalie klang zuversichtlich und das sprang auch auf Rahul über. „Das könnte klappen, ja. Gut, das machen wir so", beschloss er deshalb sofort. Und Sebastian nickte zustimmend.

„Okay, dann ist das beschlossene Sache.", grinste Rahul erfreut.

„Dann treffen wir alle Vorkehrungen. Sahra müssen wir einweihen, sie muss Adele ablenken."

„Warte, ich hole sie gleich."

Anjalie ging und kam wenig später mit Sahra zurück. Sie erzählten ihr von Sebastians Vorhaben und ihre Ideen

„Du musst nur dichthalten und Adele ablenken, bekommst du das hin?"

„Ja, aber klar. Nichts leichter als das. Ich wollte sowieso noch mal über den Markt, zum Tempel und... dann wird mir schon noch etwas anderes einfallen!"

Sie gingen die Vorbereitungen am selben Abend noch durch. Bamita wurde auch in die Verschwörung eingeweiht; sie freute sich sehr darüber, dass sie in ihrem Haus wieder mal ein besonderes Fest hatte. Sebastian und Rahul gingen aus dem Haus, ohne ein Wort zu sagen. Sie wussten, dass sie gegen die Planungswut der Frauen, keine Chance haben würden. Und Rahul kannte die Frauen des Hauses so gut, dass er lieber gleich ging, bevor sie ihn herauskomplimentierten. Zumal es für Sebastian jetzt noch etwas Wichtiges zu tun gab.

Als Adele mitbekam, dass die beiden Männer aus dem Hau gingen, fragte sie sich, wo die beiden so spät noch hinwollten. Anjalie beantwortete die unausgesprochene Frage.

„Sie haben vorhin gesagt, dass sie noch einmal in die Uni müssen. Ein Buch liegt anscheinend noch im Trockenschrank. Was auch immer damit gemeint ist", winkte sie ab, wie um das Thema zu wechseln.

„Ach so, davon hat Sebastian gar nichts gesagt."

„Hat er wahrscheinlich vergessen", sagte Sahra schnell, um Anjalie aus der Patsche zu helfen. Das sollte genügen, um den Männern die benötigte Zeit zu verschaffen.

Sebastian und Rahul waren beim Juwelier und kauften Ringe, so richtig typisch indische natürlich, etwas Anderes kam für keinen der Beiden in Frage, auch wenn Rahul Sebastian selbstverständlich das letzte Wort überließ. Dass er jedoch auch ohne zu zögern einen der Ringe auswählte, zeigte, wie sehr er diesem Land und seinen Kulturen verbunden war.

Die Frauen machten sich währenddessen an das Dekorieren und Schmücken des Hauses und des Hofeinganges. Es war viel Arbeit, die Blumengirlanden zu basteln und aufzuhängen und die vielen Lichter aufzustellen, aber mit liebevoller Präzession, gelang es ihnen, den Hof in ein wundervoll romantisches Ambiente zu verwandeln, ehe sie sich in der Küche um das Essen kümmerten.

Sahra, die die Aufgabe hatte, Adele zu beschäftigen, schleppte ihre Freundin zunächst über den Markt. Sie wollte unbedingt einen schönen festlichen Salwar haben und unter einem Vorwand bat sie Adele, einige anzuprobieren bis sie genau den gefunden hatte, der am besten zu Adele passte. Es war ein ziemlicher Balanceakt, alles vor Adele geheim zu halten und dann die beiden Salwar zu kaufen, denn auch für sich selbst wollte sie einen neuen, zur Feier des Tages. Während Adele sich beim Stand mit den

Ketten und Armreifen aufhielt, zahlte Sahra und schickte alles mit einem Boten zu Bamita nach Hause.

Alles lief wie geplant. Abends war Adele nicht mehr in der Lage, irgendetwas zu machen. Sie war so müde dass sie fast beim Essen einschlief. Auch Sahra hatte einen Durchhänger und stocherte lediglich in ihrem Abendessen herum. Es war sehr anstrengend mit Adele über den Markt zu laufen und dann noch in den Tempel zu gehen, nur um der Familie Zeit zu verschaffen. Jetzt wollten sie einfach nur ins Bett und baten alle um Entschuldigung dafür. Da Adele schon ein paar Schritte von Sahra entfernt war, hielt Rahul es für ungefährlich genug, Sahra zu loben.

„Gut gemacht, danke."

Am nächsten Morgen war es soweit. Adele dachte immer noch, dass heute Abend der Abschied von ihnen gefeiert wird, da sie morgen wieder nach Hause fliegen würden. Sie wollte noch einmal zu den Witwen gehen, um die Asche von Meena zu holen, da sie ihr nicht gebracht wurde.

Nach dem Frühstück machte sie sich auf den Weg zum Haus der Witwen, holte die Asche ab und fuhr mit der Autoriksha vier Stunden zum Ganges, wo sie die Asche einstreuen wollte.

Einen Priester fand sie schnell, der das Ritual vornahm, sodass sie Meena die letzte Ehre erweisen konnte. Es war für sie sehr aufwühlend, sie dachte wieder an die letzten Worte und das Kästchen von Meena, das in ihrem Zimmer im Nachtschrank lag. Wenn sie wieder bei Sebastian war, musste sie unbedingt das Kästchen öffnen, um zu schauen, was es damit auf sich hatte. Mit diesen Gedanken bedankte sie sich bei Meena für alles, was sie für sie getan hatte. Nicht nur jetzt im Erwachsenenalter, sondern besonders, als sie ein kleines Baby und Kleinkind war. Ein Kind anzunehmen, als wäre es sein eigenes, das hätten nicht alle Frauen getan. Wie sehr muss es sie geschmerzt haben, als ihr Vater kam und sie mitgenommen hatte. Adele war sehr froh, dass sie Meena jetzt noch gefunden hatte und diese sie noch einmal zu Gesicht bekam. Meena konnte so friedlich einschlafen.

Adele betrachtet die Asche, die noch immer über den Ganges niederging. Sie wartete, bis die Asche vollständig auf das Wasser gesunken war, dann wandte sie sich ab und trat den Heimweg an.

Es war schon 15 Uhr und Adele wurde sehnlichst zu Hause erwartet. Als sie durch das Hoftor kam, standen Sahra und Anjalie hübsch angezogen, mit ihren Salwar, im Innenhof und nahmen Adele an der Hand. Bamita überreicht ihr ein Tablett mit Kleidung unter einem Tuch.

„Bitte zieh das für mich an, ja?"

Adele nickte, man konnte Bamita schwer einen Wunsch abschlagen, und ging mit Anjalie und Sahra nach oben. Sie halfen ihr beim Ankleiden und beim Schmuckanlegen. Auch die Haare wurden schön hergerichtet. Als sie sich im Spiegel sah, liefen ihr ein paar kleine Tränen über ihr Gesicht.

„Du bist wirklich so wunderschön wie der Mond und deinen Namen hast du nicht umsonst bekommen", sagte Anjalie beinahe ehrfürchtig. Adele lächelte sie durch den Spiegel hinweg an und betrachtete dann zum ersten Mal so richtig ihre Erscheinung – ohne Tränen in den Augen.

Der Salwar, den Sahra im Auftrag von Bamita für sie ausgesucht hatte, war mit goldenen Steinen und Fleckenrandarbeiten auf dem tiefroten Seidenstoff versehen. Er war aus gekreppter, glänzende Seide, mit einem kurzen Oberteil und weißem Netz über der Seide.

Die Dupatta über ihrem Kopf war auch aus dem gleichen weißen Netz, mit goldenen Stickereien und roten Steinen. Sie sah einfach atemberaubend aus.

„Na, wenn da mal keine Herzen schmelzen", lachte Anjalie.

Unten war alles vorbereitet und Sebastian stand an der Treppe, wo Adele gleich runterkommen würde. Er war aufgeregt, trat unruhig von einem Fuß auf den anderen und wusste nicht, wie Adele reagieren und ob sie wirklich 'Ja' sagen würde. Doch als Adele in Begleitung von Anjalie und Sahra zur Treppe kam, wurde Sebastian plötzlich ganz ruhig und er lächelte zu ihr hinauf. Er wusste, dass es genau das war, was er tun wollte, was er tun musste. Und es fühlte sich vollkommen richtig an.

Als Adele den Glanz und die vielen Kerzen sah und die Menschen, alle so festlich angezogen, runzelte sie die Stirn und beugte sich zu Sahra.

„Sag mal, was ist hier los? Warum schauen die alle so gespannt auf uns?"

„Die schauen nicht auf uns, sondern auf dich", gab Sahra zurück und Adele drehte sich zu Anjalie, als würde ihr diese eine bessere Auskunft geben können.

„Was, warum?"

Noch bevor sie antworten konnte, sah Adele unten an der Treppe ihren Sebastian.

Wow, der schaut heute aber toll aus, dachte sie und wurde sanft von hinten angeschoben. Sie gingen die Treppe nach unten. Sebastian fasste Adele bei der Hand und führte sie in die Mitte des Hofes. Sie setzten sich auf die Stühle und das Fest konnte beginnen.

Als der Höhepunkt des Abends kam, verstummte die Musik und die Gäste wurden still, Sebastian, noch immer die Gewissheit im Kopf, dass es gar nicht falsch sein konnte, diesen Schritt zu gehen, kniete sich vor Adele und nahm ihre Hand.

„Ich habe nicht immer viele Worte zu sagen und es fällt mir oft schwer, dir zu zeigen, was ich für dich empfinde. Aber eins weiß ich genau: dass du für mich mein Mond, die Sterne, die Sonne und die Luft zum Atmen bist. Ich möchte dich nie wieder in meinem Leben vermissen und deshalb frage ich dich hier und heute, genau an diesem Ort: Möchtest du meine Frau werden?"
Seine Stimme war fest, kein Zittern darin zeugt von Unsicherheit und er hatte nicht gestockt. Doch er atmete erleichtert aus, als er fertig war. Jetzt kam der schlimmste Teil. Das Warten.

Adele liefen die Tränen unter ihrem Dupatta. Sie schaute Sebastian voller Liebe an, überrascht, erfreut… alle das konnte man auf ihrem Gesicht ablesen. Ihre Stimme war leise, als sie antwortete, aber ebenso fest, wie es schon Sebastians Frage gewesen war.

„Ja, ich möchte deine Frau werden, mit allem was dazu gehört!"

Die Gäste freuten sich lautstark, sie riefen in der ganzen Straße: „Ja, sie hat ihn angenommen, sie ist jetzt verlobt!" Sebastian steckte Adele den Ring an den Finger, er war golden mit einem grünen Smaragd und vielen kleinen weißen Diamanten, alles zusammen sah er aus, wie eine Träne.

Sahra gratulierte den Beiden als erste zur Verlobung und auch die anderen kamen und sprachen ihre Glückwünsche aus. Es gab sogar Geschenke. Bamita hatte ein besonderes. Als sie es ihr überreichte, sagte sie: „Es ist von Meena, sie gab es mir für dich. Deine Mutter hat es für dich gemacht!"

Adele war sehr ergriffen, aber öffnete es nicht. Irgendwie wollte sie dabei allein sein. Sie bedankte sich und Bamita gab ihr noch den Rat mit, es am Tage vor ihrer Hochzeit zu öffnen. Adele nickte und nachdem alle Gratulanten dem Paar ihre Glückwünsch ausgesprochen hatten, lief sie nach oben und verstaute auch dieses Geschenk.

Sie feierten ausgelassen bis in die Morgenstunden. Es war drei Uhr in der Nacht als Adele und Sahra ins Bett gingen; die Gäste waren auch alle schon eine Weile weg, nur Sebastian und seine Gastfamilie blieben noch etwas auf und ließen den wunderbaren Abend ausklingen.

Am Morgen war es soweit, der Abschied nahte. Adele ging zu Bamita.

„Kannst du das Geschenk hierbehalten? Ich möchte bei euch heiraten und meine Hochzeit hier feiern, wenn ihr zustimmt", sagte sie.

Bamita war gerührt. „Ja, möchtest du das wirklich?", fragte sie, als würde sie noch mal eine Bestätigung brauchen.

„Ja, sehr gern." Sie schaute zu Sebastian und er bestätigte ihren Wunsch.

„Wir haben uns das gestern überlegt und beschlossen, dass wir hier heiraten wollen, so richtig traditionell, wie es sich für eine indische Frau gehört", sagte er und grinste Adele dabei an.

„Dann müssen wir aber noch in den Tempel mit euren Horoskopen und nach einem Termin fragen!" Bamita sah so aus, als hätte sie sofort alle nötigen Maßnahmen im Kopf, was vermutlich auch so war. Doch Adele wunderte sich, wie schnell die Hausherrin umschalten konnte. Eben noch mit den Gedanken beim Abendessen, im anderen Moment kümmerte sie sich darum, dass Adele und Sebastian hier heiraten konnten.

„Na, dann machen Sebastian und ich das.", sagte Rahul „Wir sind ja noch eine Weile hier."

Jodhas aufgeregter Ruf hallte vom Tor in den Hof.

„Die Rikscha ist da, ihr müsst los!"

Adele und Sahra verabschiedeten sich tränenreich von der Familie und gingen zur Rikscha. Sebastian fuhr mit, er wollte die Beiden unbedingt zum Flughafen bringen. Das gab ihm noch etwas Zeit mit Adele. Zwar keine Zweisamkeit, aber sie konnten zusammen sein.

Er hielt sie die ganze Zeit fest, fuhr mit seinen Fingern über ihre Hand und über ihren Ring. Seine Verlobte. Er war sehr stolz.

Am Flughafen verabschiedete er sich von Adele. „Ich liebe dich, mehr als alles andere auf der Welt und ich bin froh, dass du ja gesagt hast."

„Warum, hattest du Angst, ich sage nein?".

Sebastian nickte. „Ich war mir nur sicher, dass ich das absolut Richtige tue."

„Aber wie könnte ich zu meiner großen Liebe nein sagen?" Sie lächelte und er erwiderte dieses Lächeln, ehe er sich zu ihr hinunter beugte und sie küsste. Ihr letzter Kus für eine lange Zeit.

Der Flug von Delhi nach Frankfurt am Main war lang genug, dass Adele Schlaf nachholen konnte. Und wen sie wach war, dachte sie viel über die Ereignisse nach, die in Delhi geschehen waren und wie sie ihrem Vater gegenübertreten sollte. Sie frug sich, wie ihr Leben verlaufen wäre, wäre sie in Indien aufgewachsen. Einerseits hätte sie die Kultur dieses Land verinnerlicht, so wie es sich gehörte, andererseits hätte sie Sebastian vermutlich nie kennen gelernt. Sebastian, der jetzt ihr Ehemann werden würde. Sie hätte Sahra nicht getroffen und niemals einen so liebevollen Vater gehabt. Vielleicht sollte sie nicht zu hart mit ihm ins Gericht gehen.

Die Zeit ihres Aufenthalts in Frankfurt verging sehr schnell. Sie hatte sich beide etwas zu essen besorgt, ein wenig ihre Eindrücke verarbeitet und saßen dann auch schon wieder im Flieger nach Bern. Adele schloss noch mal die Augen, döste ein wenig und stellte sich die Frage, ob ihr Vater am Flughafen sein würde, um sie abzuholen.

Ihre Frage wurde beantwortet, als sie auf den Ausgang des Gates zusteuerten. Sie freute sich, als sie sah, dass er am Ausgang stand und auf sie wartete. Ohne auf Sahra zu achten, rannte sie zu ihm und fiel ihm in die Arme.

„Hallo, mein Kind. Endlich bist du wieder da. Ich bin so froh, dass ihr heile wieder angekommen seid."

„Hallo, Paps", sie löste sich von ihm und schaute ihn liebevoll an, „weißt du, ich habe dir viel zu erzählen."

„Gut, aber erst bringen wir Sahra zu ihrer Mutter nach Hause, in Ordnung?".

„Ja, das machen wir."

„Komm Sahra, wir fahren dich nach Hause.", sagte Hubert.

„Da habe ich aber echt Glück gehabt", lachte Sahra, „denn ich habe keinen einzigen Pfennig mehr in der Tasche."

„Ja, daran bist du eigentlich selbst schuld, denn du hast den ganzen Markt in Delhi leer gekauft." Adele konnte sich die liebevolle Stichelei nicht verkneifen.

„Ja", grinste Sahra, „und jedes Teil war es wert gewesen."

Als sie Sahra bei sich zu Hause abgesetzt hatten, fuhren sie auf direktem Weg nach Hause. Estell wartete schon aufgeregt an der Tür und drückte Adele fest, als sie ihren schweren Koffer im Flur abgestellt hatte.

„Hallo, mein Kind, herzlich willkommen zu Hause!"

„Danke, Estell" sagte Adele, mit einem müden Lächeln.

„Ich bringe den Koffer gleich in den Keller zur Waschmaschine.", sagte Estell.

„Nein, das brauchst du nicht, ich mache das schon selbst." Estell stockte, nickte dann aber. Das war ungewohnt. Irgendetwas war anders an ihrem Mädchen. Adele kam ihr so erwachsen vor, so selbständig.

„Möchtest du vielleicht etwas trinken?"

„Ja, vielleicht später. Ich gehe mich erst einmal frisch machen." Adele brachte ihren Koffer in den Keller und ging dann nach oben. Kurze Zeit später war sie wieder unten und setzte sich mit einem Glas Cola neben ihrem Vater auf das Sofa.

„Na, was hast du so erlebt?"

„Ach so einiges, hier schau mal, sie zeigte ihrem Dad Fotos auf ihrem Tablet, vom Markt und von Sahra, vom Diwali-Fest, von der Gastfamilie, wo Sebastian lebt und von den weißen Frauen, von Meena und der Wohnanlage.

Als Hubert die Bilder sah und Meena erkannte, liefen ihm ein paar Tränen übers Gesicht. Er versuchte, sie zu verbergen aber Adele bekam das mit.

„Paps, sag mal, gibt es etwas, was du mir vielleicht erzählen möchtest?"

Ihr Vater schluckte schwer. „Weißt du, ich habe immer den richtigen Moment verpasst und deshalb ist es umso schwerer, dir die Geschichte von deiner Mutter und mir zu erzählen."

„Ja, aber du hast immer gesagt, dass meine Mutter Estell eingestellt hat und dass ihr glücklich wart."

Adele hörte auf, zu reden. Hubert rief Estell zu sich, die beiden fingen an, Adele alles zu erzählen, vom Anfang als er von Aditi erfuhr bis zu dem Tag als Adele zu ihm ins Haus kam.

15. Die Beichte und der Lehrer auf Probe

Nachdem ich als junger Bursche meine Ausbildung beendet hatte, wollte ich die weite Welt sehen. Das war früher nicht anders, als bei euch jetzt. Ich entschied mich spontan für Indien, warum, das kann ich dir heute nicht mal mehr sagen. Aber ich flog nach Delhi. Ein paar Wochen ausspannen, eine neue Kultur kennen lernen, das war genau das Richtige nach der harten Lernerei. In der Nähe von Delhi, war ein kleines Dorf, das hieß, glaube ich, Badli. Dort habe ich deine Mutter Kamala auf einem Fest an der Schule kennengelernt. Wir haben uns den ganzen Abend unterhalten und uns sofort ineinander verliebt. Ich bin sogar in Delhi geblieben, da ich mir nicht vorstellen konnte, auch nur einen Tag ohne deine Mutter zu verbringen. Bei einem Süßwarenbäcker fand ich Arbeit, so dass ich gut für uns sorgen konnte und dann heirateten wir, ohne den Segen der Eltern von Kamala."

Adele hörte gespannt zu. Sie wusste, dass sie niemals genug davon bekommen würde, von ihrer Mutter zu hören und endlich hatte ihr Vater ihrem Wunsch nachgeben.

„Dann ging es meinen Eltern schlecht und ich musste zurück. Ich wollte Kamala nach Bern holen, aber sie wollte nicht. Wir stritten uns, sie verließ mich und ging zu ihren Eltern zurück. Ich wusste nicht, dass sie Kamala verstoßen haben und auch nicht, dass sie schwanger mit dir war." Er klang dabei so aufrichtig, dass Adele keinen Zweifel daran hatte, dass seine Worte wahr waren. Sie musste nicht einmal sehen, wie sehr ihn seine Erzählung mitnahm, sie konnte es nur an seiner Stimme hören." „Irgendwann", fuhr er leise fort, „bekam ich einen Anruf von einer Meena aus Delhi. Sie erzählte mir, dass sie ein Kind in ihrer Obhut habe, dessen Vater ich sei. Und ich erwiderte, dass das nicht stimmen kann und wollte schon auflegen. Aber als sie Kamala erwähnte…"

Er stockte und atmete tief durch. „Ich flog so schnell ich konnte nach Delhi und suchte die Frau auf. Ich war ergriffen, als sie mir die Geschichte von dir erzählte und wie du zu deinem Namen gekommen bist. Sie wollte dich aber nicht gleich hergeben, ich sollte erst hier alles vorbereiten und dann würde sie dich weglassen."

Adele musste lächeln, da das sehr nach dem Verhalten von Meena klang - einem Vater rigoros zu erklären, dass er sein Kind noch nicht mitnehmen konnte.

„Ich bin drei Mal nach Delhi geflogen, um Zeit mit dir zu verbringen, mit dir, meinem Mondschein. Beim dritten Mal war das Haus komplett fertiggestellt, inklusive Kinderzimmer und ich konnte jemanden vorweisen, der mir hilft, dich zu erziehen. Ich nahm sogar Estell mit nach Delhi."

„Das stimmt, ich habe dich kennengelernt, da warst du zwei Jahre alt."

„Meena überzeugte sich auf Fotos, dass du in ein gutes Zuhause kommst und vor Ort davon, dass Estell eine gute Frau ist. Dann durfte ich dich endlich mitnehmen."

Er strich Adele liebevolle über ihr Haar. „In den ersten Jahren schickte ich Meena regelmäßig Bilder von dir. Dann schrieb sie mir, dass ich nichts mehr schicken sollte, da es sie zu sehr schmerzte, dich nicht bei sich zu haben. Außerdem seien ihre Augen mittlerweile so schlecht, dass sie auf den Bildern bald ohnehin nichts mehr sehen konnte. Aber ich musste ihr Versprechen, wenn du erwachsen bist, dass ich dich nach Indien schicke, damit du sie kennenlernst. Das du selbst dorthin fährst, war einfach nur Zufall und ich wollte dich nicht abhalten oder dir diese Geschichte vor deiner Abreise erzählen, denn dann wärst du mit Erwartungen nach Indien gefahren, die vielleicht nicht erfüllt worden wären". Hubert beugte sich vorsichtig nach vorn, um sein Glas zu nehmen und einen Schluck zu trinken. Anschließend platzierte er das Glas auf seinem Oberschenkel, ohne es loszulassen. „Ich konnte ja nicht wissen, ob Meena noch lebt. Ich hatte all die Jahre nichts mehr von ihr gehört, obwohl ich das Witwenhaus finanziell unterstützte."

„Das hast du gemacht? All die Jahre?" Adeles Stimme war eine Mischung aus Verwunderung und Rührung.

„Ja, denn ich hatte ihnen ja dein Leben zu verdanken", erwiderte Hubert lächelnd.

„Oh, Paps, dann wird es für dich traurig sein, was ich dir jetzt zeige."

Adele schaltete ihr Tablett wieder an und zeigte die Fotos von Meenas Kremation und erzählte ihm wie sie die Asche dem Ganges übergeben hatte. Für Adele war es wieder so emotional, als wäre es eben erst passiert und liefen die Tränen über das Gesicht. Als sie sie fortwischte und ihren Vater ansah, sah sie, dass auch Hubert Tränen in den Augen hatte, denn er wusste, dass er dieser Frau auf ewig dankbar sein würde.

„Wann und warum hast du meinen Namen eigentlich in Adele geändert, Paps?", fragte sie plötzlich und ließ das Tablet wieder sinken. Hubert hob die Schultern.

Warum wir deinen Namen änderten, ist mir heute nicht mehr begreiflich, aber damals, als wir dich hier mit nach Bern brachten, empfand ich es als richtig. Adele passte einfach in unser damaliges Leben besser rein. Ich hoffe du kannst mir das verzeihen."

Adele lächelte und schlang ihre Arme um ihren Vater. „Natürlich, Paps."

Adele, Estell und ihr Dad erzählten noch die ganze Nacht von Meena und ihrer Liebe zu Aditi. Sie schauten sich die vielen Bilder an, bis das Bild von Adele und Sebastian kam, auf dem sie in ihrem roten, wunderschönen Salwar und in den Armen von Sebastian zu sehen war.

„Auf welcher Festlichkeit war das denn?", fragte Hubert überrascht. „Das schaut ja aus, wie auf einer Hochzeit. Ich war mit deiner Mutter mal auf einer, daher kommt mir das bekannt vor."

„Ach, Paps, ich hoffe du bist jetzt nicht böse auf mich, aber..."

Hubert unterbrach sie. „Wie kann ich denn böse auf dich sein? Du bist meine Tochter."

„Okay, also, das ist meine Verlobungsfeier mit Sebastian" Nun wo es auch vor ihrem Vater ausgesprochen war – was es einerseits noch realer machte – hielt sie kurz angespannt die Luft an, ehe sie sie wieder auspustete und ihren Ring zeigte, den sie bisher noch versteckt gehalten hatte.

Hubert schaute sie mit großen Augen an. „Meine Tochter ist erwachsen, Estell!", sagte er

„Ja, das scheint so", antwortete Estell. Sie sah Adele gerührt an, wie eine Mutter, die nicht glauben konnte, dass ihr kleines Mädchen zu einer Frau wurde. „Und", sie riss sich zusammen, „wann wollt ihr heiraten und vor allem wo?"

„Bei der Familie von Doktor Sharma, wenn du damit einverstanden bist. Bamita, die Mutter von Rahul, hat uns das Angebot gemacht."

„Bamita... lebt noch?"

„Du kennst Bamita?" Adele wandte ihren Kopf überrascht ihrem Vater zu. Was für Zufälle es manchmal gab.

„Ja, sie brachte damals immer die Milch für dich in das Witwenhaus. Hast du ein Foto von ihr?"

„Ja, bestimmt ist sie mit drauf. Hier da hinten, das ist sie."

„Ja, das ist sie! Bamita..."

Nun gab es noch Geschichten von Bamita zum Besten zu geben. Und es war mittlerweile schon ein Uhr in der Nacht, als Adele erschöpft und müde von der Reise, ihrem Vater einen Kuss auf die Wange gab. „Gute Nacht, Paps. Ich habe dich lieb."

„Ich habe dich auch lieb, mein Kind. Schlaf gut."

Sie ging nach oben und rief Estell noch einen Gute-Nacht-Gruß auf der Treppe zu. Sie ließ sich einfach ins Bett sinken, zog die Decke über sich und schlief sofort ein.

Für Adele ging der Alltag wieder los. Jeden Tag Schule und Bäckerei, ab und zu ein wenig Abwechslung, wenn Sahra mal da war und über nichts Anderes reden konnte, als über die neusten Schuhe und Handtaschen. Und auch wenn es manchmal etwas nervte, konnte sie sich keine bessere Freundin wünschen.

In Delhi dagegen herrschte Chaos. Sebastian erfuhr den besten und günstigsten Termin für seine Hochzeit mit Adele, auch wenn er etwas enttäuscht war, dass er so spät im Jahr war.

Bamita hingegen war froh, denn dann hatten sie noch genügend Zeit, sich vorzubereiten. Sie erinnerte Sebastian daran, dass er seiner Mutter noch die Verlobung beibringen musste. Und ob-wohl er wusste, dass sie sich sowieso freuen würde, hatte er Angst, vor dem Gespräch. Er hätte er ihr gerne nicht am Telefon erzählt, aber jetzt noch Monate warten, wollte er auch nicht. Also blieb ihm nichts Anderes übrig. Es war nur die Frage, ob er Adele oder seiner Mom, als erstes Bescheid geben sollte. Nach einigen Überlegungen, beschloss er, erst seine Mom anzurufen.

Sie nahm es mit Freude zur Kenntnis, vielleicht lag es auch daran, dass es mitten in der Nacht war und sie noch halb schlief aber sie versprach ihm, es für sich zu behalten.

Als das Telefon in Adeles Zimmer klingelte, war sie gerade dabei sich für die Schule fertig zu machen

„Hallo? Ich bin es", sagte Sebastian am anderen Ende des Telefons und Adele lachte.

„Hmm… wer ist denn ich?", fragte sie neckisch.

„Na, kennst du noch mehr Männer, die dich morgens in der Früh anrufen?", stieg Sebastian auf ihr kleines Spielchen ein.

„Warte, lass mich mal überlegen. Hm…" Adele machte eine lange Pause, als müsste sie die Männer erst lange durchzählen, die sie frühmorgens anriefen. Doch dann erlöste sie Sebastian. „nein, ich glaube nicht." Sie lachte. „Was ist denn los, das du schon so früh anrufst?", fragte sie.

„Ich habe dir etwas zu sagen!"

„Ja, bitte, ich sitze auf meinem Bett, du kannst loslegen!"

„Woher weißt du, dass ich dir sagen wollte, du sollst dich hinsetzen?"

„Naja, wenn du schon so früh anrufst, ist es besser für mich. Also was ist los?"

„Wir waren im Tempel."

„Ja, und?"

„Es gibt einen Termin."

„Jaaaa?". Sie seufzte ungeduldig. „Jetzt lass dir doch nicht alles einzeln aus der Nase ziehen, Sebastian!"

„Gut, wir haben einen Termin."

„Das sagtest du schon. Wann ist der Termin?"

„Am 29 Dezember."

„So spät? Da ist doch das Jahr fast vorbei."

„Ja, der Priester sagt, dass für diesen Tag unsere Sterne günstig stehen und du weißt ja, dass Bamita viel darauf gibt."

„Ja, ich weiß", seufzte Adele. „Da muss ich aber noch lange warten bis ich deine Frau bin. Wenigstens sehe ich dich in drei Monaten hier in Bern wieder!"

„Ja, das stimmt, dann können wir bis zum Termin noch viel erledigen, wie die Papiere und so."

„Hast du deine Mutter schon angerufen?"

„Ja und ich hoffe du bist nicht sauer, dass sie vor dir wusste, wann wir heiraten."

„Nein, warum? Sie ist deine Mutter."

„Stimmt."

„Na gut, ich muss mich fertigmachen, sonst fängt die Schule ohne mich an." Das sollte sie vermeiden, denn es standen bald Prüfungen an.

„Okay, bis dann!"

„Ja, bis dann. Ich liebe Dich!", sagte Adele, doch Sebastian hatte schon aufgelegt.

Nachdem Adele den Hörer aufgelegt hatte, gingen die Gefühle mit ihr durch. Sie rannte mit lautem Getöse die Treppe runter, bis zu ihrem Dad. „Der Termin, der Termin steht fest! Dad, hörst du?"

„Ja ja, bin ja nicht schwerhörig", lachend drehte er sich zu seiner Tochter um, „nun mach mal langsam. Was steht fest?"

„Der Termin für meine Hochzeit!"

„Ach so, na dann."

Hubert drehte sich weg und schmunzelte, denn er wusste es schon, da Inka doch nicht hinter dem Berg halten konnte und wenigstens Hubert davon berichten wollte. „Ich habe das Gefühl, du weißt das schon längst."

„Nö, wie kommst du darauf?"

„Na du freust dich nicht wirklich!"

„Doch, das tu ich, aber momentan ist einfach viel zu erledigen, und meine Gedanken sind bei der Arbeit."

„Okay, das verstehe ich! Estell, du freust dich mehr darüber als Paps, oder?"

„Ja sicher. Aber dein Vater freut sich auch", versicherte Estell und Hubert nickte eifrig. „Ich muss jetzt in die Schule, wir reden, wenn ich wieder da bin, ja?" Und schon lief sie aus der Küche, ohne noch einen Abschiedsgruß abzuwarten.

In der Zwischenzeit jagte in Delhi eine Neuigkeit die nächste. Ein paar Tage nachdem Sebastian mit Adele telefoniert hatte, wurde er vom Direktor der Uni zu sich gerufen. Er bat ihn darum, vertretungsweise eine Stelle als Gastdozent zu übernehmen, da einer der Mitarbeiter durch Krankheit ausgefallen war. Man ließ ihm Zeit sich das Angebot zu überlegen, aber nicht so viel Zeit, wie er hätte gebrauchen können, sondern lediglich eine Stunde.

Und es begann die quälendste Stunde seit langem für Sebastian. Er wusste nicht, was er tun sollte. Malte sich Szenarien aus, wie es werden würde und versuchte sich doch immer wieder zu beruhigen. Konnte er vor so vielen Leuten sprechen? Würden sie ihm überhaupt zuhören? Konnte er mit der Verantwortung umgehen, diese jungen Leute zu unterrichten?

Er lief draußen auf dem Flur auf und, bis ihm eine Idee kam. Er würde mit Rahul reden, seinem Doktor, der aber mittlerweile auch sein Freund und Verbündeter war. Sebastian zog sich in den Bereich der Dozenten zurück und wartete. Auch hier lief er in dem klimatisierten Raum auf und ab, von einer Ecke zur nächsten.

Als Rahul nach seinem Kurs den Raum betrat, platzte es aus Sebastian heraus und er erzählte ihm vom Angebot des Rektors, von seinen Zweifeln und Ängsten diesbezüglich.

Rahul sprach ihm Mut zu, sagte ihm, dass er an ihn glaubte und dass er das richtig gut machen wird. Rahul war sich sicher, dass Sebastian nur gewinnen konnte. Und in ein paar Wochen, würde Sebastian wieder bei seinen Büchern sein.

„Also gut, ich werde es machen. Wollen wir hoffen, dass mich die Studenten nicht ausbuhen, wenn ich mal etwas Falsches mache."

„Ich werde für dich zu Krishna beten", versprach Rahul mit einem kleinen Zwinkern, so dass Sebastian lachen musste.

„Danke aber so schlimm wird es doch nicht werden, oder?"

„Nein, nur keine Angst, ich kann ja beim ersten Mal mitkommen und setze mich ganz hinten in die letzte Reihe."

„Das ist eine gute Idee, dann halten sie mich gleich für ein Weichei."

Beide lachten. Und damit war es beschlossen und sie fuhren gemeinsam nach Hause, um die gute Neuigkeit zu überbringen.

Der Abend zu Hause verging mit den Gesprächen über die Aufgaben eines Lehrers und wie er sich vorbereiten sollte Rahul hatte einige Vorschläge, die er umsetzen wollte. Ob sich das so einfach bewerkstelligen ließ, sollte sich in den nächsten Tagen herausstellen, aber mittlerweile war Sebastian wirklich zuversichtlich, auch wenn noch viele Gedanken in seinem Kopf umherschwirrten.

Am nächsten Tag sah die Welt schon ganz anders aus, Sebastian war früh wach und gönnte sich ein ausgiebiges Frühstück, einen Laddu mehr als sonst und zwei Tassen Kaffee, nicht nur eine, wie jeden Tag. Alles war anders. Seine Gedanken, sein Gang, sein ganzes Auftreten. Jeder sollte sehen, dass er jetzt Dozent war und nicht nur Student.

Rahul merkte sofort, dass etwas anders war. „Sag mal, Sebastian, erweist du mir die Ehre, dich mit meinem Auto bis zur Uni mitzunehmen?" Er schmunzelte belustigt.

„Ja klar, wir fahren doch immer zusammen.", erwiderte Sebastian irritiert. Er merkte nicht sofort, dass Rahul scherzte.

„Naja, aber du schaust so komisch aus, mit deinem komischen Tuch um den Hals und dem Tuch in deiner Brusttasche."

„Warum?", fragte Sebastian. „Das ist doch normal, dass ich jetzt einen anderen Stil haben muss."

Jodha, die gerade in die Küche kam, fing laut an zu lachen. „Chachaa, du schaust aus wie ein Clown."

„Ach ja, warum?"

„Naja, vorher warst du cool und jetzt bist du spießig angezogen", sagte Bamita.

Sebastian ging in den Flur und warf einen Blick in den Spiegel. „Vermutlich habt ihr recht", seufzte er und musste sich eingestehen, dass er wirklich lächerlich aussah. Den Spott hatte er wohl verdient. „Ich bin wohl nicht der Typ für solche komischen Klamotten."

„Nein, das bist du wirklich nicht", sagte Rahul und Sebastian ging in sein Zimmer, zog seine normalen Sachen wieder an und dann fuhren die Männer in die Uni.

Manchmal kommst du auf Ideen, dachte Sebastian. Er schaute den ganzen Weg bis zur Uni aus dem Fenster, war in Gedanken und merkte nicht, wie schnell sie heute angekommen waren.

„Wir sind da, Herr Lehrer, Sie können aussteigen. Ich parke noch das Auto."

„Ja, ich warte an der Tür."

Sebastian stieg aus und ging über die kleine Straße zum Universitätsgebäude, wo er vor dem Eingang wartete. Hier und da grüßte er abwesend einige Leute, während er auf Rahul wartete.

„Wirst du heute in meinem Unterricht sein?" Sie hatten gestern darüber gescherzt und er hoffte, dass Rahul den Ernst dahinter dennoch verstanden hatte.

„Ja, wenn du das möchtest, ich habe die ersten zwei Stunden frei und kann dabei sein."

Sebastian nickt nur und gemeinsam gingen sie zur ersten Vorlesung.

Der erste Tag als Dozent verging so schnell, wie er plötzlich gekommen war. Nach der Vorstellung und seinem kleinen Vortrag hatte er Zeit, wieder zu den Büchern zu gehen. Die Arbeit wollte er, so gut es ging, fortführen. Auf dem Weg dorthin sprachen ihn viele Kollegen, aber auch Studenten an und wünschten ihm Glück für weitere Seminare und lobten ihn. Manche freuten sich sogar auf den Unterricht mit ihm. Aber eins stand für ihn fest. Wenn der alte Lehrer wieder da war, würde zu seinen Büchern zurückgehen.

Am Ende des Tages war Sebastian ganz schön fertig; nachdem er bei den Büchern war, hatte er noch ein Seminar, welches gerade zu Ende war und er hatte nicht einmal die Kraft nochmal nach den Büchern zu schauen; er wollte einfach in sein Bett.

Rahul musste aber noch zwei Stunden unterrichten, also fuhr Sebastian mit dem Bus. Bei Bamita angekommen, schmiss er nur noch seine Schuhe und die Tasche in die Ecke und legte sich ins Bett.

„Sag mal, Junge, möchtest du nichts essen?"

„Nein, ich will nur noch schlafen, ich bin total fertig."

„Soso, fertig", bemerkte Bamita „Na dann schlaf eine Runde, ich halte dir dein Essen warm!"

„Ja, danke!"

Bamita schloss die Tür und verbot den Mädchen, Sebastian zu stören, da er tief und fest schlief.

„Jodha, geh in dein Zimmer oder in den Hof, du machst mich verrückt mit deiner Unruhe!"

„Ja, aber was soll ich da machen?"

„Na, warten oder spielen." Das war Bamita ganz gleich. Aber Jodha sollte sie hier drin nicht verrückt machen. Ihre Enkelin grummelte zwar, aber sie fügte sich.

Sebastian kam nicht einmal abends aus seinem Zimmer, er schlief bis zum nächsten Morgen durch. Und das ging ganze drei Wochen so. In der vierten Woche war alles anders, denn da war er wieder nur Student. Der Lehrer war wieder da und er konnte endlich wieder mit seinen Büchern zusammen sein, denn die waren ruhig und stellten keine Fragen, die er beantworten musste. Die Zeit verging wie im Flug; Bamita und Anjalie kümmerten sich um die Vorbereitungen für die Hochzeit, Sebastian ging an die Uni, wie immer und telefonierte alle paar Tage mit Adele.

16. Die Weichen für den Neuanfang

Der Morgen war feucht, so feucht, wie es Sebastian in seiner ganzen Zeit hier noch nicht erlebt hatte. Es hatte in der Nacht geregnet und die Autorikschas hatten ihre Probleme vorwärts zu kommen. Das Wasser stand mindestens 30 cm hoch, an manchen Ecken sogar noch mehr. Viele der Männer und Frauen liefen mit nassen Kleidern durch das Wasser oder fuhren mit dem Rad durch. Rahul und Sebastian hatte das Glück, mit dem Auto fahren zu können, aber auch sie hatten Schwierigkeiten, pünktlich zu kommen.

„Na bitte", seufzte Rahul erleichtert, als er das Auto auf dem Parkplatz abstellte, „wir sind da und sind gerade fünf Minuten zu spät. Nun aber schnell."

Sebastian ging gleich wieder in den Keller. Er würde heute endlich eines der Bücher fertigstellen können, nach wochenlanger Arbeit. Vor der Tür stand schon ein junger Student und machte mit seinen ersten Worten Sebastians Plan zunichte.

„Zu wem möchten Sie?", fragte Sebastian.

„Zu Ihnen. Ich soll Ihnen vom Rektor ausrichten, bevor sie in den Keller gehen möchte er Sie sprechen."

„Gut", Sebastian seufzte, „gehen Sie, ich komme hinterher." Sebastian ging hinter dem Studenten her und fragte sich was der Rektor wohl dieses Mal wieder von ihm wollte. Am Vorzimmer des Rektors angekommen, ging der Student weiter in seine Klasse, während Sebastian wartete, vom Rektor empfangen zu werden.

„Der Rektor wartet schon, gehen Sie bitte rein", teilte ihm die Sekretärin wenig später mit.

„Danke." Sebastian ging durch, klopfte an die Tür und wartete, bis der Rektor hin hereinbat. „Ja bitte, kommen Sie rein, Herr Baihrains."

Er trat ein und wunderte sich, denn es waren außer dem Rektor auch noch Rahul und der Lehrer, für den er die Vertretung übernommen hatte, da.

„Setzen Sie sich, bitte, möchten Sie einen Tee?"

„Nein, danke. Was ist denn los? Warum haben Sie mich herkommen lassen?", fragte Sebastian. Er war zwar verwundert, aber mittlerweile auch neugierig.

„Es ist so, Herr Baihrains", Sebastian schmunzelte noch immer, wenn man ihn so ansprach, der Kollege möchte im kommenden Semester, also in 6 Monaten, aus gesundheitlichen Gründen in den Ruhestand gehen. Und da Sie seine Arbeit schon übernommen hatten…", er machte eine Handbewegung, als wären seine nächsten Worte die logische Schlussfolgerung, „möchten wir, dass Sie diese Aufgabe übernehmen."

„Aber, ich bin doch nächsten Monat wieder in der Schweiz", erklärte Sebastian unnötigerweise, denn der Rektor wusste das.

„Ja, das wissen wir, aber ich wollte Ihnen den Job zumindest anbieten. Sie bekommen von uns den Ehrendoktor und ihr Studium können Sie auch bei uns zu Ende bringen."

Sebastian hob die Hände. „Das mag alles sein, aber meine zukünftige Frau lebt in Bern und wie soll ich das meiner Mutter erklären, dass ich für die nächste Zeit in Delhi bleibe?"

Das alles behagte Sebastian nicht. Er fühlte sich überrumpelt. „Und ich kann ja nicht auf ewig bei meiner Gastfamilie wohnen", fügte er noch hinzu. Doch der Rektor wollte Sebastian noch nicht aufgeben. Er versicherte Sebastian, dass man sich um alles kümmern würde. Er müsste lediglich mit seiner zukünftigen Frau und seiner Mutter reden, der Rest ließe sich einrichten.

„Ich brauche Zeit dafür, ich kann mich jetzt nicht sofort entscheiden." Es war immerhin nicht nur seine Entscheidung, sondern auch die von Adele. Sie wollten sich ein gemeinsames Leben aufbauen, da sollte sie schon ein Mitspracherecht haben, wo dieses Leben stattfinden sollte.

„Das tut mir leid, Herr Baihrains, bitte nehmen Sie sich die Zeit. Sie können auch erst einmal nach Hause zurückkehren und dann wiederkommen. Wir warten auf ihre Antwort."

„Naja", Sebastian blickte den Rektor nachdenklich an, „in drei Monaten ist meine Hochzeit. Da wir hier heiraten, kann ich Ihnen dann vielleicht eine Antwort geben. Wenn Sie bis dahin einige Häuser für mich hätten, vielleicht kann ich es meiner Frau und meiner Mutter schmackhaft machen, hier in Delhi zu leben."

„Kein Problem, das bekommen wir hin", versicherte Rahul, der sich bisher zurückgehalten hatte. Sebastian war noch nicht überzeugt, aber er versicherte dem Rektor, dass er im Dezember mit seiner Antwort rechnen konnte. Anschließend verabschiedete er sich, um an seine Arbeit zu gehen.

„Warte, ich komme gleich mit." Rahul stand sofort auf und begleitete Sebastian. Auf dem Weg zum Hörsaal unterhielten sich die beiden noch.

„Ein Haus mit Hof, am besten etwas bei euch in der Nähe, damit Adele und meine Mutter sich nicht so einsam fühlen"

„Ist das bei euch nicht so, dass die Schwiegereltern mit beim Ehemann leben?"

„Es ist zumindest nicht so gewöhnlich, wie bei euch." Aber auch wenn er seine Mutter über alles liebte, wollte er nicht mit ihr zusammenwohnen.

„Meine Mom, sie… sie ist so eine Übermutter", versuchte Sebastian zu erklären.

„Was ist jetzt schon wieder eine Übermutter?"

„Lass uns heute Abend darüber reden, ich muss jetzt zu meinen Büchern." Sebastian klopfte Rahul auf die Schulter und verschwand.

Er konnte sich den ganzen Vormittag nicht konzentrieren. Es ging ihm einfach nicht aus dem Kopf, dass er jetzt nach Delhi auswandern sollte. Wie sollte er das Adele beibringen? Sie liebte dieses Land, genau wie er, aber hier leben? Auf Dauer? Würde sie das können? Würde ER es können?

Er beschloss nach Hause zu gehen, es hatte ja eh keinen Sinn und bevor er noch etwas falsch oder kaputt machte, packte er seine Sachen zusammen und rief sich eine Rikscha.

„Halten sie hier, bitte!", rief Sebastian und stieg drei Häuser vor Rahuls Haus aus. Er ging den schmalen Weg zum Haus hinauf, nachdem er den Fahrer bezahlt hatte und klopfte. Es öffnete eine alte, kleine und zierliche Frau. „Ja, bitte, was kann ich für Sie tun?"

„Namaste", begrüßte Sebastian sie höflich.

„Namaste, mein Junge."

„Sie wollen das Haus verkaufen, ist das richtig?"

„Ja, ich muss. Mein Sohn möchte, dass ich zu ihm ziehe und er wohnt in Mumbai, da brauche ich das Haus nicht mehr."

„Bitte, darf ich es mir anschauen?"

„Ja, natürlich dürfen Sie. Kommen Sie, bitte, sehen Sie sich um." Sebastian war sehr dankbar für die spontane Chance und vergaß dabei vollkommen, dass Spontanität ihm sonst immer Probleme bereitete. Während er sich im Eingang umsah, bekam er nicht mit, dass die alte Frau ihn interessiert musterte.

„Sie sind doch der junge Mann, der bei Bamita wohnt, richtig?"

„Ja, richtig, der bin ich. Und da ich im Dezember heirate, suche ich ein Zuhause, für meine Familie." Er schaute sich um und befand es als genau richtig, es war so ähnlich, wie das von Rahul, auch mit einem Hof und einer wunderschönen Dachterrasse, mit Olivenbäumchen. „Zu wann wollen Sie verkaufen?"

„Ich wollte es zum nächsten Sommer verkaufen."

Perfekt, dachte er. „Was soll es kosten?"

„Naja, da bin ich mir noch nicht so einig mit meinem Sohn, er möchte zwei Millionen Rupien; ich denke es kommt darauf an, wer es kaufen möchte."

„Ich würde Ihnen gern ein Angebot machen, aber vorher muss ich noch mit meiner zukünftigen Frau reden!"

„Machen Sie das", sagte die Frau. Sebastian verabschiedete sich und ging nach Hause.

Am Abend, als alle gemeinsam beim Abendessen saßen, erzählte Sebastian von der Stelle, die ihm der Rektor angeboten hatte. Ausnahmslos alle freuten sich, würde es doch bedeuten, dass Sebastian noch länger in Indien bleiben würde. Und sie waren überzeugt, dass Adele begeistert wäre. Immerhin liebte seine Zukünftige dieses Land. Bei seiner Mutter sah das schon anders aus. Aber er wusste, dass es nichts nutzte, sich jetzt schon Sorgen zu machen. Bald würde er in Bern sein und konnte alles klären.

„Ich habe dich auf der Dachterrasse, im Haus von Frau Madras gesehen", sagte Bamita plötzlich, während Sebastian ihr wenig später half,

Kartoffeln fürs Abendessen zu schälen und nickte.

„Ja, sie möchte das Haus verkaufen und ich habe es mir angesehen."

„Willst du es für dich und Adele kaufen?"

„Ja, würde ich gern, aber ich habe nicht so viel Geld."

„Lass uns das mal machen, mein Junge. Die Preise sind hier nicht in Stein gemeißelt."

„Aber erst muss ich mit Adele reden. Und mit meiner Mutter", fügt er noch an, „die beiden sollen ja auch dort wohnen." Bamita nickte und lächelte ihr geheimnisvolles Lächeln, was niemand so recht zu deuten wusste.

Den Rest des Essens unterhielten sie sich über die Vorbereitungen zur Hochzeit. Sebastian war froh, dass sie ihm ab und zu Einblicke erlaubten.

Die Zeit ging dahin und es war der Tag des Abschiedes; ein kurzer Abschied, denn in nur wenigen Wochen würde er wieder in Delhi sein und das Ganze mit Adele und Familie, dazu gehörten nicht nur ihre und seine Eltern, sondern auch die Freunde der beiden.

Er verabschiedete sich auf seine Weise: ein fester Händedruck und nur keine Tränen! Jodha und Sunika hatten für ihn und Adele ein Bild gemalt, was er mitnehmen sollte. Rahul brachte ihn zum Bahnhof, wo er mit ihm zusammen auf seinen Zug zum Flughafen wartete.

„Ach und bitte, kannst du dich beim Rektor wegen des Hauses von Frau Madras stark machen?"

„Ja klar, mache ich das, meine Mutter wird die alte Frau schon bearbeiten."

„Ihr sollt sie nicht bearbeiten, sondern das soll ganz fair vonstattengehen. Ich will keinen Ärger mit dem Sohn haben!"

„Ach, der ist ein Idiot und nur auf die Kohle aus! Lass das meine Sorge sein. Kümmere du dich um Adele, dass sie mit hierherkommt und hier bleibt, wenn ihr verheiratet seid."

Sebastian nickte langsam. Er wollte schon gern wieder nach Delhi, denn er hatte neue Freunde gefunden, eine zweite Familie bekommen und es ging ihm zum ersten Mal wirklich gut. Sein Autismus spielte hier keine Rolle. Keiner stellte irgendwelche blöden Fragen. Er musste sich nicht rechtfertigen, genau das war es, womit er klarkam und was er wollte. Aber ob er das auf diesem Weg erreichte, um mit Adele da zu leben, wo es ihm gut geht? Diese Frage konnte er sich nicht selber beantworten, denn das lag jetzt nur an Adele.

Ein „Herzlich Willkommen zurück, Sebastian"-Schild, begrüßte ihn, als er in Bern aus dem Sicherheitsbereich kam. Seine Freunde hielten es gemeinsam hoch und jubelten ihm entgegen. Er hatte sie vermisst, wie er sich eingestehen musste. Nur Adele fehlte, wie er enttäuscht feststellte.

„Was für ein Empfang! Danke, ihr seid alle so lieb. Wo ist Adele, ist sie nicht mitgekommen?"

„Nö oder kannst du sie sehen?", sagte Tobi schnippisch.

„Wir reichen ihm nicht", seufzte Isabell. „Ich fürchte, dann müssen wir dich wohl erlösen."

Adele sprang hinter einem Pfeiler vor und rannte in seine Arme. Jetzt war wirklich alles perfekt.

Sie nahmen ihm seine Koffer ab und fuhren alle in die WG. Sebastian freute sich auf sein Bett, aber daraus wurde nichts, denn in der WG standen seine Mom, Estell und Hubert und warteten. Dann wurde erst einmal gefeiert. Sebastian versuchte immer wieder Adele zu sich in sein Zimmer zu entführen, aber irgendwie wollte es nicht klappen. Ihr Gespräch musste also warten. Er feierte zunächst zwar mit, doch war er für eine ausschweifende Party einfach zu müde. Niemandem fiel auf, dass er ging. Erst später fand Adele ihn schlafend in seinem Zimmer vor und die Party wurde aufgelöst.

Sebastian war wie immer der Erste am Morgen, ließ die Kaffeemaschine laufen und machte sich im Bad fertig. Heute war der erste Tag an der Uni und er wollte unbedingt noch bei Adele in der Bäckerei vorbei, sein Croissant holen, aber auch die Gelegenheit nutzen, Adele wenigstens ein paar Minuten für sich zu haben. Was er sich auch noch vornahm, zu Gerda zu gehen, ihr von seiner Reise und den Erfahrungen zu erzählen, ihr die Dankbarkeit zu zeigen, dafür dass sie ihm immer ermöglichte mit Büchern zu arbeiten. Nach einem kurzen Gespräch mit Tobi, der ebenfalls früh auf den Beinen war, trank er den Kaffee aus, schnappte sich seine Tasche und machte sich auf den Weg zu Adele.

Wie immer war er mit seinem Rad zügig da, stellte es, wie immer unangeschlossen vor dem Laden ab und ging durch die Tür. Auch hier war etwas anders, denn es gab kein Glöckchen mehr, sondern einen elektronischen Warnton, wenn jemand den Laden betrat.

Sebastian musste feststellen, dass Adele nicht im Laden, sondern bereits an der Uni war. Er kaufte trotzdem sein Croissant, zahlte und fuhr ebenfalls zur Uni. Sein erster Weg führte ihn zu Bibliothek.

„Sebastian!", rief eine überraschte Stimme hinter ihm. „Bist du es etwa? Ja, du bist es!"

„Hallo Gerda, na alles in Ordnung bei Ihnen? Ich wollte gerade zu Ihnen, um zu erzählen wie es in Indien war und an welchen Büchern ich gearbeitet habe."

„Na dann komm erst einmal rein, ich mache uns einen Kaffee und du kannst mir alles erzählen, Zeit ist ja noch genug dafür."

„Richtig, ich bin wieder viel zu früh."

„Ich muss sagen, das hat mir in den letzten sechs Monaten gefehlt. Es war sehr ruhig, ohne dich und keiner war da, den ich erst hinauswerfen musste, dass ich abschließen kann. Aber bei der Pünktlichkeit, hast du dich nicht geändert, was?"

„Nein habe ich nicht, warum auch? Das ist doch eine gute Sache."

„So, der Kaffee ist fertig. Nun erzähl mir alles", forderte Gerda Sebastian auf und er erzählte ihr zunächst alles über die Bücher. An welcher er gearbeitet hatte, welche es noch zum Überarbeiten gab und wie die Arbeit generell war. Natürlich erzählte er auch wie er Adele einen Heiratsantrag gemacht hatte.

„Was, du heiratest die kleine, süße Maus von dem Sofa?"

„Ja und das schon bald, im Dezember ist unser Termin."

„Aber das ist doch viel zu kalt!"

„Nein, wir heiraten in Indien."

„Oh, na das ist ja schön. Das freut mich, mein Junge."

„Gerda, kommen Sie auch nach Indien zu meiner Hochzeit?"

„Nein, mein Junge, das ist mir leider zu weit und in meinem Alter muss das nicht sein. Aber ich werde an dich denken und wenn ihr dann wieder da seid, können wir etwas nachfeiern." Sebastian dachte in diesem Moment, dass er ja nicht zurückkommen wird, wenn Adele zustimmte, in Indien zu bleiben, aber er sagte das natürlich nicht zu Gerda.

„Ja das machen wir."

„So, dann erzähl mal weiter. Da gibt es doch bestimmt noch mehr, was gut war, oder?"

„Ja, das Essen ist einfach himmlisch."

„Das wollte ich hören!"

„Ach ja, ich war für eine begrenzte Zeit sogar Lehrer und habe Studenten unterrichtet aber ich war danach jeden Tag so kaputt, dass ich erst einmal schlafen musste und so manchen Tag habe ich einfach bis morgens durchgeschlafen."

„Ohne Essen? Och, du Armer, aber mager bist du nicht geworden davon", scherzte Gerda. „Hast etwas zugelegt, was?"

„Ja ein wenig, nicht viel. Das kommt wieder runter, wo ich jetzt hier bin und wieder Rad fahren kann."

Ein paar Minuten blieb Sebastian noch, dann musste er sich verabschieden. „So Gerda, ich schaue jetzt erst einmal nach den Büchern und dann muss ich, glaube ich, erst einmal in die Vorlesung."

„Ja, das mach du mal so, wie du denkst. Ich bin an meiner Theke, wie immer."

„Okay!" Sebastian verschwand über die Treppe nach unten, kurz darauf kam er wieder und ging zu Gerda. „Da hat sich ja nichts verändert, war da denn keiner unten?"

„Nein, ich habe niemanden da hineingelassen, das ist dein Reich und da hat kein anderer etwas verloren. Obwohl so einige Kandidaten da runter wollten."

„Aber, Gerda..."

„Nein, da bin ich stur. Und du kannst mich nicht umstimmen. Und jetzt husch!" Sebastian fügte sich und ging zu Vorlesung. Auf dem Weg dahin, traf er dann endlich Adele. „Hallo du, guten Morgen!"

„Na, hast du endlich ausgeschlafen?", sagte sie scherzhaft.

„Wie, meinst du mich, den, der schon seit einer Stunde bei Gerda in der Bibliothek war, mit ihr Kaffee getrunken und Kekse gegessen hat?"

„Ja, dich meine ich!"

Er nahm Adele fest in den Arm und küsste sie auf die Stirn. „Und du, wo warst du heute Morgen, als ich im Laden war, um mein heißgeliebtes Croissant zu kaufen?"

„Ich habe da wohl noch geschlafen, hatte keinen, der mich geweckt hat."

„Ach, so ist das, dann muss ich das wohl ab heute übernehmen, was?"

„Ja, das ist doch mal eine gute Idee!"

„So jetzt muss ich aber, sonst komme ich an meinem ersten Tag gleich zu spät und du hast Schuld." „Na dann, verschwinde!" Sebastian macht sich auf in den Hörsaal und tatsächlich hatte die Vorlesung schon begonnen. „Ach, der Herr Behrens ist auch wieder da und dann gleich zu spät. Ich hoffe mal, dass das nicht noch einmal vorkommt!"

„Nein, nein, habe ich nicht vor." „ Gut, dann setzen und Ruhe, bitte!"

Er setzt sich neben Tobi und der machte gleich eine spitze Bemerkung. „Erst den Kaffee klauen, dann zu spät, wo hast du meinen Freund gelassen, los raus damit. Ist der noch in Indien geblieben?"

„Lache nicht, das ist einmalig gewesen. War noch bei Gerda", flüsterte er.

„Ruhe, Herr Behrens, sonst können Sie gleich wieder gehen!"

„Entschuldigung!" Jetzt war wieder alles so wie vor einem halben Jahr.

17. Der Umzug in ein neues Leben

Sag mal, hast du denn schon mit Adele geredet?", fragte Rahul am anderen Ende der Leitung.

„Noch fünf Wochen Zeit sind es, bis ich mit Adele nach Delhi fliege, um da zu heiraten. Ich habe noch nicht den richtigen Zeitpunkt gehabt, seit meiner Ankunft."

„Ja aber du bist auch schon seit drei Wochen zuhause."

„Das stimmt. Heute ist ein guter Tag, wir sehen uns nachher, da fahre ich zu ihr und dann rede ich mit ihr!"

„Gut, dann ruf mich an." Rahul legte auf.

Sebastian überlegte den ganzen Weg, was er zu Adele sagen soll. „Du Schatz, wenn wir verheiratet sind, bleiben wir in Delhi, hier ist das Haus, da die Uni und Punkt!" Nein das kann ich nicht machen, dann kann ich die Hochzeit gleich vergessen. Aber sagen muss ich es ihr. Er merkte nicht wie schnell er mit dem Rad bei Adele vor dem Haus stand. Er klingelte, wurde von Estell eingelassen und nachdem sie ihm gesagt hatte, wo sich Adele aufhielt, ging er in die Küche. Adele stand am Kühlschrank und schaute vertieft hinein.

„Wenn du ihn länger auflässt, wird es kalt da drin", neckte Sebastian sie und gab ihr einen Kuss.

„Ha, ha, selten so gelacht! Ich weiß nicht, was ich essen soll."

„Warum nicht? Da ist doch genug Auswahl."

„Ja, aber das mag ich alles nicht."

„Dann isst du das Brot eben trocken, das schmeckt auch."

Sie ging grummelnd auf die andere Seite der Küche und lehnte sich an Sebastian an. Er legte seine Arme um sie und streichelte über ihren Rücken. „Was möchtest du denn jetzt machen?"

„Mit dir etwas essen und dann vielleicht einen Film anschauen?"

Nachdem Adele sich nun für das trockene Brot entschieden hatte und Sebastian sich schlicht eines mit Salami belegte, gingen sie nach oben. Der Film war schnell eingelegt, dann machten sie es sich auf dem Sofa bequem. Der Film dauerte nicht lange, aber für Sebastian war es eine kleine Ewigkeit. Er hätte vorher mit Adele reden sollen, doch die Chance hatte er vertan und jetzt wurde er stetig unkonzentrierter. Als der Film zu Ende war, setzte er sich auf. „Ich muss mir dir reden, Adele."

Adele wandte sich um zu und sah ihn offen an. Doch Sebastian zögerte noch. „Ja, also wie fange ich am besten an?"

„Komm los, jetzt sag schon!"

„Gut aber du musst mir versprechen, dass du darüber nachdenkst und nicht gleich ablehnst, okay?"

„In Ordnung."

„Ja also, es ist so, dass…", er atmete tief ein, „ich habe ein Angebot, als Lehrer in Delhi zu arbeiten und dort mein Studium fertig zu machen." Er hielt die Luft an und musterte Adele.

Und sie reagierte so, wie alle es erwartet hatten. „Toll, das ist doch super!", freute sich Adele, denn so ein Angebot bekam man nicht jeden Tag. Doch nach einem Moment, in dem sie sich wirklich für Sebastian freute, wurde ihr bewusst, was das zu bedeuten hatte.

„Wann?", fragte sie nur. Das musste immerhin alles sortiert werden.

„Na in der letzten Woche, als ich da war."

„Nein, ich meine, ab wann kannst du da arbeiten?"

„Ab Januar."

„Was? Sag das nochmal!"

Sebastian holte Luft, aber Adele schnitt ihm das Wort ab, denn ihre Aufforderung war dumm. Sie hatte den Zeitpunkt ganz genau verstanden.

„Was ist mit unseren Plänen in Bern? Die Uni, mein Studium unsere Freunde. Mein Vater und die Bäckerei? Deine Mutter? Puh, das muss ich erst einmal verdauen."

Adele stand auf und ging raus. Sie ging nach unten in den Garten, setzte sich in den Schaukelstuhl und starrte in die Ferne, ohne ein Ziel. Sie konnte auf keinen Fall eine Entscheidung aus dem Bauch heraus fällen.

Sebastian saß auf dem Bett und wusste nicht, ob er ihr hinterherlaufen oder doch lieber warten sollte, bis sie wiederkam. Zunächst entschied er, zu warten und ihr die Zeit zu geben, aber nachdem sie lange Zeit einfach nur dort unten saß, ohne sich zu rühren, folgte er ihr.

„Wir müssen es nicht sofort entscheiden." Er setzte sich leicht auf die Lehne des Stuhls und sah Adele an. „Denk darüber nach und dann besprechen wir alles."

Er küsste ihre Stirn und ging dann, um Adele ihren Freiraum zu lassen.

Er fuhr zu seiner Mutter, denn sie war die Einzige, die ihm jetzt noch helfen konnte.

„Hallo Mom, ich glaube das Kleid kannst du wieder wegbringen", fiel er auch gleich mit der

Tür ins Haus, als sie ihn rein ließ. „Ich glaube nicht, dass sie mich heiraten wird."

„Was hast du angestellt?"

„Nichts. Ich habe ihr nur erzählt, dass ich ab Januar in Delhi bleiben kann, um als Lehrer zu arbeiten und das ich da auch zu Ende studieren kann."

Seine Mutter sah ihn perplex an. „Wie in Delhi bleiben? Für immer? Oh, dann kann ich verstehen, dass Adele Bedenkzeit braucht. Sowas entscheidet man nicht innerhalb von ein paar Minuten. Du triffst doch auch keine Entscheidungen aus dem Bauch heraus. Warum gibst du Adele nicht auch die Zeit?"

„Aber Adele kann dort unten auch studieren", wandte er ein und fügte hinzu, „und du kommst mit"

„Ich?" Sie lachte. „Nein auf keinen Fall. Ich bleibe hier in Bern."

„Aber in dem Haus wäre auch Platz für dich."

„Danke, mein Junge, aber ich bleibe. Soll ich vielleicht mit Adele reden?"

„Meinst du, dass würde etwas ändern?"

„Naja, vielleicht. Aber lass sie erst einmal darüber nachdenken. Sie wird sich schon melden. Magst du mitessen?"

„Ja, danke. Und danach fahre ich in die WG zurück."

Als Sebastian in der WG ankam, seine Zimmertür öffnete und das Licht einschaltete, erschrak er. Auf seinem Bett saß Adele und schaute ihm entgegen.

„Was machst du denn hier?"

„Ich warte auf dich. Wo warst du?"

„Bei meiner Mom."

„Okay, pass mal auf. Ich brauche Bedenkzeit, viel Bedenkzeit und dann sage ich dir, ob ich mit nach Delhi gehe oder nicht, in Ordnung?".

Sebastian nickte. „Ja, gut. Ich hatte auch nicht damit gerechnet, dass du gleich vor Freude die Koffer packst."

Adele lächelte. „Heiraten möchte ich dich trotzdem, denn ich liebe ich!"

Erleichterung strömte durch Sebastian. Sie wollte ihn noch heiraten. Alles andere würde sich schon klären. „Ich habe gerade zu meiner Mom gesagt, dass sie dieses Kleid für die Hochzeit zurückbringen kann, da ich nicht damit gerechnet habe, dass du mich noch willst." Sie kuschelte sich zu ihm und beide hielten sich in den Armen.

„Bleibst du bei mir?", flüsterte er und Adele nickte nur. Sie wollte nichts sagen, sondern nur seinem Herzschlag lauschen. Über das gleichmäßige, ruhige Pochen des Herzens schlief sie letztendlich ein. Sebastian zog die Decke über Adele und sich und war bald darauf auch eingeschlafen.

Als Adele am Morgen in die Küche kam, hatte Sebastian bereits alles fürs Frühstück vorbereitet.

„Guten Morgen." Er küsste sie und zog ihr den Stuhl zurecht. „Schöne Grüße von deinem Vater, er braucht dich heute nicht. Frau Meyer bekommt alles allein hin."

Adele lächelte und griff hungrig nach einem Croissant. „Gut dann können wir ja in die Stadt, ein bisschen einkaufen und schauen, wegen Einladungen für die Hochzeit."

„Ja, das können wir machen."

Sie blieben nicht lange allein in der Küche. Tobi gesellte sich kurz zu ihnen und stibitzte für Sahra und sich etwas zum Frühstücken und verschwand wieder in seinem Zimmer. Nachdem sie aufgeräumt hatten, machten sie sich fertig und Sebastian beobachtet Adele, wie sie sich ihre langen Haare zu einem Zopf band.

„Du bist einfach so..." Er brach ab, trat näher und strich über ihr glänzendes Haar.

„Ja ich habe es verstanden", lachte Sahra, „aber wir haben jetzt keine Zeit zum Schmusen. Los komm, lass uns verschwinden, bevor noch jemand etwas von uns möchte."

Die beiden machten sich aus dem Staub, gingen zum Bus und fuhren in die Stadt. Sie schlenderten und kamen an ein kleines Geschäft in einer Seitengasse. Da standen im Schaufenster Muster für Einladungen, handgeschrieben und bemalt. Adele schaute Sebastian an, sie wussten beide sofort, das ist es, genauso wollten sie ihre Einladungen auch. Sie betraten den Laden und begrüßten die ältere Dame.

„Guten Tag."

„Guten Tag", erwiderte sie. „Kann ich Ihnen helfen?"

„Ja, wir wollen heiraten und schauen uns gerade nach Einladungen um, aber sie sollen etwas Besonderes sein, da wir an einem besonderen Ort heiraten."

Sie erzählten der Frau, wann und wo und diese machte in der Zeit eine Musterkarte. Als sie fertig war, zeigte sie ihr Ergebnis und die beiden waren sofort begeistert. Es war genauso, wie sie sich das dachten. Als Schatten ein Tempel im Hintergrund, davor das Paar und dann schlicht und einfach geschrieben 'Einladung zum Bund des Lebens knüpfen'. Innen kam wieder der Tempel und dann stand da der Ort, das Brautpaar und der Tag mit Uhrzeit und für wen die Karte sei. Die Frau nannte ihren Preis und Adele und Sebastian erteilten den Auftrag an die alte Dame.

„Dann brauche ich nur noch eine Liste mit den Gästen und dann können sie die Karten in zwei Wochen abholen!"

„Wir kommen nachher wieder und bringen die Liste."

Sie gingen ins nächstgelegene Café, bestellten etwas zu trinken und schrieben alle Gäste auf. Da sie nur eine kleine Hochzeit wollten, kamen sie letztendlich auf fünfundzwanzig Personen. Wieder und wieder gingen sie die Liste durch, um nur ja niemanden zu vergessen und waren letztendlich zufrieden, so dass sie der alten Dame die Liste geben konnten.

„Ich dachte, wir laufen den ganzen Tag herum und suchen, aber finden nichts außer diesen Standardkarten", sagte Adele noch immer aufgeregt und in ihren Augen blitze die Vorfreude.

„Ich auch. So jetzt gehen wir ins Kino und vorher holen wir uns noch ein Eis."

„Nee, das ist doch viel zu kalt."

„Ach komm, im Kino ist es warm, da kann ich dich aufwärmen, wenn ich mich an dich kuschle."

Damit war Adele einverstanden. Im Kino hielt Sebastian sein Versprechen und danach trennten sich ihre Wege. Sebastian wollte noch für eine Klausur lernen und Adele wollte ihn dabei nicht stören. Als sie zu Hause war, verabredet sie sich für den morgigen Tag mit Sahra und ging dann noch mal nach unten, um sich vor dem Schlafengehen etwas zu trinken zu holen. Als sie im Büro noch Licht sah, schob sie die Tür auf und lächelte ihren Vater an.

„Hallo, Paps."

„Hallo, mein Kind. Alles wieder gut?"

„Sicher", lächelte sie. „Sebastian und ich gehören zusammen und wir werden das schon alles schaffen. Heute haben wir Einladungen bestellt. Kennst du den kleinen Laden, wo noch alles in Handarbeit geschrieben und gemalt wird?"

„Ja, den kenne ich, der ist aber sehr teuer."

„Ja, aber die Einladungen sind einzigartig, so wie wir und unsere Hochzeit." Hubert nickte. Wenn Adele sich erst mal was in den Kopf gesetzt hatte, konnte man nichts dagegen ausrichten. Dann war sie sehr leidenschaftlich und konsequent. Eigenschaften, die er immer an seiner Tochter geschätzt und bewundert hatte.

Sie holte sich eine Flasche Wasser aus dem Keller, wünschte ihrem Vater eine Gute Nacht und ging wieder hoch. Sie schaute anschließend noch fern, wobei sie weniger auf die Nachrichten achtete, sondern in Gedanken bei den Hochzeitsvorbereitungen war.

Sahra war wie immer pünktlich und brachte eine Menge nasskalter Luft mit ins Haus, denn es regnete seit der Nacht ununterbrochen. Sie schüttelte ihren Schirm draußen aus und stellte ihn in den Flur, ehe sie Adele in die Küche folgte.

„Also", sagte Adele schließlich geschäftig, „wo wollen wir heute anfangen?"

„Na, als Erstes brauche ich ein Kleid für die Hochzeit. Und dann brauchen wir die üblichen Sachen, wenn geheiratet wird."

„Ach so, du meinst etwas Blaues und etwas Geborgtes, diese typischen Sachen?" Adele strahlte voller Vorfreude.

„Richtig", nickte Sahra, „die meine ich. Wenigstens etwas westliche Tradition bei dem Ganzen, wäre auch für die Menschen von hier schön oder meinst du nicht?"

„Ja da könntest du Recht haben", bestätigte Adele.

Zum Glück hatte es in der Zeit auf gehört zu regnen. Die Beiden machten sich auf den Weg und es dauerte nicht lange, da hatte Sahra im ersten Schaufenster ein Kleid gesehen, was ihr gefallen könnte. Leider war das Kleid nicht mehr in Sahras Größe vorhanden. Und damit begann das Drama. Auch in drei weiteren Läden konnten sie kein passendes Kleid finden. Sahra wurde immer fuchsiger und Adele gestresster.

Bei einem Kaffee wollte Adele sich ein wenig aufwärmen. Sahra musste unbedingt runterkommen. Ihre Freundin gab aber nicht auf, sie wollte unbedingt ein Kleid. Da fiel ihr der kleine Kleiderriese, im 6. Bezirk ein.

„Komm, nach dem Kaffee, fahren wir da hin, dort gibt es immer Kleider, für jede Jahreszeit."

„Okay, aber das ist der letzte Laden. Dann fahren wir nach Hause!"

„Ja, versprochen", versicherte Sahra und ihre Laune hob sich wieder ein wenig. Sie gingen ins nächstgelegene Café, tranken eine Tasse Kaffee und fuhren danach zum Kleiderriesen.

Sahra war kaum im Laden, schon fing sie an zu suchen. Adele wartete geduldig, bis Sahra mit ihrer Auswahl zufrieden war und beeilte sich, schnell zuzustimmen, als sie einmal ein Kleid ins Auge gefasst hatte.

„Kauf das, es schaut gut aus."

Nachdem Adele dreimal versichert hatte, dass das Kleid wirklich gut aussah, kaufte Sahra es.

„So und jetzt möchte ich nur noch die Beine hochlegen und nichts machen. Gar nichts mehr", sagte Adele erschöpft. Zuhause fand eine erneute

Anprobe von Sahras Kleid statt und jetzt war sie wirklich rundherum zufrieden.

Am Samstag darauf, bekamen sie Bescheid, dass ihre Einladungskarten fertig waren. Adele, die ohnehin gerade bei Sebastian war, freute sich riesig auf die Karten und konnte es kaum erwarten, also fuhren sie in die Stadt und holten die Einladungen ab.

„Sie sind so wunderschön geworden, da hat sich das Geld bezahlt gemacht", sagte Adele.

„Naja, ich finde sie schon recht teuer. Fünfhundert Franken, das ist echt eine Menge Geld!"

„Ja, aber es ist unsere Hochzeit", sagte Adele entschieden. Man heiratete eben nur einmal im Leben.

„Du hast ja Recht. Einmal geht das. Dafür sparen wir das Geld für die Flüge, weil die Uni in Delhi die bezahlt."

„Stimmt, das hatte ich glatt vergessen!"

„Wir müssen noch buchen, in zwei Wochen geht es los."

Adele wurde in diesem Moment wieder klar, dass da ja noch eine Entscheidung ihrerseits ausstand. „Weißt du eigentlich, was das für uns heißen würde, wenn wir dableiben?"

„Wo?", fragte Sebastian.

„Na, in Delhi. Ich muss meinen Vater, die Bäckerei und Estell, mein Zuhause… das alles muss ich hierlassen. Was ist, wenn ich Heimweh bekomme oder wir uns streiten und wir uns trennen?"

„Trennen? Wir sind noch nicht mal verheiratet und du denkst an Trennung?"

„Naja, man muss das alles bedenken", verteidigt Adele sich. Nach der Geschichte, die ihr Vater erzählt hatte, war sie nachdenklich geworden.

„Adele, ich dachte, dass ich derjenige bin, der sich immer um alles sorgt und Bedenken hat. Jetzt bist du es?"

„Nein, eigentlich nicht. Ich will ja mit dir zusammen sein und dich heiraten. Aber, muss es gleich so weit weg sein. Was ist mit der Uni?"

„Was soll damit sein?"

„Ich meine mein Studium."

„Das machst du in Delhi. Du fängst doch ohnehin erst an und der Rektor meinte, du kannst in Delhi studieren."

„Hm, du scheinst an alles gedacht zu haben." Trotzdem quälte Adele es und sie musste auch noch ihrem Dad und Estell Bescheid sagen. Wie die beiden darauf wohl reagieren werden?

Sebastian kümmerte sich am nächsten Tag um die Tickets und Adele versuchte, den richtigen Moment zu finden, um mit Estell und ihrem Dad noch einmal reden zu können und ihnen zu sagen, dass sie ab Januar in dem Haus alleine waren und das noch jemanden für den Laden gebraucht wurde, der ihre Schichten übernehmen würde.

Es fiel ihr nicht leicht aber beim gemeinsamen Abendbrot nahm sie allen Mut zusammen. „Dad, Estell, ich muss mit euch reden." Beide schauten sie verwundert hat, weil sie so ernst dabei aussah.

„Was ist los?", fragte Estell, bevor sie ihr Brot runterschluckte.

„Sebastian und ich, wir werden in Indien bleiben, nach der Hochzeit."

„So, aha.", sagte Hubert.

„Warum?", fragte Estell.

„Sebastian kann an der Uni als Lehrer arbeiten und zu Ende studieren und ich kann da auch studieren."

„Hm, das habe ich schon geahnt", sagte Hubert „Mach dir keine Sorgen, wir werden dich so oft es geht, besuchen und die Bäckerei, da suche ich mir eine Hilfe. Und wenn alles nichts ist, habe ich Estell, die hilft auch mal aus.

Estell nickte zustimmend und Adele fiel ein riesiger Stein vom Herzen. Sie war glücklich darüber, dass ihr Vater es so gut aufgenommen hatte und es ihr nicht noch schwerer machte. Sie wusste nicht, dass er es von Sebastians Mom schon erfahren hatte und sich mit Estell abgesprochen hatte, wie sie reagieren sollten und mussten. Adele sollte der Abschied nicht schwerfallen, auch wenn es ihm das Herz brach, seine Kleine gehen zu lassen.

Es kamen viele Erinnerungen hoch, als er daran dachte, wie sie ihre ersten Schritte in diesem Haus gemacht hatte, als er mit ihr aus Indien kam. Die ersten Worte, die sie sprach oder wie sie zum Ball in dem grünen Kleid die Treppe herunterkam. Als sie mit Windpocken im Bett lag und er ihr vorgelesen hatte. Und jetzt war sie erwachsen und würde ihren eigenen Weg gehen, sich ein neues Leben mit ihrem Ehemann aufbauen. Und das ganz weit weg, in Delhi.

18. Die Hochzeit der Liebe

Sebastian war in der Zwischenzeit damit beschäftigt, Tobi und die Mädels über seine Abreise und den Neubeginn in Delhi zu unterrichten. Sie waren alle drei einerseits traurig, da sie ihren guten Freund nicht mehr so oft sehen konnten, aber zugleich freuten sie sich auch für Sebastian, da es für ihn eine einmalige Chance war. Er überreichte zum gleichen Zeitpunkt dann auch die Einladungen.

„Was ist das?", fragte Tobi.

„Na die Einladung für die Hochzeit der beiden, kannst du dir das nicht denken?" Hahnna hatte den Briefumschlag schon aufgerupft und grinste breit.

„In Indien, wow, das wird toll", waren sich Isabell und Hannah einig, nur Tobi sah seinen besten Freund skeptisch an. „Mensch, du willst das echt durchziehen, ja? Ich meine… weggehen in dieses fremde Land und gleich heiraten?"

„Ja, und du hast das einmalige Vergnügen, dabei zu sein", antwortete Sebastian schlicht und ohne sich von seinem Freund verunsichern zu lassen. Das war die Chance seines Lebens. Und Adele war die Frau seines Lebens. Er hatte das Gefühl, sich noch nie so sicher bei etwas Anderem gewesen zu sein, wie bei diesen zwei Sachen.

„Na schön. Dann... werde ich mich für dich freuen."

Sebastian konnte ihm ansehen, dass er noch immer nicht so überzeugt war. Aber wie sollte er auch? Er hatte sich ja gerade einmal daran gewöhnt, überhaupt eine längere Beziehung zu führen. Also konnte Sebastian ihm das nachsehen, ohne einen Groll gegen seinen Freund zu hegen.

„Was ist mit deinen Sachen? Bleiben die hier oder nimmst du sie alle mit?

„Da kommt eine Spedition in ein oder zwei Wochen, die packen alles und holen es ab. Aber ich denke so einiges bleibt, sie nehmen nur die Sachen aus meinem Zimmer mit und ihr könnt es dann neu vermieten!"

Adele und Sebastian hatten das Gefühl, dass die Zeit nur so rannte. Sie verabschiedeten sich jeder für sich von ihren Freunden und sie freuten sich, dass sie sie in Delhi wiedersehen würden, denn alle, die eine Einladung bekommen hatten, hatten zugesagt. Es würde ein wundervolles Fest werden.

Es war der Abend vor der Abreise, beide saßen in Adeles Zimmer und gingen noch einmal durch, ob sie auch wirklich alles hatten.

„Solange wie unsere Tickets und die Pässe haben, kommen wir nach Indien." Und den Rest, den würden ihre Freunde mitbringen oder hinterherschicken können. Adele ließ sich von Sebastians entspanntem Umgang mit der Situation anstecken und sich darauf ein, ein wenig über die Hochzeit zu sprechen, obwohl sie dabei immer ganz hibbelig wurde.

Als Huberts Ruf von unten ertönte und er sie bat, herunterzukommen, seufzten sie zwar – denn es war gerade schön gemütlich – aber sie zogen sich an gingen nach unten. Hubert führte sie vom Haus weg in Richtung Gartenhaus. Er sagte, dass er ihnen etwa zeigen wollte und die Beiden waren sehr neugierig. Sie betraten hinter Hubert das Gartenhaus. Es war stockdunkel und man konnte die Hand vor Augen nicht sehen. Bis Hubert das Licht anschaltete und damit einen Lärm freisetze, der sie erst einen Schritt zurückmachen ließ, ehe sie erkannten, wer dafür verantwortlich war. Alle ihre Freunde. Sie jubelten, klatschten, tröteten und pfiffen. Sie warfen Konfetti und Luftschlangen und noch ehe sie sich versahen, hatten sie Drinks in der Hand.

„Was macht ihr denn alle hier?" Sebastian war gerührt, überrascht und erfreut. Sogar Gerda war gekommen!

„Wir wollten euch nicht einfach so weggehen lassen, sondern uns vernünftig verabschieden. Und da einige von uns nicht nach Delhi kommen können, ist das doch eine schöne Gelegenheit", sagte Gerda und stieß mit Sebastian an. Offensichtlicher hätte der Partybeginn nicht sein können und das Ende war erst weit in der Nacht. Vollkommen KO fielen Adele und Sebastian ins Bett. Sie hatten nicht mal mehr Zeit aufgeregt zu sein, sondern schliefen auf der Stelle ein.

Am Abreisemorgen war die Zeit knapp. Sebastian hatte lange im Bad gebraucht und Adele saß nach einer kurzen Dusche mittlerweile auch am Tisch und schlang ihr Frühstück runter, während Inka vor Aufregung herumplapperte. Sie wollte unbedingt mit zum Flughafen kommen, deshalb hatte sie die Nacht hier im Gästezimmer verbracht. Alles andere wäre ein Umweg zum Flughafen gewesen.

„Die Koffer sind im Auto und Abfahrt", rief Hubert, der von draußen hereinkam. Sie hatten noch genügend Zeit bis der Flieger ging. So früh am Morgen bliebe sie vom Stau verschont und erreichten rechtzeitig den Check-in, gaben ihre

Sachen auf und verabschiedeten sich von ihren Eltern.

Delhi war schön, wie immer. Die Stadt begrüßte sie mit warmen 25 Grad, die Sonne lachte und es herrschte der gewohnte Trubel. *Noch zehn Tage und dann heiraten wir*, dachte Adele und schaute Sebastian dabei mit sehnsüchtigem Blick an.

Er lächelte bei ihrem Blick. „Was ist?"

„Nichts, ich dachte nur darüber nach, dass es noch zehn Tage sind, bis wir Mann und Frau sind." Daran zu denken war schon toll. Aber es auszusprechen und Sebastians Reaktion darauf zu sehen, war einzigartig aufregend. „Stimmt und die Tage werden mächtig aufregend werden."

Sie wurden von Bamita, Rahul und den Kindern am Gate empfangen und Rahul hatte beschlossen, Sebastian sofort zu entführen, um die Verträge zu unterzeichnen. Die Männer ließen die Frauen und die beiden Mädchen noch zu Hause raus und fuhren weiter. Adele jedoch war froh darum erst einmal ankommen zu können, ein wenig herumzulaufen und sie war Bamita dankbar, dass sie sie umsorgte, ihr Tee kochte und mit Gebäck versorgt, während Adele den Kindern von Bern erzählte und was sie in den letzten Wochen alles tun mussten, um die Hochzeit vorzubereiten.

Als Rahul und Sebastian wieder zurück waren, schnappten sie sich Adele und die Familie. Sie gingen zu dem Haus, welches Sebastian mit Hilfe von Rahul gekauft hatte. Er war sehr gespannt, was Adele dazu sagen würde.

„Was wollen wir hier?", fragte Adele. „Warum halten wir hier an?"

Sebastian überreichte ihr einen Schlüssel, dann sagte er zu ihr: „Das ist unser neues Zuhause. Wenn du möchtest, können wir nach der Hochzeit hier einziehen." Sie steckte den Schlüssel ins Schloss und drehte ihn um bis es klickte und die Tür aufsprang. Adele sagte zunächst nichts. Sie betrat das Haus und sah sich aufmerksam um. Es war fast komplett eingerichtet und wirkte freundlich und offen. Sie würden Platz genug haben und nicht so weit von den Sharmas entfernt wohnen. Adele war sprachlos. Und sie fand es wunderschön, so dass aus dem Staunen nicht herauskam. Halb lachend, halb weinend fiel sie Sebastian um den Hals. „Das ist wirklich unser Haus? Das alles hier… nur für uns?"

„Ja, wenn du es willst!"

„Natürlich will ich, aber sag mal, wie bezahlen wir das eigentlich??" „Mach dir darüber keinen Kopf", er strich ihr sanft über den Rücken,

„es wird mir jeden Monat von meinem Lohn als Lehrer abgezogen und dann ist es bald unser Eigentum."

Adele konnte sich an ihrem neuen Heim nicht sattsehen. Am liebsten wäre sie sofort mit Sebastian hiergeblieben, aber das würde man bestimmt nicht dulden. Also gingen sie alle wieder zu Bamita.

Ein paar Tage vor den Gästen, kamen die Eltern von Sebastian und Adele nach Delhi. Es wurde noch voller im Haus, noch lauter, aber auch noch herzlicher. Nur Hubert wirkte befangen. Adele war es fast unangenehm, von ihm verlangt zu haben, hierher zurückzukommen. Es musste schmerzhaft für ihn sein, immerhin hatte er hier seine Frau verloren. Ihr Vater tat es ihr zuliebe und sie liebte ihn dafür noch mehr, als sie es ohnehin schon tat. Um ihn abzulenken, zeigte sie ihm ihr zukünftiges Haus von der Terrasse aus. Er wirkte beeindruckt und ließ sich alles in Einzelheiten erzählen. Als sie geendet hatte, sah er sie lange an. „Adele, wo ist das Witwenhaus? Kann man es von hier auch sehen?"

„Ja, kann man." Adele deutete nach links. „Dort, wo der große Baum steht, da ist es. Man sieht leider nur das Dach von hier aus. Warum willst du das wissen?"

„Naja, ich würde morgen gern einmal hinge-hen."

„Aber", sie schüttelte den Kopf und sah ihren Vater bedauernd an, „da sind nie Männer, sondern immer nur Frauen. Ich durfte Sebastian auch nicht mitbringen, um ihn Meena vorzustellen.",

„Ach, dann wäre das Thema erledigt."

Adele konnte seine Enttäuschung nicht ertragen. „Wenn du morgen mit zur Uni kommst, dann kannst du es zumindest sehen. Es liegt auf dem Weg." Hubert nickte und lächelte seine Tochter dankbar an, nachdem er ihre Stirn geküsst hatte.

Zwei Tage vor der Hochzeit, kamen auch die restlichen Gäste und bezogen ein nahes Hotel. Sebastian führt sie am Tag danach noch durch die Stadt, um sie zu beschäftigen und Adele wurde langsam vorbereitet, auf die Hochzeit und die feierliche Zeremonie, so wie es Brauch war. Die Henna-Bemalung der Braut vor der Hochzeit sollte Glück bringen, also wurde sie von Anjalie bemalt und musste sich zusammenreißen, nicht zu zappeln. Anjalie ermahnte sie zweimal lachend, endlich stillzusitzen.

Auch die restlichen Vorbereitungen liefen auf Hochtouren. Da das Fest von der Familie der Braut ausgerichtet wurde und Bamita ihr Haus zur Verfügung stellte, fand im Hof des Hauses, meist unter einem Baldachin, die Zeremonie statt. Bamita überwachte die Aufbauten strengstens, so dass Sebastian und Adele sich in Ruhe um andere Sachen kümmern konnten.

„Ich beneide Sebastian, dass er noch mit den Gästen die Stadt erkunden kann", seufzte Adele, während sie in ihr Gewand stieg und Anjalie lachte. „Aber das tut er doch jetzt nicht mehr. Bamita wollte ihn am Vormittag nur aus dem Haus haben. Jetzt macht er sich auch schon fertig."

Sahra schlüpfte durch die Tür ins Zimmer und betrachtete Adele stammelnd. „Du siehst so wunderschön aus", versicherte sie ihr und zog hinter ihrem Rücken eine kleine Tüte hervor. „Ich habe noch etwas für dich." Sie reichte Adele die Tüte und als sie sie öffnet, stiegen ihr die Tränen in die Augen.

„Na na, nicht weinen. Du ruinierst sonst alles", lächelte Anjalie und reichte Adele ein Tuch. In der Tür befand sich ein blaues Strumpfband.

„Etwas Blaues", lächelte Adele, „damit habe ich jetzt alles. Etwas Altes, die Kette meiner Mutter, etwas Neues, das Brautkleid, etwas Geborgtes, der Schmuck von Anjalie und etwas Blaues, das Strumpfband. Jetzt kann wohl nichts mehr schiefgehen."

Dem stimmten auch Anjalie und Sahra zu. Sie halten Adele noch beim letzten Feinschliff und führte sie anschließend hinunter.

Sebastian und Adele waren im Festtagsgewand gekleidet. Adele trug einen Sari, ein neun Meter langes, rechteckiges Tuch in den Farben rosa und rot, mit aufwendigen Stickereien. Bamita hatte es ausgesucht. Auch der Bräutigam trug sein Festtagsgewand und ein Schultertuch.

Den Mittelpunkt der Geschehnisse bildete ein Yajna, eine sogenannte Hochzeitsfeuerstelle, an der das Paar, und die Familie saßen. Alle anderen Gäste des Paares saßen abseits der Feuerstelle. Hubert übergab Adele an Sebastian, mit dem Versprechen, dass dieser immer für sie sorgen würde und der Priester legte die Hände des Paars über einen Krug mit Wasser, welches extra vom Ganges besorgt wurde, zusammen, umwickelte sie mit einer Blütengirlande und einem roten Tuch, segnete sie mit dem Wasser und betet um den Beistand der Götter. Für einen guten Beginn der Ehe rief er Ganesha und dann Kama, den Gott der Liebe. Das Paar hing einander große Blütenketten um den Hals, die ihnen von Jodha und Sunika gereicht wurden. Adele nahm sie mit zittrigen Händen an sich. Solange sie Sebastians Hand halten konnte, hatte sie ihre Nervosität im Griff, doch jetzt kam sie wieder durch. Doch ein Lächeln von Sebastian reichte, um sich wieder zu entspannen.

Die Frauen der Familie verknoteten den Sari der Braut mit einem Ende des Schultertuchs des Bräutigams, als Zeichen der ehelichen Verbindung. Der Priester entzündete unter Gebeten das Feuer, das jetzt die Gegenwart des Göttlichen in Form von Agni repräsentierte. Der Höhepunkt der Zeremonie war, dass das junge Paar – noch immer durch die geknoteten Tücher verbunden – sieben Mal um das heilige Feuer herumging. Erst Sebastian, dann Adele. Als Zeichen der Ehe bekam Adele von Sebastian noch Sindur, die geweihte rote Farbe, aufgetragen mit seinem rechten Ringfinger auf den Scheitel und einen Punkt auf ihre Stirn.

„Das ist das Segenszeichen dafür, dass du jetzt verheiratet bist, trage es mit Stolz", sagte Bamita zu ihr.

„Das werde ich!", versicherte Adele aufrichtig. Zum Schluss kam noch die Zeremonie des Handgebens. Sebastian nahm die rechte Hand von Adele in seine Hände und sagt: „Ich nehme deine Hand. Mögen wir glücklich sein. Mögest du mit mir, deinem Mann, lange leben. Die Götter haben dich mir gegeben, damit du mein Haus regierst. Du bist die Königin meines Hauses. Ich bin Samaveda, du bist Rigveda. Ich bin der Himmel, du die Erde. Komm, lass uns heiraten."

Adele hatte ihren Text ebenfalls gelernt und sprach nach Sebastian. „Du bist mir willkommen."

Darauf erwiderte Sebastian: „Ich nehme dein Herz in meines. Mögen unsere Gedanken eins sein. Mögen die Götter uns vereinen." Beide stecken sich ihre Ringe an, die sie an ihre Heimat Bern erinnern sollten. Anschließend wurde im Hause Sharma gefeiert, ganze drei Tage waren die Festlichkeiten lang. Die schönsten drei Tage in Adeles und Sebastians bisherigem Leben.

Adele und Sebastian gingen zu ihrem Haus in Begleitung des Priesters und es wurde das Haus geweiht. Sie stießen ein Gefäß mit Reis um und gingen über geweihte Farbe bis in den Hof. Jetzt waren sie in ihren eigenen vier Wänden und ihr gemeinsames Leben in Delhi konnte beginnen. Nachdem die letzten Gäste abgereist und die letzten Sachen weggepackt waren, saßen Adele und Sebastian auf ihrem Hof in der Schaukel und blickten zum Mond hinauf und Adele meinte: „Jetzt sind wir Mann und Frau."

Ein wildes Lächeln zog sich über ihr Gesicht, als sie Sebastian ansah. Mann und Frau. Das musste erst noch ein wenig sacken, bevor sie sich wirklich daran gewöhnen würde, jetzt eine Ehefrau zu sein.

„Ja, das sind wir wohl." Er erwiderte das Lächeln und zog sie in seine Arme. „Komm, lass uns nach oben gehen. Ich bin ganz schön müde und kaputt von dem ganzen feiern." Er ergriff Adeles Hand und zog sie mit sich nach oben. Schon auf dem Weg dorthin überkam Adele die Nervosität. Ihre erste Nacht als Mann und Frau... doch noch bevor sie sich in ihre Ängste hineinsteigern konnte, sah sie Sebastians Lächeln, sie sah, wie er näherkam, um sie zu küssen. Und die sanfte Leidenschaft, die er in diesen Kuss legte, ließ sie wissen, dass das eine der besten Nächte sein würde, die sie je hatte.

19. Unerwartete Überraschung

Adele genoss das Leben in Indien und an Sebastians Seite. Sie hatte ihr Studium begonnen, Sebastian bereitete sich intensiv auf seine Prüfungen vor und sie wuchsen immer mehr zusammen. Also seine Frau hielt sie Sebastian so gut es eben ging, den Rücken frei. Während Sebastian sich bei 45 Grad im Schatten, den kühlsten Raum des Hauses suchte, um zu lernen, bereitete Adele nach der Uni das Essen zu, sorgte für ein ordentliches Heim und besuchte die Familie Sharma regelmäßig. Sie half Jodha ab und an noch bei ihren Aufgaben und lernte weiter Hindi.

Mit ihrem Vater und Adele telefonierte sie regelmäßig. Auch Inka ließ sie an ihrem Leben in Indien teilhaben, berichtete von den Fortschritten, die Sebastian und sie in punkto Renovierung machten – auch wenn es noch nicht viel zu berichten gab - und auch über die Prüfungen von Sebastian. Sie hoffte so sehr, dass ihr Vater und Estell bald zu ihnen kommen konnten und sie etwas Gesellschaft hätte. Durch Sebastians Lernen hatte sie nur sehr wenig von ihm.

Tage… und auch Wochen ging das so. Auch heute war es nicht anders. Sebastian hatte die halbe Nacht nicht geschlafen, da die Prüfung heute bevorstand und Adele bereitete ihm ein Frühstück wie in Bern zu, ein Croissant und einen Kaffee. Dann ging sie ins Schlafzimmer, um ihn zu wecken.

„Sebastian, du musst aufstehen, es wird Zeit. Das Frühstück ist auch schon fertig!"

„Ja, ich komme gleich", antwortete er mit rauer verschlafener Stimme, drehte sich auf die andere Seite und zog sich die Decke über den Kopf.

Adele schnappte sich die Decke und zog sie ihm vom Körper. „Los jetzt, früher bist du vor mir aufgestanden und in die Uni gegangen. Und heute, wo es so wichtig ist, lässt du dich hängen. Nichts da!"

„Wie spät ist es denn?", seufzte er, ohne sich sonst zu rühren. Nachdem Adele ihm sagte, dass es fast sieben Uhr war, sprang er aus dem Bett und rannte an Adele vorbei ins Bad. Sie hörte, wie er sich Wasser ins Gesicht warf und die Zähne putzte, während sie das Fenster öffnete und das Bett aufschlug. Mit einem Handtuch um den Nacken, kam er zurück und drückte ihr einen dicken Kuss auf den Mund. „Ich liebe dich!"

Adele schüttelte lachend den Kopf. „Jaja, dann sieh mal zu, dass du fertig wirst, runterkommst und etwas isst."

Es dauerte keine zehn Minuten und er saß in der Küche am Tisch und staunte nicht schlecht. „Croissants? Womit habe ich das denn verdient?" Er schlang sein Frühstück innerhalb fünf Minuten herunter, Adele trank nur eine Tasse Tee und stieg anschließend auf ihr Fahrrad, um zur Uni zu fahren. Unterwegs wurde ihr immer wieder etwas schwindelig und als sie an der Uni angekommen war, setzte sie sich erst einmal auf die Mauer, unter dem großen Baum, atmete tief aus und wieder ein, bis es ihr besser ging Sie hätte heute doch frühstücken sollen.

Nachdem Sebastian seine Prüfung beendet hatte, wollte er schnellstmöglich zu Adele, wurde aber von einigen befreundeten Studenten ihrer Klasse darüber unterrichtet, dass Adele, zusammengebrochen sei. Er bedankte sich, machte auf dem Absatz kehrt und lief zur Krankenstation. „Was ist mit meiner Frau, was fehlt ihr?", platzte es sofort aus ihm heraus, als er die Station erreicht hatte. Der Arzt, der gerufen wurde, um Adele zu untersuchen, versuchte Sebastian zu beruhigen. „Ihre Frau braucht noch einen Augenblick Ruhe. Ich vermute, dass ihr die Hitze nicht bekommen ist, aber um auf Nummer sicher zu gehen, sollten sie einen Arzt aufsuchen."

„Nein, wir müssen nicht zum Arzt", protestierte Adele sogleich. „Mir geht es schon wieder gut und ich gehe einfach wieder…"

Doch Sebastian trat abrupt einen Schritt vor und fuhr ihr ins Wort. „Nein", mischte er sich entschieden ein, „du gehst mit mir jetzt zu einem Arzt" Er machte sich Sorgen und wollte Adele lieber durchchecken lassen.

Sebastian lieh sich von Rahul das Auto und erfragte einen Arzt, um gleich dorthin zu fahren. Rahul dagegen würde das Rad von Adele nehmen.

Eineinhalb Stunden später, schloss Sebastian daheim wieder die Tür auf und ließ Adele ins Haus. Adele legte sich auf das Sofa und Sebastian brachte ihr frisches Obst und etwas zu trinken.

„Die Suppe ist auch gleich fertig", teilte er noch mit, stricht ihr über den Kopf und verschwand wieder. Noch hatten sie kein Wort über das Ergebnis vom Arzt gesprochen. Jeder musste auf seine Weise erst mal mit der neuen Situation zurechtkommen.

Es klopfte energisch an die Tür.

„Die Tür ist offen", rief Sebastian und begrüßte wenig später Bamita. „Namaste, Bamita."

Er war erleichtert, dass sie hier war, hatte er sie doch während er in der Küche war, gebeten herzukommen.

„Namaste, mein Junge. Wo ist Adele?", fragte Bamita sogleich und Sebastian nickte mit dem Kopf in Richtung Wohnzimmer. „Sie liegt auf dem Sofa."

Bamita nickte und ging auf Adele zu, um sich neben dem Sofa auf einen Sessel zu setzen. Sie lächelte sanft und Adele wusste, dass Sebastian ihr gesagt hatte, was sie beim Arzt erfahren hatten.

„Das Obst darfst du essen", sie deutete auf die Hälfte der Früchte, „aber die anderen Sachen, da sei bitte vorsichtig. Du musst natürlich selbst ausprobieren, was dir bekommt, aber einige Sachen sollte man dennoch in Maßen genießen, während dieser Zeit."

Sebastian lauschte darauf, was Bamita sagte und versucht sich alles zu merken, dass er die Ratschläge von ihr befolgen konnte.

„Sebastian, als Erstes kochst du jetzt Milch und machst Safran rein, das nimmt die Übelkeit und ist gut für das Kind." Bamita nahm Adele in den Arm und drückte sie wie eine Tochter an sich. „Ich freue mich für euch, mein Kind. Jetzt gibt es bald eine kleine Adele oder einen kleinen Sebastian."

Adele sah traurig aus und wusste nicht, was sie sagen sollte. „Was ist los, mein Kind?"

„Der Arzt sagte, dass ich wahrscheinlich mein Studium pausieren muss", sie seufzte und kaute auf ihrer Unterlippe herum, „dabei habe ich doch gerade erst angefangen.

„Ach, weißt du", Bamita winkte ab, „Krishna hat das jetzt so für euch entschieden. Das musst du akzeptieren, es gibt für alles eine Zeit und Bestimmung. Und jetzt musst du tun, was für das Kind gut ist." Sie lächelte Adele aufmunternd an. „Ab morgen komme ich jeden Tag zu dir und dann werde ich dir etwas zu essen machen und dir im Haushalt helfen."

„Aber das geht doch nicht", wehrte Adele sofort ab, „du hast doch selbst so viel zu erledigen."

„Lass das mal meine Sorge sein, mein Kind." Entschieden hob sie den Zeigefinger, wie als wollte sie Adele klarmachen, dass sie nicht diskutieren brauchte. „Und wenn nicht, dann kommst du eben zu uns rüber und abends kommt Sebastian zum Essen dazu und nimmt dich mit nach Hause."

„Aber das kann...", versuchte sie dennoch einzuwenden, doch Bamita schnitt ihr das Wort ab.

„Nichts da, das wird so gemacht. Dein Mann muss an die Uni und für die Familie Geld verdienen und du brauchst Hilfe. Entweder so oder so. Es ist doch nur eine kurze Zeit bis es dir besser geht und das Baby fest und gut sitzt."

Adele konnte nicht anders, als zustimmen, denn Bamita hatte recht. Sebastian musste an die Uni gehen und konnte nicht immer daheim sein. Sie wollte auch nicht, dass er sich die ganze Zeit sorgte.

So kam es, dass Adele mehrere Wochen morgens zu Bamita ins Haus ging und Sebastian abends zum Essen kam, um dann Adele danach mitzunehmen.

An einem wunderschönen Morgen saß Adele im Hof der Familie Sharma und schrieb einen Brief an ihren Vater, als der Postman kam, anhielt und rief.

„Ich habe einen Brief für Ihren Mann. Er ist von der Universität." Adele nahm den Brief an sich, drehte und wendete ihn. Sie war ganz aufgeregt. Aber positiv aufgeregt. Und jetzt musste sie noch den ganzen Tag auf Sebastian warten. Als Sebastian abends bei Bamita am Tisch saß, übergab Adele den Brief. „Mach ihn auf, los schnell, das sind bestimmt die Ergebnisse der Prüfung!"

Sebastian öffnete ihn sofort. „Ja, du hast Recht, es sind die Prüfungsergebnisse." Einen

305

Augenblick schaute er auf die Papierstücke – für Adele, die schon den ganzen Tag hibbelig war, zu viel Zeit.

„Sebastiaaan…", seufzte sie und endlich kam von ihm eine Antwort. Er schaute in die Runde, zog ein trauriges Gesicht und meinte: „Mist!" Alle hielten die Luft an. „Ich habe tatsächlich bestanden und bin jetzt Doktor."

„Toll!", rief Anjalie. „Da haben wir zwei Gründe zum Feiern gefunden!" Und das taten sie auch. Es wurde ein kleines Fest veranstaltet, bei dem auch die Nachbarn von der Straße dabei waren und Sebastians Doktortitel und das bald zu erwartende Kind gefeiert wurden.

Adeles Bauch wuchs auf eine stattliche Größe an und der Arzt hatte ihr geraten, sich auch weiterhin zu schonen. Und Adele tat, was gut für das Kind war, auch wenn sie das Wort ‚schonen' nicht mehr hören konnte. Dennoch fühlte sie sich von Woche zu Woche besser und sicherer, obwohl sie schon bald ihre Füße nur noch im Spiegel würde betrachten können. Sie war bereits im achten Monat und der Winter stand vor der Tür. Das Kind sollte bald geboren werden und dafür musste noch das Kinderzimmer hergerichtet werden. Für Adele war mittlerweile vieles sehr beschwerlich, aber Sebastian hatte, wie immer, keine Zeit dafür. Er war immer erst sehr spät von der Uni zurück, da er zusammen mit Rahul, neben der eigentlichen Arbeit, mit den Büchern beschäftigt war. Adele nahm die Fertigstellung des Kinderzimmers also allein in die Hand. Mit Hilfe von Anjalie, Jodha und Sunika, wurde es ein wunderschöner und freundlicher Raum. Besonders die Wiege der Sharmas hatte es Adele angetan. Sie war alt, aber wunderschön und passte herrlich in diesen Raum. Und Adele wusste, dass sie den Sharmas nie genug danken konnte, auch wenn diese das nicht hören wollten.

Seltsamerweise interessierten sich alle mehr für das Baby, als es Sebastian zu tun schien. Und auch wenn Adele sich sehr auf ihr erstes Kind freute, so trübte Sebastians fehlende Präsenz ihre Laune gewaltig. Und nachdem er versprochen hatte, heute mit zum Arzt zu kommen – nachdem Adele alle anderen Termine allein wahrgenommen hatte – und wieder nichts daraus wurde, war das Fass für Adele übergelaufen. Sie konnte seine Ausreden und Entschuldigungen nicht mehr hören.

„Es reicht mir!", schrie sie ihn an und stapfte wütend nach oben. „Ich werde das nicht mehr mitmachen! Nie bist du für mich da. Nie hast du Zeit für mich, geschweige denn für unser Kind, das in meinem Bauch wächst!"

Sie machte ihm klar, dass sie heute sicherlich nicht mit ihm in einem Raum sein wollte. „Alles muss ich allein machen. Selbst die Sharmas nehmen mehr Anteil an unseren Kind, als du." Adele steigerte sie so in ihre Wut hinein, dass sie weinte und sich in das Kinderzimmer zurückzog.

Sie setzte sich in den großen, braunen Sessel und streichelte ihren Bauch. In diesem Moment dachte sie zum ersten Mal daran, wie es wäre, wieder in Bern zu sein. Sie schaute nicht mal auf, als es an der Tür klopfte.

„Was ist?", blaffte sie Sebastian an und sah jetzt erst auf. Er hatte ein weißes Tuch gezückt, als Zeichen des Friedens und kam jetzt stirnrunzelnd in das Zimmer, so kannte er seine Adele gar nicht. Und dabei war er auf Versöhnungskurs.

„Es tut mir leid, ich bin halt ein Blödmann, ich weiß das es nicht richtig war."

„Es geht um unser Kind, nicht nur um meins!", sagte Adele immer noch wütend. Sebastian setzte sich vor Adele auf den Fußboden und schaute sich in dem Zimmer das erste Mal richtig um. „Wow! Das hast du richtig toll gemacht." stellte er fest. Adele schwieg unbeeindruckt und Sebastian legte eine Hand auf ihren Bauch. „Lass das!"

„Warum?", hakte er irritiert nach. „Es ist doch auch mein Kind."

„Es schläft", gab sie trotzig zurück und Sebastian seufzte. „Komm her." Er reichte ihr seine Hand und zog sie zu sich nach unten. Sie ließ sich langsam vom Sessel auf den Boden rutschen, lehnte sich in seine Arme und er legte die Arme um ihren Körper, so dass seine Hände auf dem Bauch lagen. Und mit jeder Minute, die sie so dasaßen, verrauchte Adeles Wut mehr.

„Wie geht es dir?", fragt er sie. Etwas, dass er schon lange nicht mehr gefragt hatte, da er so beschäftigt war.

„Es wird sehr beschwerlich jetzt. Manchmal tritt das Kleine die ganze Nacht oder am Tage, wenn ich mich ausruhen möchte. Manchmal tritt es auch gegen die Blase, das ist total schrecklich, dann muss ich zur Toilette und dabei ist da gar nichts." Sie schnaubte frustriert.

„Du Arme machst da was durch und ich bin dann auch noch so, dass ich alles vergesse." Er klang aufrichtig. Dennoch wollte Adele jetzt nicht so schnell einlenken. „Dann ändere dich doch mal ein wenig, nur ein bisschen, sodass ich und das Baby mal an erster Stelle sind und nicht die Anderen oder die Bücher!"

Sebastian nickte zustimmend „Ich werde mich ändern, versprochen."

„Gut, dann bin ich auch nicht mehr böse mit dir."

Tage später, so schien es Adele, hatte er dieses Versprechen anscheinend schon wieder vergessen, war den ganzen Tag außer Haus, Adele wurde immer einsamer und ihr kam es vor, als würden sie sich immer weiter voneinander entfernen. Es wurde so schlimm, dass Adele immer mehr Heimweh nach Bern hatte, ihren Vater und Estell vermisste und fast noch öfter mit ihnen telefonierte. Aber das kleine Wesen in ihrem Bauch, hielt sie davon ab, ihre Sachen zu packen und fortzulaufen. Bamita riet ihr, die Wut noch hinunterzuschlucken und zu Sebastian zu stehen. Und als Sebastian vier Wochen vor der Geburt vollkommen aufgelöst heimkam, wusste Adele insgeheim, dass dies der Moment sein musste, von dem Bamita gesprochen hatte.

Wie jeden Morgen war Sebastian beizeiten aus dem Haus gegangen, er mochte es nicht, zu spät zu kommen und erst einzutreffen, wenn die Studenten schon da waren. Aber heute war alles anders. Erst hatte er einen riesigen Stau auf der Straße und dann waren da wieder einmal lauter Kühe, die über die andere Straße liefen und die waren wirklich nicht schnell. Also kam er heute

tatsächlich zu spät. Den ganzen Tag war er innerlich sauer und es wollte kein Ende nehmen.

Nach der Uni führte ihn sein direkter Weg
nach Hause in die Arme von Adele. Er erzählte
ihr, was ihm geschehen war, was für ihn den
kompletten Tagesablauf durcheinanderbrachte.
Sie hatte viel Verständnis für ihn. Voller Liebe
und Hingabe setzte sie sich zu ihm und hörte zu,
hörte wie er entsetzt darüber war, dass er zu spät
dran war, darüber, dass er es nicht schaffte, seine
Gedanken zu ordnen und einfach den Tag hinter
sich zu bringen, wie alle Menschen, denen so
etwas passiert.

Adele redete ihm gut zu, immerhin hatte er es
bisher gut geschafft in der neuen Umgebung
zurecht zu kommen. Jetzt hatte einmal etwas
nicht geklappt, das war dennoch kein Grund,
gleich zu verzweifeln. Er lehnte seinen Kopf an
ihren Bauch und atmete tief durch. Als er für
diesen einen Moment Pause machte, um Luft zu
holen, hörte er ein Gluckern im Bauch von Adele.
Erschrocken und fasziniert zuckte er zusammen.

„Was war das? Hat unser Kind etwa jetzt
schon Widerworte gegeben, es ist doch noch
nicht einmal auf der Welt?"

„Na, wenn es nach dir kommt, ist es eher ruhig und lieb und hat deine Augen."

„Ja und von dir alles Schöne und die Liebe und Güte."

Adele war glücklich, denn es war seit langem das erste Mal wieder ein schöner Abend und vor allem ein glücklicher, denn Sebastian hatte sich geöffnet. Sie schlossen einen Pakt, an diesem Abend. Immer miteinander zu reden. Denn das wichtigste in einer Beziehung, die funktioniert, ist Offenheit und die Kunst des Zuhörens.

Sie saßen gerade beim Abendbrot. Sebastian wollte ihr unbedingt von dem Telefonat erzählen, was er mit Rahul geführt hatte, als sie das Essen zubereitet hatte, doch Adele war mit ihren Gedanken weit entfernt in Bern. Dorthin glitten sie, als sie über die Freundschaft von Sebastian und Rahul nachdachte und nun hatte sie wieder Sehnsucht nach ihrem Vater, der es noch immer nicht geschafft hatte, sie zu besuchen.

„Schatz, hast du gehört, was ich gesagt habe?", fragte Sebastian mit gerunzelter Stirn, da es nicht Adeles Art war, nicht zuzuhören. Normalerweise widmete sie sich ihrem Gesprächspartner und ging auf ihn ein.

„Nein, entschuldige, ich musste eben an meinen Vater denken."

Sebastian musterte sie eingehend, aber sie schenkte ihm ein Lächeln und er fuhr fort. „Also gut, dann sage ich es dir noch einmal. Rahul und ich fahren nach Mumbai. Wir sollen einen Vortrag halten und du kommst mit, ja?"

Adele hob die Augenbrauen und lachte, aber nicht sehr erfreut. „Nein, da komme ich ganz bestimmt nicht mit. Mit dem Bauch das geht nicht. Und außerdem kann ich nicht zwei Wochen vor der Geburt noch verreisen."

Sebastian war zunächst enttäuscht, musste aber einsehen, dass es wirklich das Beste war, wenn Adele dortblieb, wo sie alles kannte und vertraute Leute um sich hatte, die ihr helfen konnten. Sie einigten sich darauf, dass keiner von beiden dem anderen den Abschied schwermachen würde.

Am Tag der Abreise von Sebastian, war dieser schon aus dem Haus, als Adele wach wurde. Er hatte ihr aber eine Nachricht hinterlassen, die Adele zu Tränen rührte, voller Gefühl und Ehrlichkeit. Adele war sehr beschwingt. Sie packte seine Tasche und verabredete sich anschließend mit Anjalie für den Markt. Sie kaufte etwas Süßes für die Reise, aber auch Lebensmittel für die Tage, wo sie allein war. Obst und Gemüse, wie immer musste sie mit den Händlern um den Preis feilschen, da diese immer überteuerte Summen verlangten aber wie sonst auch konnten sie ihren Preis durchsetzen?

„Puh, heute ist es aber besonders warm", stöhnte Adele, die mittlerweile voll bepackt war.

„Komm, wir setzen uns kurz und trinken etwas", schlug Anjalie vor und Adele stimmte ihr zu. Sie tranken gerade einen Schluck Wasser, als Adele zusammenzuckte.

„Was ist los?", fragte Anjalie besorgt und musterte ihre Freundin aufmerksam.

„Ach nichts, ich glaube, das Kleine mag die Hitze heute auch nicht, es drückt ganz schön gegen meinen Bauch."

Anjalie wurde wachsam. Sie fasste Adele an den Bauch und erklärte dann entschieden, dass sie jetzt heimgehen würden.

Also gingen beide zügig nach Hause, denn Adele kam es nicht in den Sinn zu widersprechen. Ihr war es lieber, wenn sie zu Hause etwas die Beine hochlegen konnte.

Nachdem Anjalie Adele mit etwas zu trinken versorgt hatte, verschwand sie kurz und kam wenig später mit Bamita zurück. „Namaste, mein Kind."

„Namaste, Bamita", erwiderte Adele. „Was gibt es denn?" Doch Bamita schüttelte den Kopf.

„Nichts, alles gut. Ich wollte nur mal nach dir schauen, wir haben uns ja ein paar Tage nicht gesehen." Adele war sich zwar sicher, dass sie nicht die Wahrheit sagte, aber ein Ziehen in ih-

314

rem Bauch lenkte sie ab. „Na, heute bist du aber sehr unruhig in meinem Bauch", seufzte Adele zu ihrem Kind. Bamita hatte anscheinend genug gesehen.

„Mein Kind, das ist nicht das Kleine, du hast Vorwehen."

„Was habe ich?" Adele riss panisch die Augen auf und starrte Bamita an, als hätte sie nicht verstanden.

„Vorwehen, das bedeutet..."

Adele unterbrach Bamita. „Ich weiß, was das bedeutet! Aber ist das nicht noch etwas zu früh?"

„Nein, es sind nicht mehr viele Wochen, das ist schon okay."

Adele gab sich mit der Aussage von Bamita zufrieden, was sollte sie auch anderes machen. Als Sebastian von der Uni kam und auf der Suche nach Adele ins Schlafzimmer kam, fand er Bamita über Adeles Bauch gebeugt vor.

„Was ist los? Warum hängt Bamita auf deinem Bauch?", hakt er irritiert nach und rührte sich nicht von seinem Fleck an der Tür weg. „Nichts ist los", sagte Bamita, „ich horche nach dem Kind, ob alles gut ist." Adele lag mit ihrem nackten, kugeligen Bauch auf dem Bett und fing an zu lachen.

„Warum lachst du jetzt?" Sebastian wurde noch irritierter. Er konnte sich nicht vorstellen, welchen Witz er verpasst hatte.

„Ich glaube, das schaut total lustig aus wie ich hier liege und Bamita auf diesem dicken Ungetüm von Bauch hockt", japste sie.

„Lustig? Das sieht beunruhigend aus."

Aber Adele lachte und er entspannte sich mit ihrem Lachen. Bis Adele anfing wieder laut zu stöhnen. „Ich glaube, das war nicht gut", stöhnte sie mit leidender Miene.

„Warum?"

„Die Fruchtblase…" Und wieder fing Adele an zu stöhnen, aber dieses Mal noch lauter. Bamita begann sofort Anweisungen zu verteilen. „Du gehst bitte und rufst den Doktor, Sebastian!" Sebastian machte sofort kehrt und verließ das Schlafzimmer. „Und Anjalie, lauf und hole Rahul. Sebastian wird ihn gebrauchen können."

Adele stöhnte unter den Schmerzen immer heftiger, so dass Bamita klar war, dass sie es nicht ins Krankenhaus schaffen würden. Jetzt konnten sie nur noch hoffen, dass der Doktor schnell kommen würde.

Sebastian hörte Adele die ganze Zeit schreien und wusste nicht, was los war. Brauchte sie ihn? Sollte er hochgehen und bei ihr sein oder wollte sie lieber allein bleiben? Zum Glück kam Rahul und leistete ihm Gesellschaft. Auch wenn sie die meiste Zeit schwiegen, war er eine mentale Stütze. Anjalie kam sporadisch herunter und hielt die Männer auf dem Laufenden. Gerade erklärte sie ihnen, dass das Baby nicht herauskonnte, da es falsch lag und Bamita es drehen wollte.

Das war zu viel für Sebastian. Er hatte solche Angst um seine Frau, dass er abrupt aufstand. „Ich fahre jetzt zum Krankenhaus und hole den Arzt persönlich hier her!" Dann lief er hinaus zum Auto. Die Rufe hinter sich, ignorierte er. Er musste jetzt versuchen seiner Frau zu helfen!

20. Der Abschied

Unglückliches Babygeschrei erfüllte das Schlafzimmer und nach einer Untersuchung, dem Vermessen und Waschen, wurde das Kind durch Dr. Singh – der das Haus noch rechtzeitig vor der Geburt erreicht - an seine Mutter übergeben. Adele betrachtet verliebt, überglücklich und von der Geburt sehr mitgenommen, ihren kleinen Schatz. Ihre wunderschöne kleine Tochter. Das kleine Wesen war so entzückend und obwohl sie müde war, musste sie sie immer anschauen.

„Wo ist Sebastian?", fragte sie leise und hob nur für einen kurzen Moment den Blick in die Runde. Anjalie trat von einem Fuß auf den anderen. „Er ist noch nicht wieder zurück."

Nun hob Adele gänzlich und länger den Blick von ihrer Tochter. „Zurück? Von wo zurück?", wollte sie verwundert wissen. Sie konnte sich nicht vorstellen, was so wichtig war, dass er noch mal loswollte. Nichts war wichtiger, als die Geburt seiner Tochter!

„Er wollte den Doktor aus dem Krankenhaus holen, da es ihm zu lange gedauert hat. Sie…", kam es nun schon zögerlicher von Anjalie, „sie müssen sich verpasst haben."

Könnt ihr ihn bitte auf dem Handy anrufen? Und... mich informieren, wenn ihr ihn erreicht habt?"

Bamita und Anjalie nickten und vermieden es, Blicke miteinander zu wechseln. „Ruh' dich ein bisschen aus, mein Kind", lächelte Bamita und Adele rutschte weiter ins Kissen, um die Augen zu schließen. Ihre kleine Tochter schlief jetzt zufrieden in ihrem Arm.

Der Morgen brach an, es war noch immer keine Spur von Sebastian zu sehen, geschweige denn zu hören. Sie hatten zig Mal versucht, ihn auf dem Handy zu erreichen und die Sorge wuchs von Stunde zu Stunde. Bamita und Anjalie hatten die Nacht bei Adele und ihrem Baby verbracht. Nur zur Vorsorge, da Sebastian noch nicht zurück war, blieben sie bei Adele, die einfach nur geschafft von der Geburt war und sich ausruhen sollte. Rahul war bei den beiden Kindern drüben im Haus geblieben; als er später am Tage ins Haus von Adele kam, war Sebastian immer noch nicht aufgetaucht und es fiel ihnen schwer, ihre Sorge vor Adele geheim zu halten, da sie immer wieder nach Sebastian fragte.

Nachdem sie zugeben mussten, dass sie seit gestern Abend nichts von Sebastian gehört hatten, war Adele vollkommen aufgelöst, so dass

Bamita entschied, was getan werden musste. „Du rufst die Krankenhäuser an, Rahul. Anjahli, du bleibst bei Adele und ich gehe zur Polizei und frage nach, ob da irgendetwas gemeldet wurde."

Sie machten sich auf die Suche und kamen nach ein paar Stunden ohne Ergebnis wieder. Weder Polizei, noch Krankenhäuser waren ein Erfolg. Sebastian blieb weiter vermisst.

Adele warf einen Blick auf das kleine Bündel neben sich und schob anschließend die Beine aus dem Bett. Sie bat Anjalie, ihr zu helfen aufzustehen.

„Nein, das mache ich nicht, du musst liegen bleiben."

Störrisch stemmte Adele die Hände aufs Bett und stand auf. „Ich kann nicht liegen bleiben! Ich muss Sebastian finden. er ist da draußen irgendwo und braucht mich… er braucht meine Hilfe!", zischte Adele wütend und zog sich langsam und beschwerlich an.

Alle schwiegen, denn von Adele war man sowas nicht gewohnt. Bamita atmete tief durch und trat Adele in den Weg. „Sei vernünftig, Adele. Bitte, bleib im Bett, denk doch an dein Kind."

Adele reckte störrisch das Kinn. „Eben deswegen muss ich los!" Sie zog sich an und ging runter, vorbei an Rahul, der es nicht wagte sich ihr in den Weg zu stellen. Als sie die Tür aufzog, zuckte sie sofort zurück, denn ein Polizist stand vor der Tür.

„Namaste. Sind sie Frau Zsupra?" Adele verschränkte die Hände vor der Brust. Sie zitterte, nickte aber. „Ja, das bin ich."

Der Polizist atmete geräuschvoll aus. „Frau Zsupra, wir haben ihren Mann gerade ins Batra Hospital gebracht."

Adele stand versteinert an der Tür, mit ihrem schlafenden Kind im Arm. Sie bemerkte nicht, dass Bamita und Rahul nun hinter ihr standen, sondern starrte den Polizisten mit ängstlichem Blick an. „Lebt er?", hauchte sie ihre Frage ängstlich in Richtung des Polizisten.

„Ja, er lebt. Am besten sie fahren gleich ins Krankenhaus."

Adele nickte und sie brauchte nicht fragen, ob die Anderen sie begleiteten. Sie verließen mit Adele das Haus, um zum Hospital zu fahren.

Adele stieg mit zittrigen Knien am Hospital aus dem Auto und reichte ihre Tochter an Anjalie weiter. Auch wenn es tröstlich war, sich an ihrem kleinen Mädchen festzuhalten, so hatte sie im Augenblick zu viel Angst in Ohnmacht zu fallen.

Es dauerte gefühlte Stunden, bis sie sich durchgefragt hatten, um zu Sebastians Station zu kommen. Jede Minute zog sich für Adele wie Kaugummi. Und sie stand nur noch aufrecht, weil Sebastian sie brauchte, das wusste sie. Je näher sie der Station kamen, umso fester umklammerte sie Rahuls Arm, der es geduldig aushielt.

Auf der Station im dritten Stock, wurden sie zu Doktor Vikram Duare gebracht. „Guten Tag, ich bin Doktor Duare, bitte kommen Sie mit, wir müssen ein paar Formalitäten klären, Ihr Mann muss schnellstmöglich in den OP!"

„Was...", Adele schluckte schwer, „was hat er denn?"

„Es ist so, Frau Zsupra, Ihr Mann hat ein Aneurysma, das wohl durch den Unfall verursacht wurde. Es drückt auf den Hirnstamm. Er liegt derzeit im Koma. Doch selbst wenn er wach wäre könnte er sich derzeit nicht bewegen, nicht selbst atmen. Wir müssen schnellstmöglich operieren. Sonst..."

Er ließ den Satz offen, doch alle Anwesenden wussten genau, was er ihnen mitteilen wollte. Sebastian brauchte diese Operation, sonst würde er sterben.

„Und wenn sie ihn operieren?", fragte Adele mit brüchiger Stimme. „Kann er dann trotzdem sterben?"

„Ja, das kann er so oder so. Aber seine Chancen sind besser, wenn er die OP bekommt."

„Ich möchte ihn sehen, er... soll sein Kind kennenlernen. Bitte...", ihre Stimme hatte einen eindringlichen Ton angenommen und der Doktor seufzte ergeben.

„Na gut, dann kommen Sie bitte hier entlang." Er war aufgestanden und ging voran.

„Willst du wirklich...?", setzte Rahul an und Adele unterbrach ihn entschieden. „Ja, Rahul, ich will da rein. Er ist mein Mann, ich habe unser Kind in meinem Arm. Ich muss ihn sehen!"

Der Arzt öffnete die Tür und Adele blieb einen Moment an Ort und Stelle stehen. Ihren Sebastian an diesen ganzen Schläuchen zu sehen, trieb ihr die Tränen in die Augen. Sie konnte erst weitergehen, als Rahul ihr seine Hand auf die Schulter legte.

Leblos sah er aus, ganz blass und als sie ihn berührte um seine Hand zu halten, fühlte er sich kalt an. Adele liefen die Tränen über die Wangen, sie wischte sie ab und fing an mit ihm zu reden. „Hallo, mein Schatz, ich bin es dein Mond, deine Sonne und deine Luft."

Sie schluchzte, strich mit den Fingern über seine Hand und schwieg, bis sie sich im Griff hatte. „Schau mal, hier ist unser kleiner Sonnenschein." Sie legte das Baby neben Sebastian, in seinen Arm. Das Kleine fing an zu weinen, bis Adele ihren Finger in die kleine Hand schob.

„Du darfst nicht aufgeben, hörst du?", flüsterte sie und hauchte Sebastian einen Kuss auf die Stirn. Dann drehte sie sich um und nickte dem Arzt zu. Als plötzlich alle Geräte anschlugen, trat der Doktor vor. „Bitte, nehmen Sie das Kind weg, wir müssen ihn jetzt in den Operationssaal bringen, es wird höchste Zeit!"

Doktor Duare begleitete alle drei und das Baby zu einem Wartebereich. „Hier können sie warten und wenn ich fertig bin, komme ich hierher", versicherte er ihnen und wollte davoneilen. „Bitte machen Sie, dass er wieder gesund wird und lebt!"

„Ich werde mein Möglichstes tun und nicht aufgeben!", versicherte er und ließ die Familie allein und bangend zurück.

Endlose Minuten und Stunden vergingen und die Familie harrte aus. Der Doktor schickte regelmäßig eine Schwester, um ihnen Bescheid zu geben, wie die Operation verlief. Adele wollte nicht schlafen, konnte sich der Müdigkeit aber nicht mehr verwehren. Zusammengerollt auf der Liege schlief sie ein. Doch sobald das Baby einen Mucks machte oder sie die Schwester hörte, wurde sie wach. Genauso wollte sie das. Sie musste von dieser Schwester hören, wie es um Sebastian stand, nicht von der Familie.

Nach ihrem anfänglichen Beinahe-Zusammenbruch, riss Adele sich nun zusammen. Sie kümmerte sich um ihre Tochter, wenn sie sie brauchte, denn Anjalie hatte sich verabschiedet. Jemand musste sich um die Mädchen kümmern.

Aber Rahul und Bamita waren ihr eine große Stütze. Wenn die Zeit wieder nicht zu vergehen schien und sich zog, beruhigten sie sie, lenkten sie ab und sie wurde wieder ruhiger. Sie betete… zu allen möglichen Göttern, die sie kannte. Sie würde alles hergeben, sie sollten ihr nur ihren Sebastian nicht nehmen.

Als jetzt endlich… endlich nach acht Stunden, der Doktor um die Ecke kam, sprang Adele sofort auf. Mit bangem Blick sah sie dem Arzt entgegen.

„Ich wollte ihnen nur mitteilen, dass wir den ersten Schritt der Operation geschafft haben und nun abwarten müssen, ob er sich etwas erholt und Kraft hat für eine zweite. Aber das entscheiden wir später."

„Warum eine zweite?"

„Weil wir nicht alles in Ordnung bringen konnten. Es ist ja nicht nur das Gehirn, auch die Knochenbrüche und die inneren Organe müssen überprüft werden und wir haben heute Nacht die Milz entfernt und die Leber etwas verkleinern müssen, da sie gerissen war. Das Aneurysma ist vorerst bewältigt. Aber die Organschädigungen machen uns Sorgen."

„Und wie geht es jetzt weiter?" Adele traute sich kaum nachzufragen, musste es aber wissen und griff zur Unterstützung nach Rahuls Arm.

„Nun, in zwei Stunden können Sie zu ihm und … bitte reden Sie ganz normal mit ihm, vielleicht wacht er dadurch auf."

„Kann ich ihm mit dem Baby konfrontieren?" Adele warf einen Blick zu ihrer Tochter, die neben Rahul stand und schlief.

„Ja, aber lassen sie das Kind lieber in dem Bettchen."

Adele nickte und nun, wo es sowas wie eine kleinen Hoffnungsschimmer am Horizont kam, ließ sie sich von Bamita überreden, einen Happen zu essen. Adele aß so schnell, da sie keine Ruhe hatte und zu Sebastian wollte, dass Bamita mit dem Kopf gen Ausgang ruckte. „Geh ruhig schon hoch zu ihm, wir bringen das Baby mit." Adele lächelte dankbar und lief zurück zu Sebastian. Sie betrat das Zimmer und… fand sie in einem Trubel wieder, der ihr die Luft förmlich aus den Lungen drückte. Panik erfüllte sie. „Wo… wo ist mein Mann?"

„Ihr Mann ist auf die Kontrollstation verlegt worden."

„Warum?" Ihre Stimme bebte und sie hoffte, dass man ihr ihren beinahe herrischen Tonfall verzeihen würde.

„Er hat aufgehört zu atmen und das darf nicht sein. Die Ärzte beraten sich gerade, was sie jetzt machen können außer abwarten und beten."

Nach einigem hin- und her, nahm der junge Arzt Adele mit zu Sebastian und bat sie nochmal, mit ihm zu reden.

„Mein lieber Schatz, du fehlst uns allen sehr, wir warten auf ein Zeichen von dir." Ihre Augen füllten sich mit Tränen, doch ihre Stimme blieb davon unberührt. Sie wollte nicht, dass er sie weinen hörte und unruhig wurde.

Jedes Mal, wenn sie mit Sebastian redete, veränderte sich sein Puls, er wurde schneller und für die Ärzte war es ein Zeichen, das die Hirnaktivitäten noch vorhanden waren. Also gaben sie ihn nicht auf.

Adele redete mit ihm, als wenn er wach wäre. sie erzählte ihm von der Geburt und wie traurig sie es fand, dass er nicht dabei sein konnte. Sie fand kein Ende und Bamita musste sie beinahe mit Gewalt heimbringen. Aber morgen würde sie wiederkommen.

Und sie kam wieder. Jeden einzelnen Tag, den Sebastian hier verbringen musste. In dem Zimmer sah es mittlerweile aus wie bei den beiden zu Hause. Sie hatte seine Lieblingsdecke mitgebracht und Bilder von seiner Mutter und ihrem Vater, auch ein Hochzeitsbild hing an der Wand gegenüber vom Bett.

So vergingen die Tage, einer wie der andere und die Ärzte hatten die Hoffnung langsam verloren, dass Sebastian aus dem Koma erwachen würde. Zudem drohte ihm Organversagen. Daher sprachen sie mit Adele über die Möglichkeit, die Maschinen abzuschalten und ihn in Frieden gehen zu lassen.

„Nein, das kommt nicht in Frage, er wird aufwachen, das weiß ich, er lässt uns nicht einfach alleine!"

„Adele, bitte schau mal, es ist jetzt schon lange her und Doktor Duare hat vielleicht Recht."

„Nein! Ich habe ich gesagt, er kommt zurück!"

Sie lief voller Angst um Sebastian wieder in sein Zimmer zurück, riss die Tür auf und lief fast in Bamita samt Baby hinein, die inmitten des Raumes standen. Adele nahm das Kind und legte es auf Sebastians Bauch. „Bitte Sebastian, du musst aufwachen, bitte", flehte sie ihn an, streichelte seine Wange und küsste seine Lippen. „Sie wollen die Maschinen abstellen und dich sterben lassen, das kann ich nicht zulassen, bitte wach auf!"

Das Baby fing an zu schreien und zu strampeln. Fast wäre es runtergefallen, als sich die Hand von Sebastian hob und er sie auf das Kind legte und es festhielt.

Bamita erschrak, lief auf den Flur raus, um gleich einen Arzt zu holen. Adele schaute hoch und sah wie Sebastian seine Augen öffnete.

„Hallo, mein Schatz", hauchte sie und merkte nicht, dass ihr die Tränen über die Wange liefen. Sie konnte nicht beschreiben, wie glücklich sie war. Sebastian war wieder wach, jetzt würde alles gut werden.

Für Sebastian fing das Martyrium jetzt erst wieder an. Man nahm ihn mit zu Untersuchungen, die wieder eine gefühlte Ewigkeit dauerten und als er endlich wieder bei ihr war, nahm sie seine Hand und ließ stundenlang nicht mehr los. Er schaute sich um und sah alle, die er sehen wollte: Bamita, Rahul, Adele und das Baby. Er zeigte auf sie und machte eine Geste mit der Hand... erst das Baby, dann Adele und Sebastian.

Adele lächelte. „Ja, das ist unsere Tochter Nishay. Es bedeutet 'Die in der Nacht geborene' und sie ist ein so liebes kleines Wesen. Sie ist unsere Tochter!" Sebastian liefen die Tränen an den Augenwinkeln entlang auf das Kopfkissen und Adele wischte sie ihm ab. „Du brauchst nicht weinen, es ist alles gut!"

Rahul nickte im Hintergrund. Adele legte Sebastian die Kleine in den Arm und er sagte leise mit rauer Stimme: „Mein kleiner Schatz…"

Weiter kam er nicht, da seine Stimme wegbrach. „Rahul", sagte Sebastian leise und winkte ihn näher. „Kann ich dein Versprechen einlösen?"

Sebastian sah seinem Freund ernst in die Augen. Er sah an dessen Gesichtsausdruck, was er sagen wollte. „Das war kein Spaß damals." Rahul zögerte, doch Sebastian ließ ihn nicht vom Haken. Ein Versprechen, dass im Spaß gemacht wurde, sollte er jetzt einhalten? Wäre Sebastians ernste Miene nicht, er würde es nicht tun. Aber Rahul glaubte in Sebastians Blick etwas zu erkennen. Etwas, was es ihm unmöglich machte, abzulehnen.

„Ja, das kannst du, ich werde immer und zu jeder Zeit da sein, das weißt du doch!" Das Versprechen, was Sebastian vor langer Zeit ihm abgenommen hatte, war einfach zu verstehen aber auch schwer zu ertragen, denn er hatte ihm versprochen, dass er Adele zur Frau nehmen würde, wenn Sebastian ein Unglück geschieht, damit Adele nicht ins Witwenhaus gehen musste.

Adele ging wieder an seine Seite. „Warum redest du so viel, du bleibst doch bei mir. Du gehst nicht weg, denn du hast doch eben erst unsere Tochter kennengelernt, du…"

Sebastian unterbrach sie, indem er mit zwei Fingern auf die Kante seines Bettes klopfte. Adele kam seiner Aufforderung nach und setzte sich zu ihm.

„Komm her", flüsterte er und sie legte sich zu ihm. Sie sah im in die Augen und die Traurigkeit, die darin lag, brachte sie fast um den Verstand. Sie… wollte nicht wahrhaben… nichts davon, weshalb sie den Kopf schüttelte. Er konnte sie nicht allein lassen!

„Mein wunderschöner… Mond", flüsterte er mit brüchiger Stimme. „Hätte ich nur früher den Mut gefunden…"

Adele wusste, was er meinte. Hätte er früher den Mut gefunden, hätten sie eine längere Zeit miteinander gehabt. Aber sie war dankbar für jede Sekunde, die sie mit ihm verbringen durfte.

„Ich musste dir noch sagen…", er hob die Hand und strich Adele eine Träne von der Wange, „dass… ich dich liebe." Er schloss die Augen, seine Hand glitt von Adeles Wange, lag still und ruhig zwischen ihnen. Es gab einen friedlich stillen Moment, bis die Geräte anfingen den durchdringenden Piepton von sich zu geben.

„Sebastian?? Nein… nein, Sebastian!! Du kannst nicht gehen, ich lasse dich nicht gehen, komm zurück!"

Sie brach auf dem Bett zusammen und Rahul zog sie nach einigen Minuten von Sebastian runter. „Adele es ist vorbei. Sebastian ist tot."

21. Die richtige Entscheidung?

Nach dem Tod von Sebastian war Adele nicht mehr dieselbe, sie zog sich zurück und wollte sogar mit ihrer Tochter nichts zu tun haben. Wenn sie die Kleine ansah, schaute sie Sebastian an, denn die Kleine wurde ihrem Vater von Tag zu Tag ähnlicher.

Die Verbrennung nach hinduistischem Brauch stand unmittelbar nach dem Tod von Sebastian nun bevor. Alle waren gekommen, auch einige Studenten von der Universität waren da. Die Einzige, die nicht dabei sein wollte und konnte, war Adele. Sie wollte es nicht mit ansehen, wenn ihr geliebter Sebastian verbrannt wurde. Doch Rahul und auch Bamita machten ihr klar, dass ohne sie diese Verbrennung nicht stattfinden würde, denn nur sie konnte das Feuer entzünden.

„Adele, bitte, es geht nicht anders," mischte sich nun auch Inka ein. Sebastians Mutter war sehr gefasst bei der ganzen Angelegenheit. Unwillig ließ Adele sich den weißen Sari anziehen und ging mit den anderen zu der Verbrennung.

Mit ihrem Vater an ihrer einen und Inka an der anderen Seite, zündete sie das Feuer an; der

Priester betete mit allen zusammen für den Übergang der Seele in die Freiheit und zur Wiedergeburt. Es war schrecklich für Adele, noch schlimmer als das Verbrennen selbst, war, dass sie die Asche von Sebastian in einem kupfernen Krug, mit einem roten Tuch darauf in die Hände gelegt bekam. Damit sollte sie dann in zwei bis drei Wochen zum Ganges gehen, um die Asche hinein zu streuen. Was sie für Meena noch liebend gern getan hatte, um ihr eine Ehre zu erweisen, schien für Adele jetzt absolut unmöglich. Sie konnte Sebastian nicht dem Fluss übergeben.

Zu Hause setzte sich Adele in Sebastians Lieblingssessel, die Urne auf ihrem Schoss und starrte in der Gegend umher, während die anderen Leute versuchten, auf sie einzureden. Ihr Vater und Inka waren der Meinung – beide unabhängig voneinander – dass sie wieder nach Hause kommen sollte. Dort konnten sie ihr Halt und Geborgenheit geben. Dort waren ihre Familie und ihre Freunde.

Bamita dagegen, wollte das Adele blieb, damit die Kleine und sie das Leben hier in Indien leben konnten, was Sebastian sich für sie gewünscht hatte. Und welches Adeles Mutter sich für sie gewünscht hätte.

Adele saß nur da und wusste nicht, was sie wollte; ihr war ohnehin alles egal, denn sie hatte den Menschen verloren, der ihre große Liebe war. Ohne ihn, machte alles keinen Sinn. Ohne ihn, stand ihre Welt still. Ohne Sebastian… konnte sie nicht atmen.

„Macht, was auch immer ihr wollt."

Sie ließ sie hier unten einfach weiter über ihre Zukunft diskutieren und verließ den Hof, um nach oben zu gehen. „Aber du hast Verantwortung für dich und die Kleine," riefen sie hinter ihr her.

„Das Kind ist mir egal", kam es mit tonloser Stimme von der Treppe und dann war sie aus ihren Blickfeldern.

„Adele, so geht das nicht!", rief Inka ihr noch hinterher, doch Adele kümmerte das nicht. Bamita war entsetzt darüber, wie alle miteinander umgingen. „So geht das auch nicht, bitte, wir müssen Ruhe bewahren und Adele muss das selbst entscheiden, wenn sie bereit dazu ist, die Verantwortung zu übernehmen."

„Ja, aber was wird mit der Kleinen in der Zeit?"

„Nichts, die bleibt da, wo Adele ist und irgendwann ist der Tag, an dem Adele die Kleine wieder in den Arm nehmen wird und dann sagt sie uns, was sie will, Inka!"

„Bamita hat recht, wir können nichts machen, auch wenn es uns das Herz zerreißt, Adele so leiden zu sehen!"

„Du hast leicht reden, es war ja nicht Adele, die gestorben ist, sondern mein Junge."

Hubert sah Inka mit weit aufgerissene Augen an und wies Inka mit einer Spur Schärfe in der Stimme zurecht. „Adele ist ein Stück weit mit ihm gestorben."

Er hatte nie angezweifelt, dass Adele mehr oder Inka weniger litt und um Sebastian trauerte. Adele konnte jedoch am wenigsten dafür, dass sie Sebastian verloren hatten.

Inka jedoch packte ihre sieben Sachen wütend zusammen und machte sich auf den Weg zum Flughafen. Sie nahm den ersten Flieger, den sie bekam und flog nach Bern zurück. Auch Hubert machte sich für die Abreise fertig, ging vorher aber noch zu Bamita.

„Bitte passt auf meine Tochter und mein Engelchen auf. Und wenn ihr Hilfe braucht meldet ihr euch bitte. Dann komme ich sofort nach Delhi!"

Er ging noch einmal nach oben zu Adele und klopfte an ihre Tür. „Ich fliege jetzt wieder nach Bern. Adele, hörst du, wenn du etwas brauchst, melde dich, mein Kind. In Ordnung?"

Adele antwortete nicht. Sie saß auf dem Fußboden und starrte einfach so in den Raum, ohne irgendwelche Gedanken. Hubert lauschte noch einen Moment, dann wandte er sich mit einem traurigen Seufzen ab.

Es wurde ruhig im Haus und Anjalie wagte den Weg nach oben zu Adele. Sie klopfte an die Tür. „Adele, sie sind alle weg, du kannst die Tür aufmachen und wieder runterkommen, wenn du magst."

Doch wieder kam kein Ton aus dem Schlafzimmer. Sie wusste, dass man sich inzwischen darüber beriet, was man machen sollte, um sie aus dem Zimmer zu bekommen. Adele wollte nur, dass einfach alle weggingen und sie allein ließen. Sie wollte nicht reden, niemanden sehen und schon gar nicht wollte sie ein Leben ohne Sebastian führen.

Es fiel Adele schwer, sich wieder in ihren Alltag einzugliedern, sich um ihre Tochter zu kümmern und gleichzeitig das Haus in Ordnung zu halten. Sie lebte noch immer, wie in einer Blase. Aber sie versuchte es, so gut es eben ging. Irgendwann… nach einigen Tagen, hatte sie das Schlafzimmer verlassen und begonnen, ihren Alltag halbwegs zu meistern. Ihre Tränen waren einem müden, leeren Blick gewichen. Jede Erinnerung daran, dass Sebastian nicht mehr bei ihr war, warf sie wieder ein Stück in die Vergangenheit zurück. Und es gab viele Erinnerungen davon.

Einige Wochen nach Sebastians Verbrennung, kam ein Schreiben von der Universität. Adele sollte entweder das Haus freikaufen oder verlassen. Minutenlang starrte sie das Schriftstück an und ließ den Kopf auf die Arme sinken. Man wollte sie tatsächlich aus ihrem Haus werfen und das nur kurz, nachdem ihr Mann gestorben war. Wie herzlos musste man sein?

„Was soll ich denn jetzt machen?", fragte sie verzweifelt Bamita. „Wo soll ich hin?"

„Vielleicht kann Rahul diese Angelegenheit mit der Universität klären", schlug Bamita vor. „Wir fragen ihn heute Abend, wenn er heimkommt."

Adele nickte. Sie hatte in Rahul einen Freund gefunden, der ihr immer beistand. Genauso wie es Sebastian wollte. Kaum war Rahul von der Uni zurück, stand Adele schon vor ihm. „Du musst mit dem Rektor reden, bitte."

Sie hob das Schriftstück, um es Rahul zu zeigen. „Die wollen mich aus dem Haus werfen, hörst du?"

„Ja", er seufzte, „sowas habe ich mir schon gedacht."

„Aber das Haus… es gehört Sebastian und mir!" Adele ließ den Brief sinken und versuchte ihre bebenden Lippen unter Kontrolle zu bringen.

„Nein, Adele, es gehört der Universität und ihr habt es kaufen können. Leider kannst du das nicht allein, weil du kein Geld dafür hast."

Adele fing an zu weinen und Rahul legte einen Arm um sie. „Wir werden eine Lösung finden"

„Aber dann ist alles sinnlos, wenn sie mir das Haus jetzt auch noch nehmen, dann habe ich nichts mehr!"

„Doch, du hast uns und deine Tochter!"

„Aber da stecken doch die ganzen Erinnerungen an Sebastian drin!"

„Komm her", er nahm Adeles Hand, „wir setzen uns jetzt, du versuchst dich etwas zu beruhigen und atmest mal tief durch."

Zuerst wollte sie wütend verschwinden, aber… ihr Kopf sagte ihr genau das Gegenteil von dem was sie fühlte. Sie wusste, dass sie vor den Problemen nicht ewig davonlaufen konnte und Rahul hatte eine beruhigende eine Art ihr zu zeigen, wie es am besten wäre. Sie vertraute ihm, weil Sebastian ihm vertraut hatte.

Sie schwiegen eine ganze Weile. Dieser Ort hatte seltsamerweise immer etwas Beruhigendes an sich. So sollte es in ihrem Haus auch sein. Aber jetzt... war das ein Haus voller Trauer und Albträume.

„Sag mal, Rahul", riss Adele ihn unvermittelt aus seinen Gedanken, „was musstest du eigentlich Sebastian versprechen?"

Rahul zögerte. Es war ein schweres Versprechen. Eines, dass er seinem Freund auf dem Sterbebett nur zu gern gegeben hatte, um ihn nicht besorgt gehen zu lassen, aber umso schwerer war es jetzt, es einzulösen. Und er war nicht bereit, dieses Versprechen schon mit Adele zu teilen. „Ich glaube", sagte er nachdenklich, „dafür ist momentan nicht die richtige Zeit und nicht der richtige Ort."

„Gut", nickte Adele schließlich. „Dann verschieben wir das besser auf einen anderen Tag!"

Adeles letzte Hoffnung, was ihr Haus betraf, war ihr Vater. Er hatte ja gesagt, dass er ihr helfen würde, wenn sie Hilfe bräuchte. Rahul als ihr Fürsprecher hatte nichts erreichen können, also rief Adele ihren Vater an. Und Hubert setzte sich in den nächstbesten Flieger, um bei Adele zu sein.

„Willst du das wirklich machen, hierbleiben und das Haus behalten?", vergewisserte er sich.

„Mir wäre es lieber, du würdest zurück nach Bern kommen."

„Ja, aber das Haus hat Sebastian für uns gefunden und unser Kind ist hier geboren, ich kann es nicht aufgeben. Noch nicht."

Nicht, dass sie nicht schon überlegt hatte, nach Bern zurückzukehren. Aber diese Entscheidung konnte sie nicht leichtfertig treffen.

Hubert wusste, dass er seine Tochter nicht umstimmen konnte, wenn sie es nicht wollte, sie musste einfach von alleine darauf kommen.

Am nächsten Morgen fuhr Hubert mit Rahul, ohne Adeles Wissen, zur Universität und kaufte nach einigen harten Verhandlungen das Haus. Schließlich hatte Sebastian durch seine Arbeit schon einen beträchtlichen Teil abbezahlt. Beide Seiten einigten sich und unterzeichneten letztendlich den Vertrag.

Wenn er Adele damit glücklich machen und ihr somit eine gesicherte Zukunft geben konnte, dann war es die Mühe wert. Er wollte sie endlich wieder einmal lächeln sehen, auch wenn es nur für einen kleinen Augenblick war. Als sie erfuhr, dass ihr Vater eine große Last von ihr genommen hatte, wirkte sie danach gelöster und schenkte ihm ein kleines Lächeln. Vielleicht... würde das ja dafür sorgen, dass sie sich wieder mehr um ihr Kind kümmern konnte.

Für Hubert war klar, dass er sein Möglichstes getan hatte und es wurde Zeit abzureisen, er wurde ja in der Bäckerei gebraucht. Zu seiner Verwunderung wollte Adele bald möglichst nach Bern komm.

Mit einer Last weniger auf den Schultern, schaffte es Adele, sich ihrer Tochter wieder etwas anzunähern. Bamita war ihr dabei eine große Stütze und auch Rahul war vermehrt in Adeles Nähe vorzufinden.

Das innige Band zwischen ihnen allen wurde immer fester, immer stabiler und gerade verschwendete Adele keinen Gedanken daran, ihr Leben in Delhi abzubrechen. Jedenfalls nicht für länger, als einen Urlaub. Sie wollte den Sharmas gerne Bern zeigen und da diese auch noch keinen richtigen Schnee gesehen hatten, bot sich ein gemeinsamer Urlaub in Bern an.

Eine Woche waren sie nun weg und Adele hatte feststellen müssen, dass sie Rahuls Anwesenheit und dass Gefühl der Geborgenheit, welches er ihr immer gab, vermisste, hatte. Umso mehr freute es sie, dass er sie heute vom Flughafen abholen würde.

Adele und Rahul blieben alleine in der riesigen Halle zurück, während die Anderen schon zum Auto gingen. „Hast du uns vermisst, Ra-

hul?", lachte Adele, denn sie wusste, wie viel
Trubel im Hause Sharma meist herrschte. Wahr-
scheinlich hatte er die Ruhe genossen. „Euch?"
Er schüttelte den Kopf. „Nein. Aber dich schon!"
Adele schaute nach unten und merkte wie ihr die
Röte ins Gesicht stieg.

„Du hast mir doch mal eine Frage gestellt…"

„Ja, habe ich."

„Ich würde gern noch einmal mit dir darüber
reden!"

Sie entschieden, dass sie das später zu Hause
in Ruhe machen würden und nicht zwischen Tür
und Angel und mit der Gefahr, dass die ganze
Familie gleich erfuhr, was sie beredeten.

Doch schon kurz nachdem sie zu Hause waren, machte ihnen Nishay einen Strich durch die
Rechnung. Sie bekam hohes Fieber und Adele
machte sich das erste Mal richtig Sorgen um ihr
Kind.

Die Kleine weinte die ganze Nacht und alle
Versuche das Fieber zu lindern scheiterten, so
dass sie sich gezwungen fühlte, ihre Tochter in
ein Hospital zu bringen.

Schon auf dem Weg dahin, flehte Adele das
kleine Mädchen an, bei ihr zu bleiben. Die Ereignisse um ihren geliebten Sebastian hatten sich zu
sehr eingeprägt. Sie hatte Angst, dass sie auch
noch ihre Tochter verlieren würde. So sehr, dass

es zunächst für Adele unmöglich war, das Hospital zu betreten. Sie gab die kleine Nishay an Bamita weiter, die mit dem Kind erst einmal allein hineinging.

„Bitte, Adele, sagte Rahul mit behutsamer Stimme, „das ist deine Tochter. Die Kleine braucht dich, du musst sie beruhigen. Nur du bist in der Lage dazu, jetzt wo sie krank ist!" Er nahm ihre Hände in seine und drückte sie. „Komm mit, ich bleibe auch bei dir, versprochen, ich lasse dich nicht mehr alleine. Nie wieder.

„Wirklich? Du bleibst bei mir, egal, wie lange es dauert?"

„Ja, das ist egal. Ich bin da." Vielleicht konnte er sein Versprechen an Sebastian zumindest teilweise einlösen.

„Gut, dann lass uns gehen!"

Sie kamen gerade noch rechtzeitig, als der Arzt die Untersuchung abschloss. „Frau Zsupra, ihre Tochter hat eine Entzündung des Blinddarms, wir müssen sofort operieren."

„Nein, nicht schon wieder!", wimmerte Adele „Nicht auch noch meine Tochter!"

Sie sackte in sich zusammen. Rahul hockte sich zu ihr und half ihr hoch. Er hielt sie fest in seinen Armen. Sie schaute ihn mit großen Tränen gefüllten Augen an.

„Shhh.. ich bin da. Atme tief ein. Es wird alles gut werden. Sie ist nicht Sebastian", redete Rahul behutsam auf Adele ein. Er konnte ihr Trauma verstehen, aber ihre Tochter braucht sie.

Vier Stunden später kam der Arzt zu ihnen und berichtete von einer positiven Operation.

„Die Kleine ist über den Berg, der Blinddarm wurde entfernt und sie wird sich vollständig davon erholen. In einer halben Stunde können Sie zu ihr."

Die kleine Nishay erholte sich verblüffend schnell, Adele blieb die ganze Zeit an ihrer Seite, verließ das Hospital nur, um sich frisch zu machen und eilte sofort wieder zurück. Nach fünf Tagen konnten beide wieder nach Hause gehen.

Am Entlassungstag war Rahul überpünktlich am Krankenhaus, er hatte ihr ja versprochen, dass er da sein würde, immer und überall.

„Adele", begann Rahul im Auto und sie sah ihm an, wie schwer ihm dieses Gespräch fallen musste. „Wir hatten schon mal über das Versprechen gesprochen, dass ich Sebastian gegeben habe."

Er hielt sich am Lenkrad fest, ohne loszufahren. „Ich habe ihm versprochen, dass ich dich heiraten würde, um dir ein Schicksal im Witwenhaus zu ersparen. Aber…" Er brach ab und Adele griff nach seiner Hand.

„Mein lieber Rahul", lächelte sie, „ich entbinde dich von deinem Versprechen. Die letzten Tage und Wochen hatte ich große Angst davor, meine Zeit im Witwenhaus verbringen zu müssen."

„Du musst nicht in …", wendete Rahul ein. „Wir unterstützen dich." Doch Adele lehnte dankend bei Rahul, bei Anjalie und bei Bamita, die wie immer sehr energisch war, ab. Adele hatte eine Entscheidung für sich und ihre Tochter getroffen. Und sie fühlte sich jetzt wohl und sicher damit.

Mit Hilfe der Sharmas verkaufte sie ihr Haus und zog dorthin, wo einst ihr Schicksal begann. Auch wenn Menna letztendlich doch recht hatte und das Schicksal von Aditi von neuem begann. Was immer das Leben für sie bereithielt, sie würde es meistern. Sie würde ihr Leben und das von Nishay selbst in die Hand nehmen.

Doch wird es wirklich ihr endgültiges Schicksal bleiben?

∞ *Leseprobe* ∞

Band2

Der zweite Mann an meiner Seite

1. Das Leben als weiße Frau

Wie jeden Morgen in den letzten vier Jahren gab es ein Ritual, was Adele eingeführt hatte und die Witwen liebten. Es bestand daraus, zu den Göttern zu beten und danach gemeinsam zu frühstücken. Hier konnten sie alles gemeinsam besprechen und niemand kam zu kurz, da genug Zeit war.

Danach gingen die täglichen Arbeiten weiter. Aditi - wie Adele hier seit Jahren nur noch genannt wurde, da sie ihren westlichen Namen abgelegt hatte, brachte als erstes ihre Kleine in den neu eingerichteten Kindergarten, wo Witwen mit kleinen Kindern, diese kostenfrei abgeben konnten, um dann ihrer Arbeit nachgehen zu können. Diese Frauen hatten weitaus genug Kummer erlitten, um sich jetzt auch noch über die Finanzen Sorgen machen zu müssen.

Aditi ging wie immer ihrer Arbeit nach, die daraus bestand, immer wieder Geld durch Spenden zu sammeln. Dann gab es da noch die Behörden mit denen musste sie sich auch noch herumschlagen. Es war ihr gelungen, dass es einmal im Monat immer donnerstags, einen öffentlichen Basar auf dem Platz gab, wo auch Händler aus der Stadt, ihrer Waren vertreiben konnten.

Das Ganze war ein großer Erfolg, da nun auch mehr Kundschaft für die weißen Frauen kam. Dadurch brauchten sie ihre Waren nicht mehr über andere Händler zu verkaufen und hatten somit einen höheren Erlös.

Der wiederum dem Witwenhaus zugutekam, und genau so ein Donnerstag war heute.

Alle Frauen waren fleißig, bauten die Stände auf und legten ihre Waren aus.

Aditi hatte noch einen wichtigen Termin bei der Verwaltung und machte sich auf den Weg, vorbei an ihrem alten zuhause, was ihr noch immer einen Stich versetzte, und am Haus der Sharmas. Sie schaute nach der anderen Seite, als sie sah, das die Tür offen stand und Jodha und Sunika sich von Bamita verabschiedeten.

Aditi merkte, wie ihr die Tränen in die Augen stiegen und wischte sie sich schnell ab, damit der Rikscha-fahrer nichts merkte. Leider sah sie die Sharmas nur noch sehr selten. Immer wieder nahm sie sich vor, sie zu besuchen, aber letztendlich hatte sie zu viel zu tun. Und noch immer schmerzt es sie, wenn sie an die glücklichen Zeiten in diesem Haus zurückdachte.

Bei der Stadtverwaltung angekommen, bat sie den Fahrer, auf sie zu warten, und ging in da Gebäude. Mittlerweile verlief sie sich zum Glück nicht mehr, denn das Gebäude war riesig. Sie wusste genau, wohin sie wollte und legte den Weg mit sicheren Schritten zurück.

Es dauerte, bis sie an der Reihe war. Sie wollte nur einen Antrag zur Erweiterung des Marktes aufgeben, damit die Frauen auch außerhalb des Platzes ihre Stände aufstellen konnten. Und außerdem für ein paar Schilder die auf den Markt aufmerksam machen. Sie wusste, dass der Beamte von Ihr etwas verlangen würde denn das war üblich, genau dafür hatte sie etwas Geld dabei, aufgeteilt in kleine Pakete und versteckt unter ihrem Sari.

Als der Beamte Aditi erblickte, winkte er sie zu sich. „Namaste. Was kann ich heute schönes für Sie tun, Frau Zsupra?"

„Ach wissen sie Herr", sie schaute auf sein Namensschild, fand es aber nicht und lächelte stattdessen „ich benötige ein Formular für eine Vergrößerung des Marktes bis zum Anfang unserer Straße."

„Hmm…", machte er und musterte Aditi nachdenklich, „Sie wissen ja", er rieb seinen Zeigefinger und den Daumen aneinander.

„Ah ja, natürlich, ich verstehe." Aditi holte ein kleines Bündel aus ihrem Sari und überreichte es ihm.

„Doch nicht so", er schaute sich verstohlen nach allen Seiten um. „Wenn das jemand mitbekommt!" Aditi sparte sich jeglichen Kommentar. Sie fand es mehr als dreist, wie man mit den Witwen umging. Trotzdem musste sie freundlich bleiben. Der Beamte saß leider am längeren Hebel.

„Aber ja, entschuldigen Sie." Sie legte das Bündel zwischen zwei Blätter und er nahm es entgegen.

„Gut, gut Frau, aber das ist doch nicht ihr ernst, dafür bekommen sie nur die Hälfte der Straße."

„Was?" Aditi schnaubte. Warum? Das ist doch viel Geld und außerdem...-"

Der Beamte unterbrach Aditi.

„Wenn Sie nicht wollen."

Er beugte sich zur Seite, um hinter Aditi sehen zu können „Der Nächste bitte." Er winkte nach dem Mann, der in der Schlange, als Nächster dran wäre.

„Nein, warten Sie, ist ja schon gut."

Noch einmal holte sie ein Bündel unter ihrem Sari hervor und legte es ihm auf den Tisch.

„So das ist jetzt wohl genug um die ganze Straße zu bekommen, oder?"

„Ja, das kann man sagen, ich stelle ihnen die Erlaubnis für ein halbes Jahr aus, danach müssen sie wiederkommen und einen neuen Antrag stellen."

„Ein halbes Jahr? Waren diese Anträge nicht eben noch für ein Jahr?"

„Ja, das hat sich gerade geändert."

Er grinste und Aditi fand ihn einfach widerlich. Sie war wirklich sauer und konnte sich kaum zurückhalten, nahm den Zettel aber schleunigst und ging.

Jetzt musste sie noch bei dem anderen Beamten ihre Marke bekommen und dann hatte sie es geschafft. Das ging zum Glück schnell und sie brauchte kein Geld mehr bezahlen.

Nachdem Aditi alles erledigt hatte, machte sie sich auf zur Rikscha. Sie hatte das seltsame Gefühl, verfolgt zu werden, sah sich einige Male um und hielt ihre Papiere fest unter ihrem Sari.

Am Stand angekommen, war der Fahrer, der sie brachte und warten sollte, nicht da.

Verdammt jetzt ist der Mann nicht da, wo ist dieser Fahrer nur wieder hin?

Sie machte sich auf die Suche, denn weit konnte er nicht sein, schließlich bekam er immer gutes Geld für die Hin- und Rückfahrt.

Aditi ging die Straße in Richtung Markt und wurde fündig in einem kleinen Café. Sie ging auf ihn zu und sagte ihm, dass sie fertig sei und er sie wieder zurückbringen könne.

Er nickte. „Ja, Madam, das mache ich." Er bezahlte seinen Tee und ging mit Aditi zurück zu seiner Rikscha.

Wieder hatte sie das Gefühl beobachtet zu werden. „Sagen Sie, haben Sie auch das Gefühl, das uns jemand beobachtet?"

Der Fahrer drehte sich nach allen Seiten um, konnte aber niemanden sehen der sie beobachtete, weshalb er den Kopf schüttelte. „Nein, Madam."

Aditi seufzte, da die ganze Straße voll mit Menschen war und so viele Gesichter auf sie gerichtet waren. In der Menge erblickte sie aber niemanden, der ihr bekannt vorkam, so fuhren sie wieder zurück ins Witwenhaus.

Die Rikscha bog in die Seitengasse ein und Aditi gab dem Fahrer sein Geld. Er bedankte sich höflich, in dem er sich mit geschlossenen Händen vor der Brust verbeugte. „Danke, Madam"

„Ich danke Ihnen ebenfalls", erwiderte Aditi lächelnd und stieg aus.

Sie verabschiedeten sich höflich und Aditi ging das letzte Stück, bis zum Hof alleine weiter, während die Rikscha drehte und die Straße wieder verließ.

Es waren noch zehn Schritte, bis Adele auf dem Hof stand, als sie plötzlich an ihrem Sari festgehalten wurde und herumfuhr.

Es gibt immer zwei Wege im Leben.
Den geraden Weg gibt es nicht.
Weder in der Liebe, noch im Leben.
Die Entscheidung, in der Liebe das Richtige
zu tun, ist die Kunst des Lebens.

Danke: möchte ich auf diese Seite, all denen, die an mich und meine Idee, ein Buch zu schreiben, geglaubt haben.

Als ersten meinem Mann, der mir den Rücken frei gehalten hat.

Meine Langjährige Freundin Heike. Die mir immer Mut zusprach.

Meiner Freundin Daina. ich höre noch immer die Worte: "Wann bekomme ich was zu lesen?"

Ganz besonderen Dank, gilt meiner Lektorin Christin. Ohne sie wäre ich aufgeschmissen und ich hoffe, wir werden all meine anderen Bücher auch noch auf die Welt bringen.

Und nicht zu vergessen: Jaqueline Kropmanns, meine Coverwoman. Es ist perfekt, danke!

Zum Schluss noch einen Dank an Frau Trautmann, die mir in so mancher Stunde zuhörte.